猫之瞳

E伯爵个人短篇自选集

E伯爵 著

重庆出版社

图书在版编目（CIP）数据

猫之瞳：E伯爵个人短篇自选集 / E伯爵著.
重庆：重庆出版社，2025.7. -- ISBN 978-7-229
-20713-7
Ⅰ.I247.7
中国国家版本馆CIP数据核字第2025HH9520号

猫之瞳：E伯爵个人短篇自选集
MAO ZHI TONG: E BOJUE GEREN DUANPIAN ZIXUAN JI

E伯爵 著

责任编辑：邹　禾　魏映雪　王靓婷
装帧设计：冰糖珠子
责任校对：杨　婧
排版设计：池胜祥

重庆出版社 出版

重庆市南岸区南滨路162号1幢　邮政编码：400061　http://www.cqph.com
重庆市鹏程印务有限公司 印刷
重庆出版社有限公司 发行
邮购电话：023-61520656

开本：890mm×1240mm　1/32　印张：11.5　字数：324千
2025年7月第1版　2025年7月第1次印刷
ISBN 978-7-229-20713-7
定价：59.00元

如有印装质量问题，请向重庆出版社有限公司调换：023-61520678

版权所有　侵权必究

故事给我的漫长陪伴

从网络起步,因纸媒成长

2003年10月17日晚上,我打开邮箱,终于看到了特别期待的一封信。

这封信来自中国台湾省的一家出版社,信里的编辑告诉我,我的一部长篇小说审稿通过了,可以出版图书。我还记得看到邮件那一刻的兴奋。在黑乎乎的夜里,我却仿佛看到了光。

2005年1月,我的第一本小说单行本出版,从那个时候开始我就成了一名写作者,到现在为止已经20年了。

在这20年中,我从网络写作起步,最开始是在刚刚兴起的各种文学论坛上发表作品。网络写作门槛低,发表也没有限制,我们这样的新作者自发在网上贴出原创故事,获得网络读者的青睐,立刻就能收到回复,所以创作动力十足。现在回想,正是那时候大量的自由创作积累,让我获得了难得的练习机会,特别是长篇小说和中篇小说,不愁没有发表空间。所以我一开始就是写长篇。

最初的网络写作并没有现在的商业模式,写作没有任何经济回报,就是"为爱发电"。虽然我已经开始从台湾省的出版社赚稿费——我还记得是500美元——但在大陆刊物上发表作品,则是在一年后了。

2006年，我在大陆的《推理》杂志上发表了第一篇小说，《七宗罪之饕餮》。此后的十多年时间，我陆陆续续在《推理世界》《今古传奇》《科幻世界》《飞·奇幻世界》《九州幻想》等杂志（及部分系列图书）上发表了累计数十万字的中短篇小说，也在《重庆日报》《重庆晚报》等媒体上发表了一些散文。

从2000年到2010年的十年间，是中国通俗文学杂志最为兴盛的时期。几乎所有的主流类型文学如推理、悬疑、奇幻、科幻、言情、武侠等，都有自己的专门杂志。这些类型文学杂志的繁荣为通俗文学作者提供了众多发表平台，中短篇作品和长篇作品都大量涌现，作者也得到了很多锻炼的机会。

借着这个好时节，我尝试了许多类型文学的写作，悬疑、推理、奇幻、言情、科幻，各种各样的故事我都写过。从中国宋代的志怪传说（《八尾传奇》）到英国民间的精灵传说（《穆格雷夫森林历险》），从民国时代的离奇案件（《梧桐夜雨》）到日本昭和年代的妖怪故事（《四季物语》），我都尝试着写一写。那是一个探索和享受的阶段，是写作的懵懂之时，最大的驱动力是沉浸在遥远幻想世界中的快乐，获得搭建舞台、安排演员、完成表演的造物主成就感。

热闹之后，潮水退去。渐渐地，网络文学的商业化逐渐成熟，而实体杂志市场则开始衰败，原本月发十几万册的杂志销量都开始下滑，渐渐萎缩，进而一家家地停刊。在这段时间，我创作的长篇增多——毕竟书还是可以出版的，但通俗文学杂志已经很难再有充足的发表空间了。

从2010年到现在的15年间，我陆续出版了十部小说，其中九本是长篇，一本是系列短篇小说集。在这些小说中，最长的是

序言：故事给我的漫长陪伴

三卷本的《天幕尽头》，也是在大陆唯一再版的作品。

我后来想了一下，我这样的作者其实是处于通俗文学发展中比较特殊的阶段。我们的创作模式依然是传统的，偏重自我表达，同时也提供阅读的娱乐性，网络只是一个发表的平台，并没有直接从平台上获得酬劳。而在我们之后的类型文学作者，很多都走进了网络商业化的创作模式，跟读者更贴近，写作强度更大，作品更长，题材更新颖，以及也可能有更丰厚的回报。

但对我来说，十多年间已经形成的创作习惯很难适应这样的转型，所以我没有再往前走，而是站在了原地。迄今为止，我的创作模式跟我刚刚开始写作一样，我在网上免费贴——以前在论坛，或者文学网站，现在在社交媒体——然后向出版社投稿、出版。

心境不同，题材变化

每一个作者都有属于自己的模式，有人可以改变模式，有人不行；有做得到的事，也有做不到的事。

我对此早已有认知。就如同我对自己创作方向的认知，我安心做一个通俗文学作者，安心写类型文学"集邮"。

虽然我依然沉浸在创作故事的魅力中，但也渐渐地在发生变化。以往的写作是"我手写我口"，作为一个叙述者，只顾着写故事；而后来越写，越觉得不应该只写故事。认识到这一点我就明白：写了许久，踏出第一步的时候，才发现自己站在一条没有尽头的长路的起点。

我愿意去尝试自己没有写过的题材，没有用过的表达手法，写作对我来说多了一种探索的快乐——确切地说，是痛并快乐着的。偶尔会发现文字是有问题的，或者是突然无法把握故事的走向和结构。力有不逮的焦虑会让写作不再那么顺畅。

但越是这样，越是在完成时感觉到一种无法替代的快乐，于是我把那些磕磕绊绊的写作过程称之为"生长痛"。

我总是愿意找点新东西，让自己经历一下这种痛。

在2012年，我第一次以重庆为背景创作了一篇小说《黑灯》，再往后我便发现自己对故乡产生了浓厚的兴趣，我写了那么多遥远的故事，现在应该落地在重庆了。于是诞生了《重庆迷城》和《剑无痕》，还有一些正在创作中的作品。原来我生长和生活的地方就可以给我提供无穷的作品素材，以前的我并没有意识到，是因为我还没有学会怎么去看和想。

随着年纪的增长，我醒悟了一件事：原来故事里的人其实并非虚构，这些人来自我的脑海，也来自我的身边。我学着用我熟悉的方式来表现他们——尽管乍一看似乎并不在重庆，但依旧是身边最鲜活的世界。

于是又诞生了短篇《这班不上也罢》，用一种荒诞的笔调来写职场众生。

我不是那种天才型的作者，也不是极为勤奋的作者，我只是一个跑得不算太快，姿势也不算太标准的作者，甚至还时不时停下来，回望自己的来路。但我绝对是一个长线选手，一直在坚持写，鼓励自己写，把写作当做一件必须去完成的事情。

常常有人听说我码字的习惯时，表示这也太辛苦了——其实没有人会因为辛苦而坚持做一件事，最有效的支撑永远是喜爱与成就感。

这一次的回望，我站在了第一本书出版的20年后，我需要

序言：故事给我的漫长陪伴

一个总结，于是精心挑选了很多不同类型、不同背景和不同风格的故事，按照时间顺序来编排，可以看到我在写作轨迹上的变化。选文的时候真难，真难，几十个中短篇，总觉得这篇意义特殊，那篇还行，拉着编辑一起挠头，最终才选定了七篇。

这本书里面收录的七个中短篇共超过十八万字，其中有悬疑和推理，有奇幻和科幻，同时有现实世界，有神话传说，也有遥远的未来和宇宙星空，有些惊悚，有些幽默，有些伤感……总之，我尽量选择差异较大的作品，以及一些未被出版的作品，作为自己写作的阶段性呈现。可能第一篇很稚嫩，最后一篇问题也很多，但我相信是有变化和成长的。

最后的絮语

时间过得如此之快，我坐在新家的电脑前，用墨水屏写下这篇序言的时候，想起20年前在自己的第一台电脑屏幕前打开的第一个文档，我如何用"猫"拨号上网，把第一个故事上传到论坛。那时候并不知道自己能够这样敲击键盘20年。

我希望这本书只是我敲出的一个逗号，而不是句号，逗号之后，还有更多更多的文字延续下去。

不知有多少从20年前在网上看我故事的读者能读到这篇序言，最后我想说的是，能让我坚持到现在的，除了自己的热爱，还有读者的陪伴。网上的一个点赞，一句回复，都是一种安慰，让我在满足创作欲望之外还知道，原来有人在另外的地方与我共鸣。

故事陪伴着我，而我的故事陪伴了更多的人，或许不值得被记住，但有一瞬间的触动，就是文字创造的奇妙永恒。

目 录

穆格雷夫森林历险　　001

五德渡劫记　　058

黑　灯　　078

梧桐夜雨　　125

猫之瞳　　180

红海日落　　234

这班不上也罢　　315

穆格雷夫森林历险[1]

（1）

好吧，一切都得从我的家族开始说起。

1485年，里士满伯爵亨利打败邪恶的理查三世，结束了混乱的"红白玫瑰战争"——兰开斯特家族和约克家族因为亨利的婚姻而联合起来，上帝保佑灾难深重的英格兰终于恢复了和平——伯爵大人戴上王冠成了亨利七世，我那个作为无名骑士的祖先吉尔伯特·德雷克也因为作战英勇而受封为莱斯特男爵。

从那以后的四百多年间，这个头衔一共传过了19个人，到今年，也就是1920年，我或许就将成为第20个。

20世纪是一个伟大的世纪，我能看到一切都在发生剧烈的变革，其中也包括古老的贵族制度。我们不断地失去了许多东西，包括土地和财富，还有从很久以前流传下来的威望，不过值

---

[1] 发表于《今古传奇（奇幻）》2008年6月A版。

得骄傲的是，其中并不包括那些良好的教养和尊严。我从一生下来就以自己的血统为荣，并且热烈地期待与祖先同名的自己将来能冠上我曾祖父、祖父和父亲都曾有的头衔。我相信自己是他们独一无二的继任者，直到十岁那年，一个黑头发的男孩儿出现在我面前。

"听着，吉尔伯特，"父亲在他的书桌背后对我说，"我想让你认识一下查理，他比你大两岁，从今天开始他就是你的哥哥了。"

我注视着这个安静的高个子男孩儿，虽然有些吃惊，却没有特别的厌恶，因为母亲的早逝让我没有兄弟姐妹，现在多一个同龄人倒是件好事儿。我打量着他，有些瞧不起他寒酸的衣服和那顶破旧的帽子，压根没听父亲絮絮叨叨说些什么。不过他最后那句话却让我立刻回过了神来——

"……我说的你听见没有，吉尔伯特：我发誓，如果你再从寄宿学校里跑出来，我就剥夺你的继承权！现在我有两个儿子了，我可以决定谁将来成为男爵！"

"这不公平！"我尖叫起来，"他没有资格！您……您不能让一个莫名其妙的野小子夺走我的东西！"

"查理是你的哥哥，吉尔伯特，虽然我和他的母亲没有正式结婚；而且……我有这样做的权力。"父亲威严地说道，"现在你可以出去了。"

我恨恨地瞪了那低着头的男孩儿一眼，乖乖走了出去。从此以后我就经历了极其痛苦的十年，父亲喜欢把那个黑发小子跟我比较，然后说：

"吉尔伯特，看看你的法语成绩，真是羞耻，竟然比查理低了两个等级。或许我需要一个法语流利的继承人。"

"哦，上帝啊，吉尔伯特，难道你在数学上就没有一点天分吗？或许让查理来管理家族的钱袋我们才能免除破产的威胁。"

"没有一个男爵会畏惧骏马，吉尔伯特，如果你真怕得厉害，我建议你把你的马鞭和爵位一起交给查理。看他骑得多棒！"

……

所以，我想任何人都可以理解我对那个"哥哥"的厌恶！

十年来我咬紧了牙跟他竞争，生怕落在他后面，直到大学毕业，我进入一所大学的植物研究所，而他则成为一名地产评估专家，这竞争才暂时停止。今年五月份，父亲的身体不好，他意识到了自己正在走向衰老，渐渐虚弱，于是决定在圣诞节正式宣布爵位的继承人，而那个时候或许才是我跟查理真正分出胜负的时刻。

说实话，但凡没必要，在圣诞节之前我根本不想见到他，但此时此刻，他却堂而皇之地坐在我漂亮的小汽车的副驾驶座位上。

我要朝威尔特郡北面的桑德森特村方向走，离那儿不远就是穆格雷夫森林，我需要到那里去采集一些特殊的荜茇——某种胡椒科的草本植物——做标本；而查理则要去拜访准备拍卖穆格雷夫城堡的破落贵族。我认为他如果有点自觉，就应该知道即便我们是同路也最好分开走，我绝对不会厚着脸皮搭自己讨厌的人的便车。

我偷偷看了看身边这个高个子男人，他一直很安静地看着窗外的景色，我心底更加气愤——从伦敦开始他就似乎没有感到我的不悦，尽管我认为自己已经用尖刻的话隐晦地拒绝了他，可是他居然还是满不在乎地跟来了。

　　他是故意的吗？我捏着方向盘，闷闷地望着前方。这个时候天色已经暗下来了，我隐隐约约看到前方村庄的影子，腹中也感觉到一阵饥饿。感谢老天，终于到了，我可不想跟这个男人单独待在一起。

　　我在村子的旅店门前停好了车，然后急急忙忙冲进去，查理则在后面慢吞吞地提起了他的皮包。这种乡村小店装潢简朴，门窗连漆也没上，暴露出木头原本的深棕色，看上去有些寒碜，但里面人很多，很热闹，而且弥漫着一股松脂的香味，我一路紧绷的神经很快松弛下来了。

　　"晚上好。"我冲一个端盘子的大胡子男人打招呼，他肥胖的身上系着油腻的苏格兰格子花围裙，应该就是老板。

　　"您好，先生。"他笑眯眯地问道，"能为您效劳吗？"

　　"是的，我需要一顿晚餐，还有一个干净的房间。"我坐下来，把随身携带的工具包放在桌子上。周围那些喝酒的村民好奇地望着我，对我这个外来者很感兴趣。

　　这个时候查理也进来了。他看了看附近，在发现已经没有多余的空桌子以后，无可奈何地坐到我对面。我装作没看见似的扭过了头，也不准备客套地问他是否需要吃点什么。

　　他告诉店主来一份牛排和一杯甜酒，也不多说话，周围嘈杂的交谈声更是衬托出我们这一张桌子安静得有些不和谐。我注意到离我们最近的桌子旁边有几个农夫簇拥着一个人，并且用感激的语气在赞扬他。

　　那人大约二十岁，有一头和年龄不相称的银灰色头发，用黑色的缎带整齐地捆在了脑后，长得很漂亮，浅褐色的眼睛闪闪发亮,而他身上的黑色外套和白色硬领则告诉我他是一个神甫。

我一边把工具包放下去,一边多看了这个人几眼,他注意到我的视线,转过头来,露出微笑,然后向我和查理打招呼:"我叫威廉·加达,先生们,很高兴认识你们。"这个神甫客气地说道:"两位应该是兄弟吧?你们长得真像。"

我看了看自己和查理的距离,有些尴尬地扯了扯嘴角——怎么可能像啊,他高了我一个头,肩膀很宽,跟祖父一样;而我则像父亲,矮个子,很单薄,除了我们的头发和眼睛颜色都是黑色之外,可没有一点相似之处。

我不置可否,只是虚伪地说了自己的名字,应付几句,然后开始享用难吃的晚餐。而这个时候几个村民也过来跟我们攀谈,他们想知道有两个外地口音的生面孔到这个地方来做什么。

我和查理对热情的村民们说了各自的目的,他们对查理的工作没有意见,却古怪地看着我。我惴惴不安,把疑惑的目光转向神甫。他端着咖啡,仿佛有些高深莫测:"请别介意,德雷克先生,大家只是有些担心您。"

"哦?我不明白。"

一个头发杂乱的男人举着一杯朗姆酒神秘兮兮地靠近我:"先生,您说您真要在那个森林里过夜吗?"

"是的。"我忍住厌恶的情绪回答他,"我只待一个晚上,因为我想到树林深处找那些更接近原始生态的荜拨,还有其他的植物。"更重要的是,我只想尽快完成工作,早早离开,这样的话或许我就能够单独回伦敦,不必再跟查理同路。

这个身上带着皮革味道的男人——我猜他是个鞋匠——苦恼地转动着手里的酒杯,我对他的表情感到莫名其妙。另一个农夫打扮的老人走过来，白色的胡须让他看上去像个圣诞老人。

"听我说，年轻的先生。"他冲我笑笑，"我们没有冒犯您的意思，如果您相信我这个活了七十八年的老头子，请千万别在穆格雷夫森林过夜。"

"为什么？"

老人慈祥的脸上露出了严肃的表情："那里面有精灵，先生，我说的是真实存在的精灵。"

我哑然失笑，惊异地认识到居然还有人相信那种古老的传说，那些住在森林、山洞和地下的小东西，它们可不应该出现在21世纪。任何一个受过教育的人都知道超自然的生物只在神话中才有。

老人似乎看出了我的想法，加重了语气："请别以为我们是在骗您，先生。从很久以前开始，我们这里就有关于森林精灵的传说，这个村里的人都知道，我们的父辈甚至有人见过。这么多年来大家都恪守着跟精灵们相处的规矩，白天森林是我们的，晚上就是它们的，人类不能去打搅它们。"

他一本正经的样子让我一时间不知道该说什么。我看了看神甫，他居然也不反驳，似乎不觉得这样的邪说会冒犯到他，而且他专注的目光似乎还在暗示我应该相信这位老先生的话。老实说，他漂亮的脸蛋儿上带着我不喜欢的神色，有点儿高高在上的神经质，于是我决定转过脸避开他。

"谢谢您。"我保持着礼貌对这个老人说，"我很愿意听从您的指点，但是我的工作要求我不能那样做。我必须在森林里多待一会儿，请放心，我常常这样。去年的时候我甚至去过南美洲，还有印度，我没有遇到任何麻烦。"

穆格雷夫森林历险

周围的人对我的坚持都流露出忧心忡忡的样子，让我觉得拒绝他们的忠告简直是不识好歹。最后还是年轻的神甫打破了僵局，他看上去并不为我担心，显然他不会像那些村民一样迷信，劝说道："德雷克先生，或许您会觉得荒唐。不过即使没有精灵，您一个人待在有野兽出没的地方也很危险啊。"

这话倒有点打动了我，查理放下手里的杯子，看着我。"吉尔伯特，"他很少叫我的名字，语气很生疏，"要不然你和我一起去穆格雷夫城堡吧，那里离森林也不远，很方便。"

我心里突然有些不舒服——他的提议意味着我还要跟他待在一起，直到第三天早上，这让人太难以忍受了。

"谢谢。"我生硬地说，"我想我能够应付，我带了帐篷，还有猎枪。不会有任何问题，只是一个晚上而已。"

查理微微皱了一下眉头，也没有再说什么。但是我看得出来我的拒绝令他很不高兴——哦，当然，我不是第一次让他难堪了。

神甫和周围的人相互看了一眼，那些善良却愚昧的村民都摇着头渐渐散开，最后只有神甫对我说："那么，祝您好运。"

"谢谢。"我答道，而查理却低下头认真地切着他的牛排，连看都没看我们一眼——

他果然很生气，不过我一点也不在乎。

第二天早上，我离开了桑德森特村的小旅店，牵着一匹租来的马朝穆格雷夫森林走去，帐篷、猎枪、干粮和植物标本的采集工具都牢牢地驮在马背上。一些村民跟我道了别，那位有些古怪的神甫还特意告诉我他会为我祈祷。虽然我觉得事情或许没有那么严重，但还是感谢他们的好心。神甫说，如果我明天早上没有回来，他会和村民们一起去找我。我苦笑着点了点头。最后他动了下嘴角，算是在微笑："德雷克先生，我知道您会觉得我们说的话太离奇了，但我还是想建议您，如果您在森林过夜，午夜十二点后千万不要发出任何声音。"

我含含糊糊地答应了，态度有些敷衍。

他见我并不那么相信，只是耸耸肩，略带讽刺地说："好好照顾您自己，尽管这是您自己的事儿，和我们无关，但您的兄弟还是会很担心的。"

我很想告诉他其实这样的情况十几年来都没出现过，不过对一个新认识的人说自己的家庭问题实在是太奇怪了，于是我便放弃了反驳。

我再次向送别的村民说了"再见"，独自上路了。

在走进森林的边缘地带时，我看见查理坐着城堡派来的四轮马车从另一条路走了，他似乎朝我这个方向望了一眼，然后又若无其事地转过头。我翻了个白眼，对他的刻意漠视已经习以为常了。

穆格雷夫森林并不算茂密，但却生长着很多大不列颠岛上常见的植物物种，或许是因为很少有人敢于进入，这里的植被几乎没有被破坏。高大的橡树、松树、椴树和杉树立在肥沃的泥土里，一些突出的岩石后面是茂盛的山毛榉，野草在每个可以生长的地方探出头来，我偶尔还发现在朽烂的枯树根上有几个可爱的小蘑菇。

在蹚过一条齐膝的小溪后，树木渐渐多了起来，原本明亮的光线也暗淡了。一些鸟怪叫着从我头顶上飞过去，草丛里不时蹿过野兔或者狐狸一类的小动物，发出窸窸窣窣的声音。我在森林的最深处选了一块较为平坦的空地，清理了石块儿后拴住马，撑好帐篷，再把采集工具、指南针、马灯和猎枪都带上，然后走进了林子里。

这次的收获非常丰盛，我从早上一直忙到天黑，不光找到了想要的荜茇，还顺便采集了车前草、覆盆子、云松等大都会里难以得到的植物样本。我用指南针找到扎营的空地，生起篝火美美地给自己做了顿野餐，然后借着火光把各种样本分类放好，再摸出了威士忌畅饮。

夜风吹过，火苗呼啦啦地响，我开始感觉到夜晚的寒气，把领子竖起来。查理一定在城堡里享受了美味的招待，舒舒服服地洗了热水澡，躺在雪白的羽毛枕头上入睡了吧，我有些嫉妒地想，但是如果跟他一起待在那里我会更不自在。我在篝火旁边喝酒边看书，在十一点的时候又往火里添了足够的柴火，保证它能燃到天亮，然后钻进帐篷，把马灯挂在头顶，调暗，再把装满子弹的猎枪放在了伸手可及的地方。

看来村民们确实太相信那些愚蠢的传说了。精灵？开什么玩笑，不要说白天，就是天黑以后我也没见到半个鬼影子。等我明天完好无损而且精神百倍地出现在他们面前，一定会让那些乡巴佬大吃一惊。我愉快地想象着神甫那张俊美的脸上露出错愕的表情，迷迷糊糊地进入了梦乡……

夜里风呼啦啦地刮得更大了，我睡得并不安稳，大约是害怕有猛兽的缘故，即使熟睡也竖着耳朵。不知道过了多久，蒙眬中仿佛有音乐断断续续飘过来，还夹着如婴儿般的说话声。意外的干扰让我睁开了眼睛醒过来，那些声音就变得更加清晰了。

难道是别的露营者,不会吧?我在旅店的时候可完全没听说啊。

我揉着眼睛抓住猎枪,警惕地拉开了帐篷一角,但是在下一秒钟,我就觉得自己一定是还在做梦——

离我只有几步远的地方是正在燃烧的篝火,可是竟然在不知不觉中聚集了十几个人!不,它们不是人!人不会这么矮小却比例完美;人没有这么五彩斑斓的肤色,也不会长出蜻蜓一样的翅膀;人不会发出这样尖厉的声音,也不会轻盈地浮在空气中。它们虽然有脑袋、有手脚,吹着笛子、弹着竖琴,甚至还能配合彼此在空中做出舞蹈的动作,可绝对不是人类!

我瞪大了眼睛,连呼吸都忘记了,原本昏昏沉沉的脑袋一下子清醒过来。

几乎在顷刻间我已经搜遍了脑子里所有的自然知识,却没有找到任何可以解释这一切的答案。眼前的这些东西不是虫子,不是鸟,也不是野兽,什么都不是!我恐惧地看着它们围绕篝火飞舞,发出人类婴儿一般愉悦的笑声,还夹杂着奇怪的交谈声,仿佛那是它们特有的语言。

此时此刻我不得不承认,目前唯一合理的解释就是它们是"精灵"。

看来那些关于这个森林的故事是真的,真的有这些古怪的生命存在!以前有村民跟我一样看到了它们,因此传说才在当地流传开来!

但我心底的惊惧和惭愧很快被另一个念头覆盖了——作为一个科学研究人员,我怎么能不好好把握这次机会?我应该好好观察这些"精灵",弄清楚它们到底是什么样的生物。也许它们其实跟魔法和巫术无关，只是一个尚未发现的新物种。

一想到这些，我的心跳反而渐渐平静下来。我慢慢地把猎枪朝后挪了挪，这个时候意外却发生了：为了防野兽，猎枪一直上着膛，但我在移动的时候竟然不小心扣动了扳机，只听得"砰"的一声巨响，子弹从我头上飞出去，把帐篷上挂着的马灯打得粉碎，玻璃、灯油和火苗落下来溅在睡袋上，帐篷里立刻燃成了一片。

我大叫着跳出去，手忙脚乱地拍打着身上的火星，我的怪叫在空地上特别响亮。

凉凉的夜风吹过裸露的脖子，很快又提醒了我另一件事，我僵硬地停下手里的动作，战战兢兢抬起头，然后倒抽一口凉气。

耳边的音乐和笑声已经停止了，十来个如同三四岁孩子般大小的"精灵"无声无息地飘浮着，它们的翅膀在不停地扇动，眼睛都望向我。

而我现在看得更加清楚了——它们长得其实都不大相同，有些皮肤是黄色的，有些是红色的，有些是棕色的，还有些白得如同象牙；它们的翅膀半透明，跟身上的肤色很相近，而且发着淡淡的荧光；它们的面孔长得很精致，很像人类，可是眼睛却又大又黑，简直不符合比例，并且没有瞳孔，此刻这些眼睛都对着我，流露出诡异的光芒。我忽然有种笃定的感觉：它们绝对是超自然生物！

"如果您在森林过夜，午夜十二点后千万不要发出任何声音。"

我突然想到神甫的话，心里暗暗叫苦：现在看来我打搅了"精灵"们的聚会，它们会对我做什么呢？

就在我忐忑不安的时候，这些小东西突然又发出了声音，但这一次的声音尖锐又刺耳，我恐惧地发现它们龇牙咧嘴地朝我移动，然后小手变成了锋利的爪子——它们要杀掉我吗？

我被吓坏了，想都没想立刻转身就逃。

我钻进灌木丛，跌跌撞撞地跑着。天很黑，什么都看不清，猫头鹰的啼叫让人毛骨悚然，地面上凹凸不平，那些密集的树木像巨人一样拦在我面前。我也不知道摔了多少跤，撞了多少下树，脸和手被刮出了多少条血痕，脑子里唯一的念头就是逃。

精灵的叫声和荧光一直跟随在我身后，我听得到它们的小爪子折断树枝的咔咔声。天哪，它们折断我的骨头时不会也是这种声响吧？

我不顾一切地奔跑，但无论跑向哪个方向，总能看见那些发光的小东西出现在不远的地方。啊，这是它们的森林，它们当然可以随意地出现在任何地方。虽然求生的本能让我不愿意放弃，但是当我最后一次跌倒时却怎么也爬不起来了，过度的运动已经榨干了我最后一丝体力。

树林中的光点飞快地聚集过来，把我围拢在一棵老树下。

看着这些精灵大大的黑眼睛和它们如同匕首一样的爪子，我绝望地闭上了眼睛。尖锐的声音在我周围响着，我紧张地等它们撕开我的喉咙，但奇怪的是，过了很久都没有动静。我忍不住慢慢睁开了眼睛，只见一个精灵落到了地上，并朝我走过来。

它全身的皮肤和翅膀上的光芒都是淡淡的绿色，身上穿着树叶一样的衣服，长着一张二十岁左右的青年的脸。它来到我面前的时候，其余精灵的"交谈"都立刻停止了，仿佛在等待着什么。

"啊，原来是个小笨蛋。"

我无比震惊地看着面前的精灵：它的嘴巴里竟然说出了人类的语言。

"看什么？"这个精灵的声音就如同一个年轻男子，只不过非常尖厉，"把你那蠢样子收起来，我们是为了让你听懂才这样说话的。"

我连忙回过神，敬畏地看着它。

精灵满意地点点头，又吩咐道："把你的手给我。"

"做……做什么？"它不会是先从手开始，再一寸寸地把我拆了吧？

"我不说第二次。"

周围的精灵中又响起了一阵叽叽喳喳的声音。我被吓住了，颤抖着把手递给它，它露出了嘲笑的表情，然后一把抓住。

皮肤上传来温热的感觉，我这才发现它的手已经变回了人类的模样。这只手比我的小了近一半，但力气却大得惊人，我一动也不能动，只感到身体里好像有什么东西像丝线一样从它碰的地方被抽了出去。

过了几分钟，这个精灵放开我的手，用黑黑的眼睛打量着我，那目光让我心里发毛。最后他居然咧开了嘴，好像是在笑："原来你是研究员，还是个小贵族。幸好你到这里来只是采标本，没有恶意，否则可就要倒霉了。"

我吃惊地看着它，又看了看自己的手。

精灵在我身边踱步，看上去就像活的木偶娃娃一样可爱，但是现在我一点欣赏的念头都没有，一心只想着它们会怎么处罚我这个入侵者。绿色的精灵回头看看我，飞到它的同伴身边，用它们的语言说了好一阵，然后又回到我面前。

"听着，人类。"它用小手点点我的胸膛，"我们本来不想跟你们有什么关系，因为你们一旦知道了我们的存在就会来破坏这里的一切。"

"我不会说的！"我急切地保证道，"我绝对不会告诉任何人这里的事情。我……我可以以自己的姓氏发誓！请相信我！"

绿色的精灵摇摇头："我们绝对不相信人类，你们从来都不遵守承诺！现在我们觉得应该给你一点教训。从现在开始，你得为自己打扰我们的平静而付出代价。"

我又开始害怕了："你们……你们想做什么？"

精灵夸张的大眼睛转了转："你给我们找来三样东西我们就放了你，否则你就终身待在这森林里，永远别回去！"

我声音发抖地问道："你们要……什么？"

精灵竖起小小的手指。"第一，不用燃烧就能发光的东西；第二，一块从活的动物身上取下的不流血的肉；第三……"他突然歪了歪小小的头颅，"第三就是你自己最喜欢也最讨厌的东西。"

我的头脑中空白一片，半天都没明白过来。

这个精灵却在说完那番话后飞了起来，在半空中冲我挥挥手："快去吧，我们的耐心不算好。"

"等等！"我用尽力气跳起来，"告诉我这些究竟是什么，万一它们根本不存在呢？"

"你有大脑，人类，还有心，别问我这么蠢的问题！"精灵笑着扇动它的翅膀，"哦，对了，希望你不要做傻事，只要你在这个森林里，一举一动都逃不过我们的眼睛。"

五颜六色的小东西们叫着四散开来，很快就隐没在了黑暗中，我一个人垂头丧气地坐在原地。那个绿色精灵说的东西我根本不知道是什么，连头绪都摸不到，那永远留在森林又是什么意思？终身监禁吗？

我真是沮丧极了，心里装满了沉甸甸的"后悔"。如果我不到这该死的森林来多好！我是个自以为是的大混蛋，我早就该听从村民和神甫的劝说，放弃露营的打算。哦，还有查理，哪怕我接受他的邀请一起去城堡也好啊……

正当我无比沮丧地自怨自艾时，那个绿色的影子又意外地飞回我身边。"嘿！"它冲我打了个响指，"我忘了告诉你，为了不让你无聊，我还可以再给你添个帮手。"

我愣愣地看着它，不知道它是什么意思。

精灵指了指远处："喏，快去吧，天快亮了。"

（2）

我坐在原地，看着那个绿色的精灵在半空中画出一道亮亮的弧线，然后"嗖"地一下消失在黑沉沉的树林深处。

我紧绷的肌肉渐渐松弛下来，只觉得全身都没有力气，脑子里空白一片。惊恐过后的茫然让我一时间不知道该怎么办。我尽量回想着那个绿色小东西留下的话，好半天才扶着背后的树站了起来。

此刻，在我惊讶的目光中，这片树林居然开始缓慢地变得明亮，就像有人调亮了一盏巨大的电灯，然后白蒙蒙的雾气从四面八方围拢过来，隔绝了我的视线，让一切都变得模模糊糊。我再一次深刻地明白了：穆格雷夫森林是属于精灵们的，它们在这里想做什么就做什么，而我不过是个毫无反抗之力的小可怜虫。

我靠着树深深地吸了口气，手上和脸上的伤口火辣辣地痛，衣服上也全是泥土、落叶和草浆，看上去就像是在泥地里打了个滚儿，狼狈极了。

我意识到现在自己已经别无选择了，如果想走出这片该死的森林，必须按照精灵的吩咐去做。我不想一辈子待在这鬼地方，我还得回去继承我应该得到的一切！哼，如果我死在这里，那恐怕就便宜了查理，我们十年的竞争就会以他的胜利而告终。

想到这些，我开始移动自己精疲力竭的双腿，朝精灵最后指的方向走去。

它说给我找了个帮手，这让我觉得莫名其妙，这个地方能有什么帮手能解决它们出的怪题，《大不列颠百科全书》？但无论如何我还是决定先去看看，至少弄明白那究竟什么意思——现在我不能放过任何有用的线索。

我深一脚浅一脚地在雾蒙蒙的森林里走着，终于在一片长满了蕨类植物的空地上发现一个非常熟悉的人影，他站在稀疏的山毛榉中间，只是茫然地打量着周围奇怪的景色。我的眼珠子都要掉下来了——

"查理！"我叫起来，"我的上帝啊！"

那个人回过头，露出了一张很英俊、却让我很讨厌的脸。

"吉尔伯特！"我同父异母的哥哥像看到了怪物一样盯着我，然后跑到我跟前，"天啊！真高兴看见你！我都快疯了！"他身上穿着一件衬衫，还有长裤和皮鞋，脖子上挂着领带，头发乱蓬蓬的，就像是慌乱中被拉出门。

穆格雷夫森林历险

"你怎么在这里？"我问道，"你不是应该在城堡里吗？"

"对！我是该在那儿！"他皱着眉头回答，"我跟霍金先生谈了很久的合同细节，在刚要睡觉的时候，眼前突然一花，好像灯光暗淡了一秒钟，然后就发现自己已经来到这个地方了。"

我捂着额头，顿时明白这又是精灵干的好事，他们还嫌我不够烦，居然把我最不想看见的人弄来了。

查理虽然衣冠不整，但比我镇定多了，说话也有条不紊的。遇到这么怪异的事居然还没有崩溃，这大约跟他从小就粗得像鞭子一样的神经有关。我恶意地认为，如果他跟我一样看见了那些长相奇特的小精灵，恐怕还会去跟它们握手问好。

"吉尔伯特，你怎么了？"他没有发现我的心思，连声问道，"这是什么地方？我……我们是不是撞邪了？"

我甩甩头，为自己这副糟糕的外表感到有些不好意思，但还是勉强用最简洁的语言给他说清楚了事情的来龙去脉。查理的眉头皱得越来越紧，最后差点打了个结。我知道对于一贯崇尚理性的他来说，目前发生的事实在是太离奇了，根本超过他的接受范围。

"老天啊，吉尔伯特。"我的哥哥叹了口气，"如果不是我现在站在这片树林里，我一定会认为你疯了。"

"如果真是那样，说不定还要幸运一些。"我没好气地瞟了他一眼，"现在如果不乖乖地给那些精灵找到它们要的东西，我们就会永远被困在这里了。"

查理用双手梳了下头发："我搞不懂怎么会把我也扯进来。"

"哦，真抱歉。"我干巴巴地说，"大约是那个小东西从我脑子里摸清了有关我的一切，当然其中也包括你。"

他目光一闪，转过头去。我这才发现自己的语气中有那么一点幸灾乐祸的成分，但最终只耸耸肩没有道歉。我捡起了一根树枝当作手杖，说道："走吧，我们先商量一下该从哪儿着手。"

查理真的是个古板的家伙，我这样想。当我俩因为这次可怕的意外而被绑在了一起时，他却不断地跟我说很多没有建设性的东西。

"你确定自己听到的线索就是这些吗？"当他在前面用木棍拨开又一丛杂草的时候再次问道。

"当然。"我不耐烦地回答，"我已经说了几遍了。那绿色的小东西只告诉我少得可怜的信息，我根本没办法着手。"

"我不大相信我们把这三样东西找到后，那些精灵就会放了我们。"查理用非常职业化的口气说道，"如果可以的话还是先找找出路比较现实。吉尔伯特，你的指南针还在吗？"

我抬抬手腕："在和不在都差不多，喏，瞧……"指针像只疯狂的老鼠一样不停在"N"和"S"之间旋转。

"你的猎枪呢？"

"丢在营地了。你以为我遇到那么可怕的情况还能镇定地把有用的东西一件件地带出来？"

"那么你的意思就是：我们除了按照精灵的吩咐去做之外别无选择？"

我心里突然很生气——他的口气仿佛是在嘲笑我的软弱与妥协。我站住了："查理，你认为从头到尾我都没有好好想办法解决这些问题吗？"

他愣住了，奇怪地望着我，似乎不明白自己哪里惹我生气。

"哈，又是这个表情。"我更加怒气冲冲，"我记得从小你就是这样，仿佛自己永远是对的，而我做的一切都是愚蠢的。"

查理的脸上有些无奈，好像对着一个无理取闹的小孩儿。"听着，吉尔伯特。"他走到我身边，"我不明白你怎么会有这样的念头，但是我希望你最好别把以前的火气发泄到现在来。目前我们需要的是理智和冷静，除非你是真想在这些树林中间和莫名其妙的精灵待上一辈子。"

"噢，你如果认为现在你可以教训我，那就错了！"

查理灰蓝色的眼睛里冒出一点火星，然后他做了个深呼吸，又转过身去。我们之间的气氛再度变得非常尴尬，我看着他的背影，并不打算道歉。几分钟后，查理宽阔的背部动了动，却没有回头看我，只是用淡淡的口气说道："对不起，吉尔伯特，我没有指责你的意思。我只是觉得，我们可以先讨论一下目前的情况。"

他再次在我面前让步了，我心中稍稍觉得好受了一些。"好吧，查理。"我走到他身边，"你说说看。"

他一边继续用木棍拨开草丛朝前走，一边说："我问你那些情况，只是想知道我们除了按照精灵们的吩咐找到'贡品'之外，还有没有第二条路可走。"

"现在看来是没有。"我非常遗憾地说。

"没错，现在我们迷失了方向，没有时间概念，也没有武器保护自己，几乎不可能走出森林，但是我觉得精灵们的谜语不算太困难。"

"哦？"我问道，"难道你已经猜到了？"

"吉尔伯特，你是一名植物研究员，你对自然界很熟悉，只要你冷静下来，一定可以找到答案的。"

"一个不用燃烧就能发光的东西，一块从活的动物身上取下的不流血的肉，还有我最喜欢也最讨厌的东西……"

"对，"查理说道，"我们从第一个入手，想想看，森林中什么东西是发光的，难道你以前在野外都没有见过吗？"

这一番谈话让我发热的头脑渐渐地冷却下来，我不得不承认查理说得对，我现在需要的不是用争吵来发泄不满和恐惧，而是好好思考。我回忆着自己那为数不多的野外采集经验，搜肠刮肚地找到了几样勉强符合要求的东西。

"月亮会发光，腐烂的动物尸体周围会有发光的东西，还有萤火虫……"我说，"这些东西可以算吗？"

"请注意精灵提出的条件，它不是说过是一件吗？"查理提醒道，"而且它们要的是不燃烧的东西。"

"啊，对，我想起来了，尸体周围的光是磷在燃烧，不能算。"

"那么这里根本没办法分辨白天和黑夜，也不可能找到月亮，所以——"

"去捉萤火虫吗？"我怀疑地说，"它们确实更加符合要求！但是查理，我们到哪儿去找？"

现在是灰蒙蒙的白天——虽然只是小精灵们用法术转换出来的白天，但是光线依然很充足——我们无法在白天去寻找那些小小的亮点儿。

"你知道最大的问题是什么吗？"我对查理说，"萤火虫晚上才开始活动，而这里却根本没有天色的变化。"

"是的，而且我们必须找到萤火虫最有可能出现的地方。"他点点头。

"沼泽、河流?"我想了想,"可惜指南针坏了,否则我可以找到来时的那条小溪。"

查理摸了摸被雾气润湿的衬衫,打了个喷嚏:"天哪,越来越冷了。我们最好能快点儿。"

我看着他可怜的样子,忍不住摸了摸身上——我厚实的外套下面还有一件羊毛衫,或许给他穿会有些紧,但是好歹能暖和一些。于是我脱下自己的衣服递给他,不出意外地看到他眼睛里露出惊讶的神色。

当然了,自从我们认识了彼此以后,就没有过一丁点儿友好的表示。现在我的举动在查理眼中或许跟太阳从西边出来一样。

我咳嗽了两声,有些尴尬:"啊,我走得有些发热了,刚好你也冷了,不是吗?"

查理没有推辞我的好意,他一边穿上那有些短小的衣服,一边露出微笑。"非常感谢,吉尔伯特。如果你在父亲面前也能这样做,或许会更好!"

我的脸色霎时间变了,原本对他萌发的一点点好感立刻烟消云散。这个人总是有办法轻易地激怒我——

"你这是什么意思?"我腾地一下站了起来,刷白了一张脸,"查理,难道你以为我必须对你和和气气才能让父亲高兴?你认为我对你友善点儿是可以用来讨好父亲的行为?"

"吉尔伯特,我没有这个意思……"

"算了吧,"我厌恶地摆摆手,"我知道父亲比较喜欢你!是的,他喜欢你这个什么都能做得很出色的孩子!每次我们闹矛盾他都会站在你这一边,所以你当然会认为我必须对你有个好脸色，父亲才喜欢我！是吗？可惜我从来不愿意惺惺作态！"

查理的脸上露出了很难受的表情："不是这样的，吉尔伯特，你太偏激了！"

"恐怕恰恰相反，是一直作为榜样的你没有顾及我的感受！"他的话让我更加生气，"你是个好儿子，查理，父亲更加喜欢你！我从一开始就知道，可是我不想为了博得他的喜爱而去奉承你！我就是这样一个人！"

查理的眉头皱得紧紧的，似乎对我第一次这样干脆地吐苦水感到非常震惊。我从小到大就被父亲不断地拿来跟他做比较，却只有在这个时候才能痛快地说出憋了很久的话，这还是那些精灵给我的机会。

我觉得委屈，真是非常委屈！

查理也不再说话，他抚摸着裹在身上的衣服，低下了头。周围一下子变得非常安静，静得能听见我们的呼吸声。

我转过身，想也没想就准备离他远一点儿，让自己的情绪平复下来。就在我刚一抬腿的时候，查理却一下子拉住了我。

"干什么？"我冲他嚷嚷。

他举起双手，郑重地做了个"休战"的手势。"我道歉，吉尔伯特，对不起……"他严肃地说，"我以前太大意了，确实忽略了你的感受……我绝对没有故意伤害你的念头，我可以发誓。"

他这样反而让我讷讷地不知道该怎么回应，那满肚子的火气也灭了一半。我好像还很少给诚心致歉的人难堪。

"算了吧……"我嘟囔着挥挥手，"现在吵架确实有些愚蠢，我们还是详细地商量一下怎么去找到第一样东西。"

查理松了口气，咧开嘴角，难看地笑了笑。

穆格雷夫森林历险

我们漫无目的地在森林中走，野草划着我们的长裤。等到情绪平息下来以后，我开始认真地考虑自己思维上的局限性。当然了，荆棘、野荨麻、车前草、光秃秃的报春花和雏菊，这些我都很熟悉，我了解这森林里百分之六十左右的植物，为什么不能从这里面去寻找有那有可能符合要求的……我可真是个笨蛋啊！

和查理的口角让我头脑发热，却成功地把注意力从恐惧和焦虑中拉到了我熟悉了十几年的敌意中，这很有用，因为气氛我熟悉；并且，白茫茫的冰冷的雾气也帮助我运用理智来思考问题了。我忽然觉得有个人——哪怕是个讨厌的人——在身边，确实比单独在这个森林瞎撞好得多。

"尽量找山毛榉吧，"我对查理说，"越老越朽的越好。"

他脸上露出了困惑的表情，但是并没有多问。无论如何，在野外求生的知识方面，植物研究员无论如何也比地产评估师要好。

查理认真地和我搜寻着这片森林里的每一株山毛榉，仰着脖子到处看，走了很久以后，终于在靠近溪流的阴暗处发现了符合我要求的两株。它们周围有很多松柏和橡树，因此显得矮小又委屈。我欣喜地加快步子跑过去，像猎狗一样低下头。

"你找它们做什么？"查理好奇地看着我围着这两株山毛榉转了一圈。

我从靠近根部的位置摘下了一朵蘑菇——那里生长着一大串呢。"月夜茸。"我摇晃着那玩意儿，满意地对查理说，"它可以在晚上发亮。"

在山毛榉的树干下半部，长满了扇形的菌，它们毫不起眼地连成一片肉色，每个都只有半个手掌大小，安静地、平和地、有次序地挤在一起。

查理盯着它们，又把目光移向我。"这蘑菇能发光？"他一贯精明的脸上头一次露出傻里傻气的表情，"我觉得它们看上去更像普通的食用菌。"

"是吗，我也饿了，可惜它们有毒！"尽管只是专业知识上的不同，但我仍然为查理犯错并向我请教而感到有些小小的得意，"可以把衣服暂时还我一下吗？"

他迷惑地眨眼，没有反对，利索地把毛衣脱下来。我用衣服罩住手里的小蘑菇，然后让查理从缝隙中往里看，他低低地叫了一声，充满惊喜——月夜茸菌盖下面的菌丝会发出绿色的荧光，在黑暗的地方看得很清楚。

我把衣服还给查理，上上下下地摸口袋，找到一把只有两英寸长的小刀——我顺手拿来削植物表皮的工具——然后用它把长着五六个月夜茸的那段老树皮割开，再和查理一起用力撕下来。

"好了，"我小心地端详着它们，因为没有装的东西，只好拿在手里，"如果我们能尽快解决第二个问题，也许可以赶在月夜茸正常发光的时候给那些小怪物送去。"

"送到哪儿？它们有没有指定一个地方？"

我呆住了。

"那么，"查理好脾气地继续询问道，"它们是不是告诉你找到答案以后该怎么通知它们，呃……或者发出什么信号？"

我瞠目结舌，一句话也回答不出来。那些小精灵什么都没有说，它们就像猎犬赶狐狸一样把我困在这个地方，丢下三个莫名其妙的谜题，此外就没别的了。因为之前我经历了人生中从未想象过的稀奇古怪的事情，所以我根本没有注意这个基本的问题，现在查理的话让我完全蒙了。

"没有！"我咬牙切齿地捧着月夜茸，"那些家伙喜欢让我们猜谜，它们也许在暗示我们该自己去找个邮局或者打电话报告什么的。"

一阵尖细的笑声突然从背后响起来，把怒气冲冲的我和查理吓了一跳。

我们转过身，看见在五码外的倒塌的树干上，坐着一个小人儿，一个真实的精灵——我觉得也许是雌性，因为它穿着干枯的车前草叶子做的长裙，芒果般的黄皮肤上也有很多图案诡异的石头装饰品。现在它交叠着双腿，用一种矜持而颇感兴趣的神情望着我和查理。

我们退后了几步，查理还忍不住叫了一声。我戒备地看着它，感觉周围的空气一下子变得冰冷，无形的压力让我心跳加快。我刚才提到它们时口气不太好，这会让它不高兴吗？

"啊，"它用比那个绿色精灵更尖的声音说道，"你们看起来气色不坏。"

查理瞪着它，然后又转向我，脸上的肌肉有些不正常地抽搐——他是头一次看见小精灵，当然会被吓着，虽然我也仍然心存畏惧，但总算比他好点儿。

"怎么样，人类？"黄皮肤小精灵的眼神就好像我们看着会唱歌的猫，"你们有没有一点儿进展呢？我好像感觉到这里冒出了欢乐的情绪。"

我怀疑地看着它，又打量四周，并没有发现它的同类。精灵从那段树干上浮起来，我注意到它背上的翅膀在快速地振动。当它朝我们移动过来的时候，我还是头皮发麻，有种想要逃走的冲动。"你……你来做什么?"我结结巴巴地问,"决定释放我们吗?"

"噢,不。"它兴高采烈地挥动着细长的手指头,"我是来验收第一个问题的答案,当你们两个内心都确认了之后,我的朋友们就会叫我或者别人抽空来看一看,评判你们找到的东西是不是符合要求。"

也许是觉得我和查理就是你们在吃下午茶的时候随便打发的推销员吧?我在心底愤愤不平地想,可因为害怕这些怪物会觉察,又立刻将抱怨的念头压下去了。好在黄色精灵的表情还是老样子,没有发现我刻薄的想法。

查理碰了碰我,示意我把手中的月夜茸交出去。我忐忑不安地把手里的东西递给验收者,并且充满恶意地等着看它怎么抱起有身子三分之二大的树皮——如果它被拖到地上就好了。

然而小精灵只是看了看那些树皮上的月夜茸,摇摇头:"你拿着吧,人类。"随后它打了个响指,周围的天色立刻暗淡下来,那些迷蒙的白雾像是有意识地退去。随着它们离开,森林仿佛又回到了我熟悉的黑夜里,月夜茸们在我手中发着光,一个一个如同幽灵的眼睛。

我突然有些不寒而栗。

小精灵的翅膀和身体仿佛也发出了淡淡的黄色光线,它上上下下地绕着月夜茸飞舞,咂咂嘴巴,很遗憾的样子。查理英俊的脸在极淡的荧光中变得分外可怕,就像个表情狰狞的陌生人,但是他并没表现出畏惧,我觉得他好像比我还要镇定。"别担心。"他向我做了个口型。

"看来是这样的,"精灵慢吞吞地哼哼道,"好吧,就算是你通过了。当然这只是第一样东西。"

它很不情愿，可是我却欣喜万分——不管怎么说，我们找对了，解决了第一个难题！我兴奋的心情简直难以描述，但是为了不让面前的这个来验收的考官难堪，我很费力地阻止自己笑出声来，现在的模样肯定怪里怪气的。

小精灵动了动长长的手指，那段树皮和月夜茸从我手里飘走，静止地悬浮在它身边。它又打了个响指，周围重新变成了雾气蒙蒙的白天。

"加油吧，人类。别高兴得太早，你们还有两样东西呢，我保证它们不像这个一样容易找到！"小精灵用尖细的声音对我说，又看了看旁边的查理。它漆黑的大眼睛里好像多了点儿亮光，我认为这表示它满怀恶意。"怎么样？"它咯咯地笑着问，"我们给你找的帮手很管用吧？"

查理皱起了眉头，而我则没好气地回答："是啊，至少我的心情变得不错。"

那可怕的小家伙又发出一阵刺耳的笑声，终于飞远了，变成光斑从我们面前消失。

我全身绷着的力气一下子都跑光了，双腿发软，而查理对我勉强一笑，我看见他连鼻尖上都是冷汗。我们都从对方的眼睛里发现了熟悉的恐惧，还有些惊魂未定，这让我们莫名其妙地产生了一丝亲近：是因为同仇敌忾的感觉吧。

"好了，"查理靠着他背后的一株榛树慢慢坐下来，"看来那些精灵还保持着理智，而且很诚实。"

"如果它们有宽容和仁慈的品质就更棒了。"我也坐下来，用手划拉着面前的一株蒲公英。

虽然森林里亮了，但冷冷的、淡淡的白雾还是让我们分辨不清周围方向。汗水带走了身上的热量，当惊恐、喜悦等情绪退去以后，我又陷入了新的茫然中。我反复用刚才成功找到月夜茸的行为鼓励自己，这样会稍微有点劲儿。

"好吧，现在——"我说，"——咱们得面对第二个难题了。"

查理侧过头看我，表示同意："对。它们要'一块从活的动物身上取下的不流血的肉'，是吗？"

"没错。"

查理长长地吸了口气，他这次没有急着发表意见，反而高深莫测地盯着我："你怎么看，吉尔伯特？"他客气的口吻让我很不习惯。

"不知道。"我大大方方地告诉他，"我学的是植物研究，不是动物。老实说，我想不出怎么能让动物不流血地贡献出一块肉来。"

查理脸色阴沉，这个问题也难住了他。但他很快就笑了笑，说："没关系，我们会想到的，也许现在开始早了点儿，我太心急了。"

之后我们有几分钟谁都没再说话，当我慢慢地从茫然中清醒的时候，突然意识到，刚才我的话多少有些不礼貌，也许查理会以为我对他还是冷言冷语。不过这和我平时的口气一样吧……我有些懊恼：也许我真的就是个不讨人喜欢的家伙。

如果没有到了穆格雷夫森林，也许我没机会知道自己的毛病——但也可能因为两个人同时处于困境，我会下意识地做点让步。

我装模作样地清了清嗓子，查理抬起眼皮望着我。

穆格雷夫森林历险

"基本上,我觉得应该排除蛇蜕下的皮。"我用很正经的语气说,"既然那些小东西说是动物的肉体,就得除开角质之类的东西。"

查理眨了眨眼睛,他聪明的脑子当然知道我突然开口意味着什么。他似乎笑了笑,很轻微的,然后接下了我的话头。

"我同意你的看法,吉尔伯特。"他说,"那么首先被排除的应该是昆虫,是吗?"

"羽毛不能算吧?"

"显然是这样。"

"那么无论是割什么动物的肉,鸟啊、兔子啊,都得流血的。除非是那块肉能自动从动物身上掉下来,并且脱落的时候不流血。等等——"我突然顿了一下,然后看着查理,"你也想到了同样的答案,是吗?"

他猛地站了起来,满脸的惊喜。"蜥蜴!"他点点头,"我们得去捉蜥蜴。"

看来我们都不笨——至少比我们自己以为的要聪明。

"正是这样!"查理大步走到我面前,主动伸出手,"来吧,我们现在需要它的尾巴。"

在阴沉发白的雾气中,即使是从下往上看也不会有逆光的效果,所以我发现查理端正的脸上有很认真的表情。在我们之间不愉快的相处中,这样的表情非常可贵,因为这表示他把我放在一个友好而平等的地位上。并且,我也觉得他不像我想象中那么讨厌,这是从昨天到现在我唯一觉得有价值的事情了。

(3)

　　我和查理出发去寻找蜥蜴,这可比寻找月夜茸要难多了。那些该死的家伙在森林中有很多藏身之地,而且它们还长着脚,一点风吹草动——比如踩到枯树枝的响声或者加粗的呼吸声——都会让它们逃之夭夭。

　　我和查理寻找着树木稀少而岩石和沙土裸露的地方,我们尽量放轻每一步,生怕惊动了那些几英寸长的小东西。我的眼睛瞪得像蟾蜍一样大,从腐烂的落叶和岩石的缝隙中间寻找着蜥蜴的踪影,腰部因为一直弓着而开始酸痛。"快点给我出来!出来吧,孩子们,我们只要你们的尾巴!"我神经质地在心里嘀咕道,同时瞟了瞟查理。

　　他穿着滑稽的毛衣,用木棍轻轻拨弄着稀疏的野草,有些螳螂偶尔蹦出来,飞快地逃走,还有些肥胖的田鼠哧溜哧溜跑过。

　　我像老头子一样敲了敲腰,抱怨道:"该死的,现在怎么才能让那些爬虫乖乖地出来啊,我们总不至于要一直这么找下去吧?"

　　查理只是抬头看了看我,便继续刚才的动作。"很遗憾,"他淡淡地说,"没有任何工具可以用来做陷阱,所以只好用肉眼来找了。忍着点儿吧,吉尔伯特,我们很快就能离开这里了。"

　　我看着他俯下高挑的身子,缓慢地寻找着,突然想到了过去的一些事情。

　　查理好像总是这样,不会抱怨、不会半途而废。在上学时,我偶尔会因为心情烦躁丢下手头的事情溜走,但查理却能坚持下去。他总能比我先完成作业,或者别的事情。我们第一次上马术课的时候，我对那巨大的动物充满了恐惧，死活都不先上去，于是查理去了。其实他也害怕，我看得出来：他几乎趴在了马背上，脸色苍白，双手死死拽着缰绳，怎么都没办法放松。但是他一直待在那儿，无论如何都坚持到了老师说"结束"。

他的每一门功课都比我迟一些开始学，但是用不了多久就会赶上我。我过去对此常常愤愤不平，却很少去思考背后的原因。

冰冷而稀薄的雾气在我们身后飘浮，我看着查理，自嘲地耸耸肩，然后学他的模样重新开始。

我们又找了很久，虽然手表已经不管用了，但我也感觉起码有一个小时了，在我前方的查理突然站住，朝我做了个"停止"的手势。他指了指不远处，我也立刻看见了——

在一块裸露的岩石上，有一只八九英寸长的沙蜥，它淡褐色的背部和皮肤上的黑白斑点很醒目。此刻它似乎正全神贯注地看着前方，我猜那里或许停了一只倒霉的昆虫。

我紧张得心跳加快，使劲屏住呼吸。查理示意我们脱下鞋子，不要发出声音，然后尽量踩在有大块岩石的地方。

我兴奋地摸向那只蜥蜴，它还关注着自己的食物，似乎并没有发觉我们的靠近。我已经来到查理侧前方，做出了准备扑过去的动作。

这个时候我感觉到他皱起眉头，似乎不愿意我去捉那只蜥蜴。他指了指自己，我摇摇头——这次我不是因为讨厌他会抢在我前面，而纯粹是由于我离得更近，角度更适合。

于是我坚定地向他点点头，然后把注意力放在了背对着我们的蜥蜴身上。现在它在一码开外，非常近。我像兔子一样蹦起来，猛地扑向了前方。我的速度很快，基本上我都无法想象自己能这样快,那蜥蜴只是朝左移动了半步就被我逮住了。

我能感觉到扣下的双手中有东西在扭动着身体,拼命想挣脱,我不敢用力,只能大声叫查理来帮忙。

但就在这个时候,一种古怪的感觉从空心的手掌中间传来:那条蜥蜴的身体鼓了起来,仿佛是在膨胀。

我连忙伸手去摸索尾巴的位置,但它的身体已经在瞬间撑开了我的手。

"天哪!"我发出尖叫,"见鬼了!"

几乎只用了几秒钟,一股巨大的力量把我弹起来,摔在地上。我眼睁睁地看见几英寸长的雌性沙蜥长成一匹马那么大的巨怪,顿时吓得连心跳都要停止了!

"吉尔伯特!快跑!"查理在我身后叫起来,"你愣着干吗?快离开那儿!"

我当然想跑,这个时候谁不会逃走?可是我的腿发软,站起来都困难。那怪物黑溜溜的圆眼睛离我最多只有两英尺,我看到它翕开的嘴巴里探出了长长的、猩红的舌头,仿佛在说"嘿,你是我的点心,朋友"。

我移动着发抖的双腿,不顾一切地朝后面爬去,那姿势肯定非常狼狈,但我早就顾不上了。查理正从地上捡起一些石头,向那怪物扔过去,同时大喊着吸引它的注意力。我感觉到左脚脚踝处突然传来一阵剧痛,转头一看,已经被那怪物咬住了。

我惨叫起来,并用尽全身力气抓着地面,因为我已经感觉到了身后那股强大的力道正在把我往后拖。

我会被吃掉吧?会被吃掉的!

脑子里充满了恐惧的念头,心仿佛要跳出来了!我疯狂地挣扎,但无济于事,拖拽的力量太强了,而且我脚踝钻心地疼!我的手指在碎石和泥土中划出五道深深的痕迹,皮肤都磨破了!

"查理!查理!救救我!"

我拼命地喊着,而查理也很快发现那些投掷的石头对巨大的蜥蜴无法造成伤害。他脸上露出可怕的神情,猛地抄起手中的木棍冲过来,用力打那怪物的嘴和眼睛。

脚踝上的力道小了一些,但我知道它并没有松开,只是因为查理的攻击让它分心而已。我奋力地想把脚缩回来,可稍微一用力就被发觉了,它立刻重新咬合下来。我仿佛听到咔嚓一声响,最坏的事情发生了——我的脚断了!

查理毫不畏惧地继续打那怪物的眼睛,它偏着头东躲西闪,把我也拖着乱晃。我都快疯了,剧痛和惊恐让我一直没法儿闭上嘴。我把全部希望寄托在查理身上——他正勇敢地试图帮我赶走这只怪物,这才让我没有崩溃。

蜥蜴嘴里发出嘶嘶的声音,然后一截断掉的木棍被扔在我面前,脚踝处也忽然被松开了。那大家伙终于忍无可忍地放弃了我这块点心,想逃进树林里。我看见它在转身的时候那长长的尾巴甩过来,最细的末端也足有我的手腕那么粗。

我暗暗地叫了一声"感谢上帝",但查理却没有罢休,他飞快地扔掉折损的武器,然后抓住了这怪物的尾巴!

"小心!"我焦急地吼道。

查理涨红了脸,死死拽着那怪物的尾巴,无论它怎么用力摆动都不松手!我真担心恼羞成怒的蜥蜴会不由分说再转过来咬他,但那怪物只是拼命地甩动尾巴。查理打了个踉跄,依然抓得牢牢的。

我看出了他的目的，连忙抱住他的腿。那只体形大得离谱的沙蜥再次奋力扭着它倒霉的尾巴，它显然在为多出来的两百多磅负担而烦恼。

忽然，我俩感到手头一松，仰倒在地上，只听见一阵窸窸窣窣的响声，等我们坐起来的时候，那怪物已经钻进了灌木丛中。

半截巨大的尾巴留在我们手中，仿佛还有生命一样继续扭动着，虽然断口处有嫩红的颜色，地上却没有血迹。

我和查理过了好一会儿才恢复力气，慢慢地坐起来，可谁也没有因为拿到想要的东西而欢欣鼓舞，只是露出了极为相似的苦笑。我们狼狈极了：他的头发凌乱，脸上全是被蜥蜴爪子划出的血痕，衣服也破损了好几处；当然我更倒霉，左脚断了，双手在地上抓得鲜血淋漓的。我们喘着粗气，像两匹劣马，耳朵里嗡嗡作响，连动一下手指头都觉得费力。

我看着查理靠在石头上，用袖子擦了擦脸上的血迹，犹豫了片刻，声音沙哑地对他说："谢谢你……"

查理僵了几秒钟，他的表情告诉我他好像很不习惯听到我说这样的话。"哦……吉尔伯特，"他不安地说，"别客气，你是我弟弟。"

在我们相处的这些年来，他几乎只有几次这么称呼过我，比如圣诞节的时候在父亲面前，比如聚会时在师长和客人面前，每次都会让我生气很久，我从来没因为有一个优秀的哥哥而高兴过，所以私底下我们尽量少交谈。

不过今天我觉得那个代表了血缘关系的词变得可爱而亲切，因此向这个长久以来都敌对的男人友好地点了点头。

查理的惊讶更加明显，但是他控制得很好，只是在棕色的眼睛里渗透着一点喜悦。"让我看看你的脚。"他沿着一道衬衫的破口把那截袖子撕下来,"伤得重吗?我来帮你包扎一下。"

"别,千万别!"我连忙阻止了他,这下挺身的时候拖动腿部的肌肉,脚踝又发出可怕的剧痛,冷汗都出来了,"我想大概骨头断了,千万别碰它。"

"老天啊,吉尔伯特。"

我故意用轻松的口气安慰道:"哦,我还能够挺住,查理。先把咱们的战利品收好,行吗?"

"它丢不了!"查理朝那已经安静下来的蜥蜴尾巴吐了口唾沫,"该死的东西,我敢肯定它被施了魔法,精灵干的!这森林里的怪事已经够多的了!"

"对了。"我忽然想起来之前的事,问道,"你为什么给我做手势,本来你想去捉那家伙的,对吗?"

"哦,是的。"他回答,"我当时只是忽然觉得奇怪,在这样的森林里出现旱地常见的蜥蜴种类有点凑巧。抱歉,如果当时我能阻止,或者我动手,也许你就不会受伤了。"

他可以替我想到这一点,让我很感激。

"好了,别为这个道歉,那没什么,重要的是至少我们找到了第二样东西。"我看着那快要一米长的蜥蜴尾巴,断口处嫩红的肉让我恶心,我把脸转到别的方向。

查理起身朝周围的白雾望去。"现在那些精灵会来拿吗?上一次它们不是派人过来了吗?"他大声叫道,"快出来啊,快来啊,精灵!你们要的第二样东西,我们找到了!"

由于没有回音,洪亮的声音在森林中显得很渺小、很孱弱。时间一点点过去,查理越来越着急,我的腿更疼了,汗水湿透了内衣。虽然血仿佛是止住了，但骨头得尽快接上并固定起来，我们两个对此都不在行。查理叫了几声后回头看看我，也许是我脸色很难看，他的眉头皱得越来越紧。

就在他的语气越来越不耐烦的时候，我听到旁边的灌木丛里有些响动。

我和查理都警觉万分，第一反应就是去抓身边的石头。以我俩现在的情况，万一又是什么猛兽我们可没法儿抵抗。我忍着剧痛试图站起来，但是怎么努力都不成功，脚踝处好像有把刀不停地往身体里钻，扯着我大大小小每根神经。查理想来帮我，又使不上力气。我抓着他的手，同时把头转向发出声音的地方，紧紧盯着那里的灌木。

一个深棕色的大家伙在灌木后面蠢动，很像是刚才的逃兵。我暗暗叫苦，既害怕又着急。那怪物长长的嘴很快就拨开了一丛荆棘，露出三角形的头颅。

我和查理的掌心都出汗了，我们现在只能坐以待毙，绝望地看着那怪物迈着笨拙的步子朝我们走过来，猩红的舌头仿佛寻找美味一样探出了口腔。

但是，等大沙蜥的身子都钻出了灌木丛以后，我们赫然发现一个红头发、红皮肤的小人儿坐在它背上。那正是查理呼唤了半天的森林主人。

这个精灵得意地笑着，仿佛很高兴看到我们狼狈的模样。

"你们好，人类！"它用尖细的嗓子乐呵呵地说，"噢，似乎状况不妙啊。"

我和查理提到嗓子眼儿的心稍微放下来——小精灵的出现很可能就代表着我们找对了答案，而且它不会让沙蜥把我们吞下去，因为还有第三个问题等着呢。

我咽了口唾沫，看着那个红色的小精灵扇动着翅膀从沙蜥背上浮起来，飞到我们身边。这次略低的声线和裸露的胸膛让我能轻易辨认出它是"男性"。

"你负伤了，人类？"它看着我血迹斑斑的左腿说，"你们比我想象的还要脆弱。"

我刻薄地说："我们一般都用枪和野兽较量。"

小精灵很不屑地冷笑道："那很无耻，人类，用火药对付只有爪子和牙齿的动物可不是什么光荣的事情。"

我很想说"这是因为我们的智慧能造出比尖牙利齿更有威力的武器"，但是刚张嘴的时候查理拉了我一下，提醒我克制住自己的情绪。我恨恨地把头扭到一边去，那精灵却猛地飞扑过来，红色的头发像火苗一样飘动着。它用瘦小的手把我的头拨正，黑得吓人的眼睛离我不到两英寸远。

"我知道你在想什么，人类，别不服气。"它冷笑着说，"我最讨厌的就是你们的傲慢！武器只是反映出你们本身的脆弱而已。"

"够了！"查理粗声粗气地插话，我看得出他有些紧张，是刻意打断了精灵和我的对峙。"不管怎么样，我们找到了你们要的东西。"他朝地上抬了抬下巴，"喏，是这玩意儿吧？一块从活的动物身上得到的不流血的肉。"

"没错！"小精灵大笑起来，然后用手指点了一点，那根巨大的断尾朝它飞过去，在缓慢的飘浮过程中竟然不断缩小，又恢复成不到一英寸的模样，与此同时，精灵身后巨大的沙蜥也在缩小，变成了普通的模样。

"回去吧。"小精灵向它挥挥手,那蜥蜴咻溜一下转身就消失在草丛里。

我和查理对面前不可思议的魔法无动于衷,本来都有些麻木了,在看到那个红色的精灵把蜥蜴尾巴提在手上的时候,却立刻感觉到有愤怒的火苗从心底蹿上来。

"等一等,"我口气恶劣地问道,"那条沙蜥,就是刚才你放走的那一条,它原本就是条普通的蜥蜴,对吗?"

小精灵攥着那条尾巴,不置可否地冲我摇晃着脑袋,没有回答,但是它的嘴角明显挂着嘲弄的微笑。我一下子像被点燃的火药般炸开了——

"你想杀了我们吗?那家伙差点儿吃掉我的脚!"

红色的精灵上上下下地飞舞,咯咯笑着,我真恨不得捏碎它!

查理死死拉住我的手腕,生怕我气昏了头冲上去。"冷静点,吉尔伯特,"他在我耳边低声说,"我们就快要成功了,忍着点儿。"

好吧,一切都是为了离开这该死的鬼地方。我呼呼地喘着粗气,不去看那像火烈鸟一样招摇的红色精灵。

过了一会儿,它终于得意地停下来,并且用小小的指头朝我的左脚处转了几下。我感觉到被蜥蜴咬断的骨头开始发痒,并且越来越剧烈。我大惊失色地叫了一声,忍不住弯腰想去抓。查理连忙扶着我,问道:"怎么了,吉尔伯特?疼得厉害吗?"

我不知道该怎么向他形容这感觉,只是忙乱地去挽起裤脚——

那血肉模糊的伤口竟然正在愈合!皮肤下翻出的肌肉缩了回

去，骨头似乎在"吱吱"地响着！身体里的奇痒因为抓不到而更加强烈！

查理朝精灵吼道："你对他做了什么？"

那家伙一点也不怪查理的粗暴无礼，很宽宏大量地安慰道："不用担心，只是让他的骨头重新接起来，就算一个赔礼好了。"

它说的是实话，不到一分钟，那折磨人的剧痛和麻痒都已经消失了，我的脚踝处只剩下了莫名其妙的发热感觉。

"喏，"小精灵挑衅似的朝查理努嘴，"我们没你想的那么可恶。"

"怎么样，吉尔伯特？"查理没回应小精灵的讥讽，把注意力放在我身上，"能站起来吗？"

我一手撑着石头，一手抓住他的前臂，慢慢地把力气移到原来负伤的脚上，完全没感觉到预期的疼痛，一丁点儿都没有。我瞪大了眼睛，甚至用力跺了几下脚，完全没有一点儿不舒服。

很神奇，很不可思议，比任何现代医疗手段都有效，但是我并不想为此说"谢谢"，显然那个精灵也并没期待这个。

它不像上一个黄色的同伴那样很快离开，反而落在我们旁边的石头上，用小手砰砰地敲打着，那声音像水波一样在树林中扩散，我可以看见周围的草木有规律地摇摆。不一会儿，一些颜色各异的光点儿从远处出现了，并且朝这边飘来。

我和查理顿时又紧张起来，不知道它们想要做什么。

还有第三样东西呢，我对自己说，在找到最后一样东西前它们不会伤害我们的。查理拽着我的袖子，示意我靠后，我感激地向他笑了笑，摇摇头。我们现在变得很有默契。

彩色的光点儿很快就飘近了，我看到它们都变成了身高如同幼儿的小精灵，什么颜色都有，还梳着奇怪的头发，用植物枝叶或者动物毛做成精巧的衣服。它们和皮肤同样颜色的翅膀急速扇动着，上面浮着一层荧光。

这些小精灵笑嘻嘻地看着我和查理，纷纷交头接耳。我心里很恼怒，却没有表现出来。这些该死的家伙表现得像我们在动物园里看猴子时一样，这让我受不了。我用厌恶的目光回敬它们，同时发现了不久前拿走第一样东西的黄色精灵也在里面。我想找到最开始给我出题的绿色精灵，但是仔细分辨了很久也没有看见它的影子。

"你在找什么？"查理低声问道。

我摇摇头，不知道为何心底有种不祥的感觉。精灵们渐渐停下了交谈，然后围成一个圈，他们的手朝中心伸出去，一个人头大小的黑色罐子出现在半空中，然后下降到离地面一英尺的地方，接着周围枯叶自动聚拢起来，燃起了白色的火焰；我想那并不是真正的火焰，因为叶子没有一点儿焦黑的痕迹。两个蓝色的小精灵——一个浅蓝，一个深蓝——从半空中凝结出硕大的水球，放进了罐子里。

"我看它们是要做饭，对吗？"查理用不太合适的幽默口气揣测，我勉强干笑了几声。

这时黄色的小精灵从身上拿出那些月夜茸，投进了罐子里，它朝我诡异地挥了挥手，让我身上起了层鸡皮疙瘩。

白色的火焰很快就让罐子里响起了咕噜咕噜的水声，还有一些菌类的香味飘出来。这个时候，红色的精灵上前去，把半截蜥蜴尾巴也丢到里面。

"原来它们喜欢熬汤喝。"我嘀咕道，"我还以为精灵都不吃东西呢!"

"那个……真的可以吃吗?"查理皱着眉头说,"我记得你说……那蘑菇好像有毒,对吗?"

"也许它们不怕,谁知道呢?它们可不是人!"

"第三样东西该不会是加在罐子里的汤料之一吧?"

"我最喜欢同时又最讨厌的东西?有这个可能,看来我得好好想想我自己最喜欢的配菜了。我一定会感谢这些家伙烹饪时居然还能顾及我的爱好。"

查理先是笑出声,很快又闭上嘴。我俩现在离小精灵们挺近的,说话声音都很小,同时还得避免有大的动作引来它们的注意。我搞不懂它们到底想干什么,只能等着看它们下一步动作。

空气中又混入了一丝熟肉的味道,那些小精灵把火焰稍微压低一些,然后统统把身子转向我和查理。它们停止扇动半透明的翅膀,在树枝、岩石和杂草中间坐下来,那细细的、尖锐的交谈声也突然没有了,周围安静得古怪。

我咽了口唾沫,再度紧张起来。小精灵们的架势实在让我摸不透,仿佛在等待着什么。

终于,一个黑色的小精灵飞了出来,它的头发笔直,手脚细长,脸部嵌着一双椭圆形的眼睛,那双眼睛没有瞳孔,只是一片让人胆寒的黑色。虽然背后的翅膀像蜻蜓一样动着,但是长长的头发却没有一丝飘起来,这景象确实让我毛骨悚然。

当它飞到我和查理面前的时候,我们都禁不住朝后退了一步。

"好了,人类。"它的声音也不像别的同伴那样只是尖得厉害,而更类似于刮削金属般刺耳,"现在,让我们来谈谈你要找的第三样东西。"

（4）

第三样东西。

是的，看起来似乎比前两个稍微简单一些、却同样古怪。只要找到了它，我和查理就能彻底离开这鬼地方，摆脱那些恶心精灵给我们的噩梦。但可以预见，即使如此，我也有很长一段时间不敢再到什么树木茂密的地方去了。我是一个容易记住负面经历的人。

"吉尔伯特！"查理低声叫我，"你在发什么愣？"

我难看地咧咧嘴："思考，当然是在思考。"

黑色的精灵看着我俩，圆溜溜的眼睛里没有任何情绪，它只是在等待着答案，并且是我的答案——因为它朝我又飞近了一些："现在告诉我们，什么是你自己最喜欢又最讨厌的东西。"

刺耳的金属般的声音让我很不舒服，而且我不愿意直视精灵墨一般的眼睛，不知道为什么，这个精灵比起别的精灵来，让我更加不寒而栗。我垂着头，不自在地拍着衣服上的沙土和枯叶。

"请……请让我想一想。"我躲避着精灵的视线，申辩道，"我应该有一点思考的时间吧？"

"好。"它干巴巴地说，"也许你需要十分钟。"

查理对此有些不满："难道不能多给一点时间吗？我们还得去找呢，为什么这个问题要限制时间。"

"因为这次不用你们找了，"黑精灵平静地解释道，"如果在十五分钟内说出了正确的答案，我们会把它取来的。"它又看着我："人类，现在你要做的只是好好想一想而已。"

我和查理相互望了一眼，没有办法再发出异议，而这个黑漆漆的精灵明显没有回避的意思。它就像一个法官一样直直地悬在我们面前，默然无声地注视着我们。

我觉得身上好像爬满了蚂蚁一样难受，终于无法忍受地转身走到旁边，又坐到了地上。查理则站在我面前，刚好挡住了那些精灵的视线。

"现在全靠你了，吉尔伯特。"他说，"我帮不上什么忙了，那个问题是针对你的。"

"是啊，太妙了！"我烦躁地揪着头发，"这事情从头到尾都得怪我！是我惹出来的麻烦！我应该听一听村民们的忠告，还有那个神甫的话！现在我才知道自己是个自大狂，查理，你确实有理由讨厌我——"

"够了，吉尔伯特！"查理有些粗暴地打断我，"又来了！现在不是你自怨自艾的时候！虽然我很高兴你第一次认识到自己的错误，但是别在这个时候忏悔！你出了森林完全可以向那位神甫倾吐你的懊恼，现在还是振作一点吧！"

很奇怪，如果在以前查理用这样的口气跟我说话，或许我们之间的"交流"就要发展到用"男人的方式"来解决，但是今天我一点儿也没有生气，反而安静地闭上嘴。

他说得对！我的情绪很沮丧，甚至有些失控，这实在太不妙了。胜利就在触手可及的地方，如果最后一步失败，那会让我无法忍受。

我做了个深呼吸，抬头看着查理。他仿佛对我居然没跳起来跟他大吵大闹而颇为意外，但对我的自制力增强还是报以微笑。

"吉尔伯特,"他蹲下来,压低了声音,"好好想一想,我们有整整十五分钟呢。"

"如果能想到正确答案的话,一分钟就够了。"

我把从前那些珍爱过的东西从凌乱的记忆中翻找出来——

我记得自己喜欢养狗,曾经很宠爱一条叫"便士"的圣伯纳犬;我喜欢奶油杏仁布丁,一口气能吃很多;我喜欢读简·奥斯丁絮絮叨叨的爱情小说,这我谁也没有告诉过;我还喜欢有薰衣草味道的手帕,并且很干净、很洁白……我喜欢很多很多让我觉得舒服的东西,但是这里面有什么是最喜欢的呢?我难以选择。

每当我选了一样的时候,别的似乎就显得更难以割舍;糟糕的是,它同时还得满足"最讨厌"这个条件。

"别太局限在一般的东西上,"查理在旁边耐心地启发我,"也许咱们可以换一个方面来考虑,吉尔伯特,想一想你最怕失去什么,可能它同时也带给你压力,所以让你反感。"

我的身体抖了一下,忽然模糊地想到一个东西。

在我这一生中,从懂事开始便最引以为荣的、并无比自豪和珍惜的,应该就是我的血统,是"莱斯特男爵"这个头衔。当那些有名望的贵族家庭破产落败以后,我们田产虽然萎缩却依旧能维持体面的生活。我对于"吉尔伯特·德雷克"这个与受封的祖先一模一样的名字很看重,我热爱这个姓氏后面所代表的血统,并热切地期待着自己能冠上男爵头衔,在崇拜金钱的20世纪仍然保持古老的高贵传统。

至今,我仍然能清楚地记得自己第一次擦拭盾牌上的纹章的感觉,上面因为战斗而遗留下的砍痕数百年都依然清晰。

但是,自从查理出现以后,这个头衔和姓氏就开始折磨我了！父亲的威胁老让我担心它们会被人夺走，我怕会失去我最爱的一切。查理身体里的"德雷克"血统更让我提心吊胆，惴惴不安。在很长一段时间里对他的憎恶就是我负面情绪的源头，查理和我血缘相同这个事实就是我最讨厌的。

有些模糊的想法突然让我不寒而栗，我目光呆滞地看着查理，又转向那个一直静止地凝视我的黑色精灵。它木然的面孔上突然有了笑容，露出尖利的、跟深色皮肤形成鲜明对比的白色牙齿。

我顿时明白了。

不祥的预感变成了现实，恐惧和惊慌顷刻间笼罩了我的全身，我好像被扔进冰水里，每一根头发丝都冷了。我可以猜测到那可怕的笑容背后，有着怎样的阴谋。

那个精灵不再沉默，它朝我们飞过来，笑容也消失了。

"好了吗，人类？"它干巴巴地问我，"你已经想到答案了，对不对？"

我说不出话来，只是拼命摇头。

"等一下！"查理有些气愤地说，"明明说的是十五分钟，现在应该还没到吧？请遵守自己的承诺！"

那个小精灵并没有生气："当然，只要你们愿意，可以在截止的时候说出答案，但是现在既然已经猜到了——"

"不！"我突然大叫着打断它的话，"我没有猜到！别胡说！"

它愣了一下，随即又耸耸肩："好吧，随你的便，不过都差不多……"

查理看着这个小精灵又飞走，感觉到很奇怪，他看着我，等我的解释。但我不知道该怎么告诉他，也许第三样东西就在他身上。

"你猜到了吗，吉尔伯特？"他问我。

我胡乱敷衍说："没有……也不是没有，只是模模糊糊地猜测而已。"

"那就说说看吧！"查理热切地鼓励我，"反正说对了答案也是小精灵去找来，说错了也还有机会继续。"

我能告诉他，因为我最喜欢德雷克家的血缘，所以他身上的血缘就是我最讨厌的存在吗？而且，这个虚无的概念又该怎么像前两样东西一样实体化呢？

"你怎么了，吉尔伯特？"查理疑惑地看着我，他很聪明，聪明到从我的口气和表情就能大概知道我在想什么。现在我躲避着他的视线，一副遮遮掩掩的模样。查理没有再说话，过了一会儿，他的手突然搭上我的肩膀。

我吓了一跳，转头看着他——查理的眼睛颜色变深了，他的脸上残留着在森林中摸爬滚打后的血痕，还有脏乎乎的灰土，但是面部的肌肉却紧绷着，就和平时一样严肃。不！应该是比平时更加严肃。让我觉得不安的是，他这样的神情实际上就是在告诉我，他觉察到了我心底的答案。

"我就说呢，吉尔伯特。"查理的口气里没有了揣测，"你知道是什么了，对吗？"

我不知道该说什么。

查理更加坚定地看着我："是这样。其实这个答案并不难，是吧，不用太费脑子，就连我也应该知道！还有什么比'德雷克'家族的血统更让你热爱呢？你从小就以此为荣！而你最讨厌的，就是随时可能抢走你'男爵'头衔的我了，对吧？"

穆格雷夫森林历险

要是在昨天、前天，我会毫不犹豫地回答"是的"。但现在，面对查理的问题，我却感觉到心虚……那是种混合着一点点愧疚和担忧的感觉。在这个迷雾森林里，查理是一个可靠的同伴，他没有坏心眼儿，并且确实把我当成兄弟而不是仇人，何况他还容忍我脾气急躁时的刻薄，并奋不顾身地救过我。我不是一个偏执的人，更不是一个自私的人，如果为了能离开森林而让查理陷入危险，我做不到！

"回答我！吉尔伯特！"查理提高了音调再次要求道。我心烦意乱地摇摇头，不愿意开口。

我的哥哥突然站起来，严厉地说："不要再为难了，吉尔伯特！你可以坦率地告诉它们答案！正确与否小精灵会得出结果的。无论你再怎么拖延和掩饰，最后还是得说出来！要想离开这鬼地方的话就跟以前一样，再自私、再任性点儿吧！"

我有些被激怒了！查理的最后一句话有我非常讨厌的字眼儿，而更讨厌的是我竟然认为他说的是实情。

"好吧！"我跳起来，咬着牙申辩道，"既然你终于说出了你的感受，查理，我想我确实也该诚实一些。并不是今天，你一直都知道我多么喜欢德雷克这个姓氏，那么喜欢这个血统！我一直按照父亲的要求在做！即使再怎么困难，我也尽力了！我就是为了成为最好的莱斯特男爵而努力！但是你呢？你有没有体会过我的心情？莫名其妙多出来一个哥哥，并且还有同样的继承权，我怎么可能心平气和地接受？我为自己的梦想做的一切就是自私吗？那好吧，我就是很自私、很任性！并且我要说：我确实非常非常讨厌你——"

"棒极了！"刺耳的声音打断了我的话，那个浑身漆黑的小精灵尖锐地笑起来,"时间到了!人类,你终于说出了答案,这非常好!"

我和查理愣在原地,似乎还没回过神。

等一等,我想说的还没有说完,我还要告诉查理,自从我们一同在这些该死的小怪物的作弄下落难以后,我就不那么恨他了!他是一个宽容的人,他只是不善于表达,他很关心我,他勇敢地救过我……我头一次觉得有个哥哥不是一件坏事!

但是那个小精灵打断了我,让我接下来的话全部给吞回肚子里了!

于是,问题的答案以我最不情愿看见的方式暴露出来,我很想修正,但是却完全没有机会。

在黑色的小精灵肯定了我的答案之后,它那些原本坐下的同伴发出一片嘈杂而尖厉的笑声,并且重新浮到了半空中。它们吱吱地叫个不停,完全没有了刚刚出现时的平静。难道一个可以帮助我们离开森林的正确答案反而让它们觉得兴奋吗?得到这个答案它们又能做什么呢?

查理扭过头没有看我,无论如何,他听了那些话不可能还高高兴兴。现在该多考虑一下小精灵们要干什么。

我紧张地盯着那群亢奋的小怪物:它们又把那口"汤锅"升高了一些——大约有三英尺高,纷纷围着看。然后在一瞬间,或许只有十分之一秒,它们几乎同时闭上了嘴。

我心里的恐惧更加强烈了,那些小精灵都把目光集中在了我和查理身上,又圆又黑的眼睛里看不出它们的情绪。

"喂!"我紧张地冲那个黑色精灵叫道,"你们不是答应了,找到了三样东西就放了我们吗?"

"噢,你说错了一点!"它用刺耳的声音对我说,"我们会遵守诺言让你离开,但是得拿到三样东西之后,而且是'你'离开森林,只有'你'而已。"

查理猛地看着我,眼睛里流露出明显的恐惧,我相信我脸上的模样也好不到哪儿去!这些小怪物是什么意思?它们要把查理怎么样?

我还没来得及问出口,只见所有的小精灵突然腾空,飞快地朝我们扑过来。我用手遮住头,却听见查理惨叫——那些小精灵把他按倒在地,有几个则抬起他的头往后拉,暴露出脖子。黑色的小精灵转着指头,那个人脑袋大的陶罐被移到了查理的下巴底下。

"你们想干什么?放开他——"我急得要扑过去,却发现手脚像被看不见的绳子捆住了一样,动弹不得。又是它们捣的鬼!

我眼睁睁地看着黑色精灵飞到了查理的面前,伸出手,那指甲变得和野兽爪子一样尖利。

我立刻明白了它的企图!

"不!住手!"我拼命地吼叫着,"别这样!"

"人类,你难道不想走了?"黑精灵用困惑的语气说,"你完成了我们的游戏,现在我们是要送你离开这儿。只要加上这个人类的血,回去的药汤就可以熬好了。我们保证你喝下去以后就能看到隐藏的出路。"

血!用我哥哥的血来熬汤,用查理的生命来让我脱离困境!这不是我想要的,而且我决不会若无其事地扔下他,自己跑掉!我咬着牙,涨红了脸想移动手脚,但是用尽全身力气也没办法前进一英寸。

"喏,"黑色精灵指了指另外一个方向,"等一下喝了药,你就能看到完整的路,顺着它就能走出森林了。"

远处出现了光团,在混沌模糊的树林间特别显眼,这光团不是金色,而类似于黑色,就好像自然界的黑夜。似乎朝着那里走去,就能回到我迷路的起点。可是,我不能扔下查理,不能让他死在这些小怪物的手里。

我的哥哥被迫仰着头,就像一只待宰的羊。只要黑色精灵动一动手指头,他的热血就会从脖子上喷涌出来,流到罐子里。我看着他,不知道该说什么来救他。

查理脸上通红,他扭动着想挣扎,却无能为力。他流露出无奈的神色,冲着我喊道:"走吧,吉尔伯特!你快走吧!我俩总得有一个活着出去!"

我一个人吗?是不是没有了查理,我就不用再每天烦恼着爵位继承问题,不用烦恼着怎么样让父亲多爱我一些,我可以减少那些嫉妒、失望和愤怒的情绪,活得轻松一点?如果没有查理……我唯一的哥哥……

过去的记忆和这一天的经历忽然间全涌入我的脑子,我在混乱中拼命呼吸,抓住了那些有价值的,让我感觉到温暖的。然后,我不再挣扎,全身都放松了,那股遏制我的力量也消失了。查理还张开嘴想说什么,我看见黑色小精灵点了一下他的唇,于是他一点儿声音也没有了。但即使在这个时候,他也转动着眼睛示意我快走——

是的,查理除了父亲,只有我一个亲人,其实他一直是把我当作弟弟,而我却没有想到他是我有血缘关系的哥哥。

"好吧!"我把目光落在那个黑色精灵的脸上,平静地要求道,"如果非要血的话,我的也一样,对吗?"

森林里所有的声音停下了,大约过了几秒,那些按着查理的小精灵都抬头望着我,它们面无表情,漆黑的眼睛却瞪得更圆了。其中几个还微微松开了查理的头发,让他的脑袋可以恢复到正常位置。渐渐地,这些小怪物又开始发笑,声音起初很像是幼鸟的鸣叫,接着就增大、尖锐起来,并且越来越强烈!

"你愿意代替他吗,人类?代替他献出自己的血?"那个黑色小精灵的尖叫就像刀刮着铁板。

"是的!"我用最大的声音朝他喊道,"同样的、德雷克家族的血液!"

"太妙了!太妙了!"它扇动着翅膀在空中翻了个筋斗,黑色的头发全部飞扬起来,一副狰狞的模样,而它畸形的同伴们也桀桀大笑着,像锥子一样的声音让我难受得想吐。

"听见了吗?"黑色的精灵问它的同伴。

"听见了,听见了!是的,听得很清楚!"所有的小精灵都在回应它的话。

它挥动变成了爪子的双手,说不清是不情愿还是因为兴奋。"好吧!"它指着我,"那就是你了,人类。"

抓住查理的精灵们把他扔下,然后一窝蜂地向我扑过来,我闭上眼睛,听见查理沙哑地叫着我的名字,然后有很多无数尖锐的东西刺进我的皮肤。我疼得厉害,害怕得全身发抖,只等待着脖子上的那最后一下。

但是那撕开我喉咙的一刻迟迟没有到来,就连身上的刺痛也渐渐地消失了。我睁开紧闭的眼睛,却只看到一片漆黑——

是的,黑乎乎的树影,黑乎乎的天,就好像一个平常的夜晚。

我完全呆住了，然后伸手摸自己的喉咙：难道我已经死了吗？这只是死亡的幻觉？但是脸颊上有一阵又一阵的凉风拂过，带刺的野草也扎在我裸露的手和脖子一侧，鼻端还能闻到泥土味儿和植物的芳香。我一下子跳起来，惊魂未定地看着周围：

是穆格雷夫森林——我的意思是，没有被魔法控制的森林。

虽然四周依旧很黑，但那是属于自然的夜晚的色彩，没有裹尸布一样的白雾、没有会变大变小的动物，这里是有夜虫鸣叫的正常的穆格雷夫森林。我抓了把身旁的荆棘，那些刺让我疼得缩了一下——看来我真的被那些小怪物放出来了！

我欣喜若狂，像野兽一样号了两声后，又瞪大眼睛四下寻找查理，很快在三码外看到了一个白色的影子。

"查理！"我叫着他的名字。他动了一下，然后站起来，拍打着衣服上的草屑和土。我朝他跑过去，就想抱住他大叫大嚷，胸膛中的喜悦涨得快要爆炸了。这时，天上的云层裂开了一个口子，暗淡的月光从缝隙里透出来，照亮了他的脸，我的脚步顿时停下来了——他脸上的表情很奇怪，怪得让我难以描述。

查理并没有像我一样惊喜万分，也没有如梦初醒的茫然，他并没有任何惊讶。他看着我，仿佛是在笑，但那笑容在熟悉的脸上显得有点陌生，像是属于别人的。

在看到我站住以后，他的笑容更加明显，然后说："谢谢你，吉尔伯特，你是一个很好的人。相信我，你的选择救了你自己。"

我还没来得及问这莫名其妙的话究竟是什么意思，便看见查理，我的哥哥，他发出绿光，浮到了半空中，高大的身体蜷缩起来，很快就缩小得像一个三四岁的小孩儿！他变成了绿色的，头发、手脚、样子都变了——他变成了一个小精灵,发出绿色的荧光。

我懂了,彻底懂了,就好像被泼了盆冰水一样清醒了。

之前陪伴我的人怎么可能是查理呢?他待在城堡里,那不是森林的地界,小精灵们没办法把他弄来的!而且,他怎么会那么亲切、善良地对待我?他最大的愿望应该是我永远在森林中消失吧。他不会对我笑,更不会拼了命救我。我被小精灵们耍了,它们捉弄我!一想到自己居然还傻乎乎地热血沸腾,并且愿意代替查理去死,我忽然连愤怒的力气都没有了。

绿色的小精灵舒展着身体,那些荧光强烈了一些,照亮了周围很小的范围。我冷漠地看着它降落到地上,朝我走过来。

"好了,人类。"它尖着嗓子跟我说,"现在你可以离开森林了。"

"你们玩儿够了,打算装出宽宏大量的模样吗?"我讽刺道。

"噢,那是你应得的小小处罚。"这个精灵面带微笑,"不管怎样,人类,你还算是一个保留着善念的人。你没什么好生气的,要知道,我塑造的查理是真实的,因为我从你的记忆里提炼了他的人格。你的脑子里保留着很多'事实',而自己却从来没有好好地思考过。不过也很正常,人类经常容易记住坏的事情,而没有去拨开表面的事情深入思考。"

它是什么意思?它在暗示什么吗?

我心里一动,却不愿意再开口去问。它已经骗了我一次,我不能再给它第二次机会。

但这个小精灵只是嘻嘻笑着,朝远处抬了抬下巴:"好了,人类,快回去吧。瞧,有人来接你了……"

我扭头，在黑漆漆的树影中间果真看到了一些火光在移动，似乎还夹杂着呼唤。

绿色的小精灵最后朝我挥手，那小小的脸上居然带着一点点善意，然后它扇动着半透明的翅膀，像流星一样忽地飞向密林深处，再也看不见了。

我站在原地，凝视着它消失的方向，觉得自己就像做了场梦。

(5)

等查理和威廉·加达神甫领着村民们找到我的时候，我才知道自己居然已经失踪一天一夜了。原本应该在第二天早上回来的我并没出现，所以神甫就去找了借宿在城堡里的查理。

我没有想到查理会急成那个样子，他雇了很多村民，不停地在森林里寻找我们，按神甫的说法就是"为了我这个不听劝的傻瓜几乎把森林刨了一遍"，甚至在村民们拒绝晚上搜索的时候，他还独自进入过森林。

我很迷惑，这个查理和小精灵变成的查理太像了，难道那个绿色小怪物所说的"真实"是在我没看见的地方吗？这个问题我并没有勇气直接去向查理求证。我担心坦率地询问他对我的看法会让他觉得我在开玩笑。

我们在桑德森特村里的旅店里休息了一天，神甫替我处理了那些极其细微的擦伤后，询问失踪的一天一夜里发生的事情。我很犹豫，但为了避免更大的麻烦决定不透露任何关于精灵的细节，只是有选择性地告诉了我怎么被释放回来，而且我希望他不要告诉村民们。

"我不想引起他们的恐慌。"我这样对加达神甫说。

"噢,"他用和自己身份极不相称的轻佻态度耸耸肩,无所谓地说,"其实你大可不必这样想,至少他们一直都很敬畏森林,所以不会犯和你一样的错误。我好奇的是你被精灵们释放的理由。"

"你这是什么意思?"

神甫的浅褐色眼睛弯起来,里面藏着笑意:"按照村里很早以前关于精灵的传说,这些小主人对于擅自进入森林的人类会有不同招待,有时候轻轻地留下点伤痕就好,有些可恶的家伙则完全失踪了。它们愿意完好无缺地放了你,一定是你做出了让它们满意的事情。"

"噢?"

"小精灵们有辨别善良和邪恶的天性,它们是喜欢好人的,不会为难好人,同时也会帮助好人。"

我想起了那个小精灵的话——"你的选择救了你自己……"它指的是我那发傻的牺牲行为?可我没觉得它们帮了我什么。

我当然不可能去向神甫求证,我觉得他只会优雅地端着咖啡,就像听故事一样听我描述自己的不幸遭遇,如果运气好点儿,他会赞赏我的倒霉历险记比那些小圆饼干要有滋味儿一些。我也不打算告诉查理,因为即使告诉他他也不会相信,这太匪夷所思了——我指的是我会情愿代替他献出鲜血这件事。

但在我俩回伦敦的路上,我确实不再介意他坐我的车了,甚至还没像来的时候一样沉默,能说几句话。

我尽量用比以前好些的语气问他:为什么他会那么拼命地找

我，如果我失踪的话，那他就能顺利地继承爵位了。

查理的手臂支撑在车窗上，转过头，用非常不可思议的目光看着我。

"你怎么会这么看，吉尔伯特？"他哑然失笑，"我从来就没有想要过那个东西，而且也永远得不到啊。"

"你可以的，父亲更喜欢你。"

"老天啊，吉尔伯特。"查理笑出了声，"他那样说已经十年了，如果他更爱我那早就决定了。"

凉风从车窗外灌进来，吹凉了我一直发热的头脑——发热了很久的花岗岩脑袋。我足有一刻钟没有说话，最后我咳嗽了一声，问道："我说，查理，那个……你的城堡地皮买卖怎么样？"

"呃？"他愣了一下，然后客气地回答，"我们约了下一次再谈。"

"我耽搁了你的工作，真是对不起，不过……我的荜拨也丢了。"

他大概从来没想到我还会向他道歉，很不自然地、也很客气地说了"没关系"，脸上的表情竟然跟在森林中的那时候一样。我开始有些相信了那个绿色小精灵的话，并且模模糊糊地感觉到神甫说的"帮助"是在什么方面。

真是奇怪，我竟然觉得在穆格雷夫森林里的惊心动魄并没有想象中的那样糟糕。如果没有发生那一切，我是不是会一直对我唯一的哥哥抱有敌意，并且怨恨父亲呢？可能精灵说得很对，人类太容易记住坏的事情，而忽略表面下的真实。生活中不会总有超自然的力量来教会我们认识到这一点，所以我也许得学着不要用最大的恶意去揣测别人。

我偷偷在心底做了个深呼吸,说:"那个……查理,嗯,圣诞节后我想去尼斯度假,那里的温泉非常棒。如果你愿意的话,我想……我想请你和父亲一起去。"

咚的一声,查理的手臂闪了一下,撞在了门把上。我没敢去看,因为我知道他现在的表情肯定和我头一次看见小精灵时一模一样。

世界上总有些事情可以称得上奇迹。

五德渡劫记[1]

"太一天坛天柱西,垂萝为幌石为梯。前登灵境青霄绝,下视人间白日低。松籁万声和管磬,丹光五色染红霓。春山一入寻无路,鸟响烟深水满溪。"此乃唐人司空曙所作之《送张炼师还峨眉山》,说的是峨眉山灵水秀,恍若仙境,正是修道的好去处。

不光众多高僧大德来此隐居,连一些花草鸟兽,也沾了地气得了灵性,其中不乏潜心修炼而成仙的。

却说在峨眉二峨山中,有只野狐,机缘巧合下吃了一个游方和尚的布施,开了蒙,于是便修炼正道。再过了四百年,略有小成,化为人形。按照狐族惯例,姓作"胡",又自取了名,叫"五德",还想了个字,为"长鸣"。

原来这野狐毛色漆黑,乃是真正的黑狐,未得道前便爱趁着夜色去农家偷鸡吃。后来虽懂事学道,这口嗜好却改不了,每每辟谷一结束便要去村里或镇上吃掉两只来祭五脏庙。鸡有文、

---

[1] 发表于《九州幻想·朱庇特》2011年6月。

武、勇、仁、信五德，又有"长鸣都尉"之别称，故而以此为名。

却说这胡五德初化人形，只在洞府旁的溪水边对着倒影几番尝试：先是狐首人身，而后或是一只爪子做兽形，又或是两条后腿带了毛；好容易四肢俱全、五官清楚了，那条尾巴却总是拖在身后。五德将那化形的法儿试了又试，总不如意。思量再三也别无他法，遂凭空变了套玄色衣冠穿戴起来，将尾巴藏在衣内，扮作一个寻常书生模样，离了洞府，去找人讨教。

在五里外的千年古松下住了一条道行八百年的青蛇，名为"苍元"，性情最是温和。五德乃是自修的妖，从未拜师，苍元便时常点拨于他，是以二人感情甚笃。

在那树根下有个洞穴，寻常人看来不过巴掌大小，妖物却只需缩身便可进入。五德还未到门前，便看到一个青衣男子在树下相候，连忙抢上去作揖道："苍元兄，为何在此？"

青蛇郎君笑道："今日偶卜一卦，算得贤弟略有小成，将来鄙处，故而相迎。"又上下打量五德，赞道："贤弟化为人形竟一表人才，可见修为不浅，恭喜恭喜。"

五德却垂头丧气，转身对着苍元，将毛茸茸的黑尾巴探出，摇了一摇，道："脸面四肢倒是齐全，然而这劳什子却总也无法除去。想必苍元兄也明白，我等族人，但凡有些嬉笑便摇头摆尾的，若在山中倒也罢了，若要在别地，还不立时将旁人吓死。"

苍元瞠目结舌，半晌不曾说话，眼见一条狐尾摇来晃去，不由得伸手扯下几根毛来。五德疼得大叫一声，转头瞪圆眼乌珠："苍、苍元兄，这是做甚？"

苍元连忙道："贤弟勿惊！愚兄只是有些惊异——看贤弟模

样,竟是没有渡劫么?"

五德一脸懵懂,竟毫无所知的模样。苍元知他乃是教高人点化便自行吸取天地灵气的小妖,没有个良师指点,自然也不了解成仙的诸多要务,便拉了他在青石上坐下,细细道来:"贤弟有所不知,天地万物的命理皆有定数,该为走兽则为走兽,该为飞鸟则为飞鸟,即便是人,终其一生也只能是人。你我这样修炼的,乃是从各自的轮回中跳出来,逆天而行,自然也就须承受些苦楚。修炼艰难自不必说,还有天嫉不得不受。凡为修道者,必须渡劫,修为才可精进一层。非但你我如此,即便是人要成仙,也须应天劫。"

五德愁眉苦脸,道:"如此说来,只有渡劫之后,这尾巴才能隐没?"

苍元道:"正是。"

"那这劫又是什么?该如何渡?"

苍元道:"你我修炼之道大同小异,以愚兄所见,应为雷劫。"

"雷?"

苍元点头,五德顿时脸色难看:"莫不是天上打雷?"

"不错,连劈七七四十九道,道道要着落在贤弟身上。"

五德脸色发白,只觉得遍体生寒,尾巴尖上毛都根根立起来:"寻常一道两道雷尚需垫伏在洞中躲避,头也不敢探出来的,这样四十九道,不是要将我变做烤肉?还求苍元兄速速告知抵御之法,五德感激不尽。"

苍元低头思量半晌,皱眉道:"承受天劫时可固守本源,以自身法力抵御,只需挨过便可自愈。虽然凶险,却对修为大有裨益。然而贤弟目前法力低微，若想以己之力扛过四十九道天雷，恐怕还是勉强了。愚兄当年初次渡劫，乃是受前辈指点，与一位同修共同结阵抵御。贤弟可有同宗伙伴？也许道家双修之法对贤弟有用。"

苍元这番话让五德转忧为喜，原来在大峨山中有个白狐，名叫"玉珠"，刚好也是修行了四百多年，和五德最是亲厚，又是女身，正好邀约来共同渡劫。

五德请苍元算了天劫的日期时辰，就在五天以后，于是这就辞别苍元，直去寻那玉珠。

玉珠的住处说远倒不远，只需一日脚程，然而五德心焦，运起缩地术顷刻便到。只见一条山溪尽头蓄了一汪碧水，旁边有个山洞，正是玉珠的住处。此地芳草依依，清幽静谧，乃是一个修道的好所在。五德一到此处，便觉得心头微甜——

要知道玉珠和他修道时间不过相差了十数年，狐形时便一起修炼、玩闹，可谓青梅竹马。玉珠较他先为人形，然而耳朵与尾巴却总无法去除。此番五德来邀约，料想她必欣然应允，如此一来渡劫也不必愁了，还能一亲芳泽，可谓好事成双。

五德这边心头算盘拨得响，那边水潭之中却正好冒出一个水淋淋的人来——只见得发如青黛，肤若凝脂，目似秋水含情，唇胜樱桃点朱，一身艳光逼人，竟是个绝色女子。但细看下，头上却立着两只白色的兽耳，不是玉珠又是哪个？

五德心中擂鼓，涨红了面颊与她招呼，玉珠一转身便多了件月白衣衫穿着，上岸来变出一套石头桌凳，招呼五德坐下。

五德与玉珠从来都是兄妹相称，十分亲昵，寒暄之后讲明来意，又恳切地求道："如今五日后天劫就要来到，若玉珠妹妹看在往日情分上出手相助，将来愿肝脑涂地以为回报。"

玉珠却秀眉微蹙，犹豫了片刻，对五德道："哥哥莫怪，小妹知道这天劫的厉害，小妹法力低微，即便相助也顶不得事的，况且——"

五德听她似有回绝的意思，已然急了，更连声追问。

玉珠面上微微一红，低声道："况且小妹已经有个双修的对象，怎好撇下他与哥哥同去？"

这一句话对五德来说不啻于一声旱地雷，好似天劫提前劈了下来，震得他双耳嗡嗡直响。他面上难看，却也不得不强笑道："我与妹妹也不过三十年未见，这一闭关出来，怎妹妹就寻了别人？"

他话中有责备之意，玉珠也不着恼，反而笑道："哥哥也知道三十年了，人间有俗话'三十年河东，三十年河西'，此时怎可做彼时看待？小妹法力低微，同哥哥一样需渡劫，自然要早做准备。何况九郎道行极高，待我又甚为赤诚，不由得托付一片真心。也许将来多行善事，福泽绵厚，可同列仙班。"

一边说着，一边向洞口叫道："九郎，还不出来见过五德大哥？"

只见那碧水潭边的山洞口内，摇摇晃晃出来一个大胖狸猫，眼珠浑圆，肚腹大如酒瓮，遍体红棕毛，拖着一条粗长的尾巴，上面有九圈白毛。一见五德，便咧嘴大笑，迈步上前来，几步之间已然化成了个高壮的大汉，脸膛泛红，一笑便露出洁白的大牙。

那狸猫精对五德极是亲热，几番客套，便告知五德自己已经有了七百年的道行，自从与玉珠双修，便相约了共渡天劫，几日后便要结阵了。

五德失魂落魄,眼见着玉珠与他亲亲热热,说几句话便如蜜里调油,不由得心头气苦,却又毫无办法,只得匆匆告辞。

这一路上五德也再无心用缩地术,只凭脚力在山间漫步,想着玉珠这头已经有了着落,自己却孤零零地去渡劫。这些年来修道不易,又没有师傅,不知道吃了多少苦头,走了多少弯路,好容易要有小成,却又有危机横亘在眼前,若不想法渡过,轻则打回原形再为野狐,重则立时灰飞烟灭,性命不保。他临水照见自己的影儿,好歹也是眉清目秀的斯文模样,那玉珠却宁愿屈就一个大胖狸猫,丝毫不顾及往日同宗情谊,可见此世上还是本性凉薄的多。

五德心头越想越难过,然而再是焦虑,却也无法,只有先去苍元处再作商量。走不到半路,忽然听见身后有人招呼。五德回头一看,只见是那"九郎",一面跑着,一面又变回狸猫模样。

五德站住了候他,那狸猫跑到跟前,抹了把脸,道:"五德兄慢走,在下有话说。方才与玉珠怠慢了五德兄,万望海涵。"

五德心头发酸,却还是哼哼两声,不愿意多言。那狸猫一笑,眼珠都没了,爪子搔搔顶头毛,用尾巴扫净一旁的大石,邀五德坐下。

只听他吁口气,道:"还是这般模样最好,闹不清为甚一定要作人形,要我说连上天也无趣,就他娘的在山野打滚便快活胜神仙了。"

五德听他言语粗鄙,心头更不悦:"既如此,为何又要与玉珠妹妹结为双修?"

九郎嘿嘿两声,颇为羞赧:"既然玉珠要成仙,我自然要和她在一处。"随即又正色道,"五德兄,方才忘记告知,关于渡劫,我倒有一法。"

五德双目一亮,心头却存疑。

只听九郎道:"要说这雷劫,本是天上雷神执掌,算得某妖某时应渡劫,便携了法器赶来,劈完了事。若五德兄能烧递牒文,奉上些贡品,又何愁雷劫难过?"

五德问道:"可能免除?"

"不能。"

"那是能推些时日。"

"半刻也不迟。"

"那是数量少些?"

"一个都不少。"

五德顿时泄气:"这样一来求神何用?"

狸猫圆脸上裂开条缝,一张阔嘴张大了笑道:"五德兄好老实的人物,你想想:那劈天雷也是差事,差事没有不能做巧的,若是劈雷时连珠介落下,那谁扛得住;若是间歇长些,可容承受的人喘口气,那又如何?中间关节可妙得很哩。"

五德恍然大悟,问道:"牒文应拜何人呢?"

"'九天应元雷声普化天尊麾下天雷部诸神'即可。"

这狸猫的一番提点,让五德心头顿时亮堂了,于是拜了又拜,好话说了无数,这才告辞。

他速速回去洞府内,将牒文填好,又去山外寻来三牲,摆了个香案,等到吉时临近,纳头便拜,行了大礼,献了牺牲。这样一番捣鼓,直忙到深更半夜才完毕了。五德只觉得心头大事稍定,临睡下才记起要去苍元处告知,然而确实乏得厉害了,便打

五德渡劫记

定主意明日过去。

玉兔西坠，金乌东升。

这一夜睡得香甜，五德自觉精神旺健，于是整理衣冠，还作个书生模样，前往苍元府上。估摸着将昨日所为详细告知，再寻些指教。

他心头安定，也愿多吸些晨间草木之气，便一路步行。不料走到一个半山腰时，忽然看到前方山坳中有乌云急速聚拢，中间还有闪电流动的模样。此刻天时初晴，别处是碧空万里，更衬得那地方诡谲万分。五德心头一惊，想起苍元所说种种，暗忖道："莫不是今日有其他道友渡劫？不如我现下就去看看。"

五德急忙赶往山坳之中，果然见那乌云越发地重了，竟在稀疏的林间投下一大片阴影，森森地甚为吓人。五德也不敢近前，只躲在五丈外的山岩后探头探脑。只见闪电翻滚，不多时便如银蛇般直落到一株松树上，隆隆巨响震得五德一阵摇晃。他腿脚一软，歪倒在地，耳边霹雳作响，吓得他尾巴也藏不住了，扫帚一般拖在地上。

几道雷过后，周围又亮起来。五德睁开眼便看见乌云渐渐散去，唯独那株遭劈过的松树已然焦黑，冒出一股股黑烟。

莫非渡劫的乃是一株树妖？五德正暗自猜度，又见最后一朵乌云也丝丝地化了，从里面忽地落下一个黑影，定睛一看，竟是从未见过的异相——

只见那怪物身高两丈有余，面如猪首，头上长角，背后一对肉翅也有丈余长，穿一身绛红衣衫，露着一截豹尾，手足两爪皆为金色,乍看之下异常狰狞,却又十分威武。①

五德心惊胆战,暗自猜度:莫非此物即为雷神?

却见那怪物从劈倒的松树下拾起一具焦黑的尸首,五德细看,乃是一只猕猴。不料他这边看得出神,那头却已经有了觉察,一双巨目如镜般扫过来,正盯了个准。

五德吓得魂飞天外,拔腿便跑。不料背后连串的火球袭来,竟是几个旱地雷,直打得山岩粉碎,石屑乱飞。五德还没有迈出三步,只觉得尾巴根上一痛,竟被倒提起来。

眼前一张凶恶面孔,嘴若血盆,牙如尖刀,直冲着五德大声喝问道:"何方小妖,鬼鬼祟祟地要如何?"

五德被摇了两摇,早架不住恢复了原形。只听那怪物笑道:"我当是谁胆大包天,竟敢偷窥我雷神行法,原来是只小狐狸!瞧你身量不长,正好来给本座下酒!"

五德一听,立刻胡乱挣扎起来,声嘶力竭地号道:"雷神爷爷饶命,饶命!小人只是路过,无意冒犯雷神爷爷!"

那雷神伸出尺长的舌头将阔嘴舔了一圈,笑道:"我管你是路过还是如何,只要冲撞了本座,就休怪本座不客气!"

五德道:"雷神爷爷,即便今日多有冒犯,可看在昨日供奉的面子上,暂且饶过小人吧!"

这话倒是管用,只听得吧嗒一声,雷神松手将五德丢下了。五德一骨碌爬起,惊魂未定,雷神却上下打量了五德,道:"你这狐狸倒是有趣,昨夜何时供奉于我,我怎不知?"

五德四肢匍匐,道:"雷神爷爷容禀:昨夜小人焚了牒文报上名号,供上大三牲,特请雷神爷爷手下留情,令小人可渡过雷

---

① 以上典出《录异记·徐釦》。

劫，原来雷神爷爷竟没享用么？"

雷神哼了一声："天上雷神众多，你供奉上去，不一定便孝敬得了我。算你有福气，本座恰好掌管此山中天雷，若将我伺候得好了，指不定将你这小狐狸轻轻放过。"

五德心头大喜，尖嘴都要拱到地上去了："多谢雷神爷爷开恩，但有所命，小人一定尽犬马之劳。"

雷神哈哈笑了两声，又回到松树旁，踢踢猕猴尸身，对五德道："今日差事已经完结，你速去寻些酒肉来，要是不可口，本座便拿你填肚。"

五德看了又看，斗胆问道："雷神爷爷脚下这位，莫非也是渡劫的？"

雷神道："一只猴精，可惜没有扛得过去，小狐狸若有怠慢，这便是你的下场。"

五德连说"不敢"，便告退了。

他一路小跑去到市镇中，不得已用树叶化了几两碎银，换来烤鸡烧酒一大堆，运起隐身的法儿赶回山中。雷神正等得不耐烦，见他回来，一面骂骂咧咧，一面吃了。五德不敢回嘴，只在一旁小心伺候，那几只烤鸡的香味把他肚里的馋虫都钓到了喉咙口子，然而看着雷神大快朵颐，五德却只有暗暗吞咽唾沫，其中苦楚，非言语可表。

只见雷神将烧酒灌了喉咙，问道："小狐狸，你的雷劫却在几时？"

五德恭敬答道："四日后便是。"

雷神将金爪放在口中一一舔完，转了转眼珠："既然如此，我也不着急回去，在峨眉戏耍四日，小狐狸，你可愿意作陪？"

五德哪敢说个"不"字，当即一脸谄媚模样，做得好似平地捡了个金娃娃一般。

　　于是五德跟在雷神身后，连洞府也无暇回去，只陪着这尊神野游。接连三日，雷神与五德便在峨眉山中闲逛，也不曾去那些人烟稠密之处，倒偏爱飞禽走兽多的所在。看到灰狼便要吃山羊，看到麻雀便要吃大雁，且自五德头一顿孝敬了烤鸡烧酒，竟然顿顿都要鸡，却连一根鸡骨头都不曾匀出来过。五德那个口涎四溢啊，统统只能偷咽到肚子里。他这几日奔来跑去，一面将山中野味做得精致，一面又要用银钱去镇上买酒买肉，竟如同当了个扈从。

　　那日雷神逛到了二峨山中，看见一片青草地，几只野兔奔来跑去，正在撒欢。他扭头来一舔阔嘴，对五德道："小狐狸，你可听说过兔子身上最可口的是什么？"

　　五德低眉顺眼地道："还要请雷神爷爷指教。"

　　"你身为狐狸，竟会不知？"

　　"小人从来便是胡乱填肚，不曾留意。"

　　雷神道："最好吃的莫过于兔耳，煺毛蒸熟，用好调料拌了下酒。"

　　五德口内生津，却不敢多言，只是连连点头。雷神朝他笑笑，又指着那些个野兔道："把那些小泼皮都逮了来，本座好久没有吃兔耳了……"

　　又花去半日，五德横扫了山腰这片野兔的本家，总算教那尊神如了意，然后回去镇上"买"来烤鸡烧酒孝敬。待得端到面前，烤鸡便罢了，烧酒却教雷神远远丢了出去，怒道："白日才喝了，又吃了兔耳，晚膳怎可还用这烈酒？峨眉不是有好茶？快去寻来。"

五德小心赔了不是,心中已经怒火熊熊,若有骨气,早将一包鸡骨掼在对面这颗大头上了。然而想到那劈得焦黑的猴精,又不得不伏低做小,乖乖去寻了茶来。

却说五德这头被当牛马使唤,那头却有人心神不宁。

原来青蛇苍元告知了五德渡劫的巧法,却一直未见他再给回音。起先是料着他与白狐同修结阵去了,然而三日过去却总有些担心,便去洞府探望,哪知道去了却空无一人。苍元心头焦虑,又打听得白狐玉珠的住处,便一路寻去。在潭水边玉珠是见到了,旁边的人却不是五德,乃一只酒瓮般的大胖狸猫。苍元惊异万分,于是便向玉珠和九郎问起五德下落。九郎将之前所言一一说了,苍元不由得眼皮直跳。

他唯恐五德果真去贿赂雷神,若有效果倒也罢了,万一教别有用心的妖物趁机岔进来讨了便宜,岂不糟糕?越是这样猜度,越是担忧。遂央了狸猫九郎漫山遍野地寻五德下落。

这样分头从峨眉各处找起,花了几个时辰,才在大峨山中一处溪水中看到只黑狐拿根鱼绳在那里钓鱼。苍元忙捏诀传了个信儿给九郎,自己叫了五德的名字过去。

那黑狐转过头来,不是五德又是哪个?

苍元心头不免恼怒,端起兄长的架子训道:"贤弟找的好耍子!明日便是渡劫之日,竟然有闲心在这里钓鱼?"

五德转过头来,两行清泪竟顺着黑毛直淌下来,见着苍元便如见了救星一般,扔下钓竿呜呜地哭将起来。

苍元大吃一惊,忙问所以。

五德道："前日里听九郎所说，焚了牒文，奉了牺牲，只盼求得雷神网开一面，不料半途遇到雷神劈了个猴精，竟被逮着当了小厮。这几日来鞍前马后地服侍那个爷爷，供了酒肉无数不算，他要吃耳朵我便要抓兔子，要吃翅膀我便要去掏鸟窝。今日一早说是未尝过这山中的鲜鱼，于是小弟只好来此地给他抓鱼。哎，从三日前开始便不曾有一粒米下肚，若是辟谷修炼也罢了，偏偏还天天看着他大嚼烤鸡，苦死我了！"

苍元双眉皱成个结，道："雷神乃天上正神，怎会如此贪嘴，且大啖荤腥。莫非竟是个假的？"

五德将遇见之时的种种细节告知苍元，青蛇郎君更加疑虑："此事甚是蹊跷，有劳贤弟带路，容我窥探一番，看看究竟是何来头。"

五德连连点头，于是苍元做法，从水中吸出几条鲜鱼，着五德拿去交差，然后隐了身形，随他前去雷神跟前。

只见五德拿了鲜鱼来到林中，雷神还候在树下。苍元不敢太近，在三丈开外的地方停下，看着五德拿了鲜鱼剖开，又捡来枯枝作势要生火。那雷神只蹲下身子弹了一指头，枯枝上便燃起火来。五德将鱼架在火上，又被打发去温酒，忙得不亦乐乎。

苍元越看越不是味道，正待悄悄地退了，却见狸猫九郎蹑手蹑脚潜伏于一旁。二人一对眼，退到远处。

只待五德将烤鱼温酒都奉上了，才找了个空当，溜了出来与二人碰面，远远地躲进了一片乱石堆中。

五德恨恨道："遭瘟的猪，吃得比牛还多！整日嘴就没停过，为甚竟没有被撑死？"

苍元安抚了他几句，道："我瞧这人不大对劲，丝毫没有正神气魄，很是可疑。不知九郎有何高见？"

狸猫捋着胡须，道："天上雷神众多，长相各不相同，然而在下有道友早年成仙，告知曰：凡雷神做法，必携带法器，左手引连鼓，右手推锥。五德兄初见那人的时候，可曾见他法器？"

五德想了想，摇头道："并不曾见，莫非是收起来了？"

苍元摇头道："正神法器非同小可，若是收起，则不能如刚才一般引火了。"

五德心头一凛："那如此说来，吃鱼的那个果真不是雷神。"

九郎又道："这世上有雷神旁系，叫作雷鬼，不曾列入仙班，也不属妖众，虽能行雷引火，但法力低微。常常于山中偶行一雷，劈死些许兽类来果腹。据说行一次雷要耗费许多功力，故而那之后十天内都只等同于寻常妖物。五德兄，这几日内，你可见他展示法力？"

五德又茫然地摇头，这几日只有自己劳累，倒真未见那人多出手。这样前后印证，五德顿时怒火中烧，胸膛几欲炸裂。原来他这般辛劳，提心吊胆，小心谨慎，竟然都是被当作了玩意儿。一时间热血上脑，便想要冲过去发难。

狸猫连忙拦住了，道："五德兄息怒！那孽障虽不能行雷，似乎引火的法术倒还周全，切不可莽撞啊！"

苍元也道："明日就是贤弟渡劫之日，若现在去与那雷鬼厮杀，不是白白折损了法力么？"

五德又气又急："说起来竟被一个劣货耍了这许多时日，若雷劫来了怎办？难道真要比那猴精死得还惨？"

狸猫又捋了胡须，道："我听成仙的道友闲聊，说是雷部众神皆好名声，这雷鬼在外招摇撞骗，若能制住了，必让雷神欢喜。"

苍元双掌一拍："九郎所说不差！贤弟若想要出气又要渡劫，能捉住这雷鬼可大大地有用。"

五德这才稍稍振作，抖抖身上黑毛，与苍元和九郎二人细细地商议起来。

日夜转瞬间便过了，五德渡劫之日说到就到。

这日一早，五德便要寻一个空旷的所在，以应天雷。那"雷神"笑道："你这小狐狸知情识趣，放心好了，本座必不为难于你。"

五德口中称谢，心头却将他骂了个臭头。

于是五德引了这雷鬼到一片斜坡草地上，周围峰峦高耸，林木森森，如同一口井。五德捡起各色石子布了个八卦阵，然后在草地中央站定，向雷鬼一鞠，道："小人的性命都在爷爷掌中了。"

雷鬼大笑道："无妨，你安心坐下候着便是了！那渡劫是几时几刻？"

五德笑道："这不是雷神爷爷的差事么？怎的问起我来了！"

雷鬼面色一变，随即又哼哼道："不过随口考一考你，若你不知道时辰，我却按时行令，不是错落间就要将你劈死了？"

五德也不争辩，赔了不是，报出时辰："午时初刻便是了。"

雷鬼点点头，五德坐下入定，再不多话。

这时只听得远远的有人唱着山歌俚调，起初还飘飘忽忽，渐渐地便近了，还隐约有股浓香飘来。雷鬼掀动鼻孔嗅了又嗅，心头大喜——原来竟是好酒的滋味。他想支使五德快去弄来，连叫几声却无应答,仰头却见日头升高,已近午时,黑狐双眼紧闭,浑似无知无识了,于是便自己循着酒香过去了。

只见在山间小道上,一个高胖的汉子担了两坛子酒,顶着日头走得满身是汗,正卸了担子靠在石头上歇气。

雷鬼呼地跳将出来,张牙舞爪地大叫大嚷,那汉子乍一见有个长角怪物穿了绛红衣裳扑来,直吓得哇哇乱叫,丢下担子便逃,一路连滚带爬,只恨爹娘少生了两条腿。

雷鬼忙将那两坛酒抱住,深深一吸气便感到酒香馥郁,大为开怀。于是带酒回到五德身边,揭了封便抱住开灌,咕咚咕咚倒了一斗,只觉得满口生香,畅快非常。他抹一抹嘴,又从怀中掏出昨日的半只烤鸡,大吃大嚼起来。这样不到半刻工夫,那两坛酒便去了一坛半,雷鬼也晕晕乎乎,颇有醉意。

此时一块岩石后面探出半个头来,赫然便是方才那逃走的担酒汉子,眼见得雷鬼眼神迷离,摇摇晃晃,便噘起嘴打了个唿哨。而后另外一头有一条碗口粗的青蛇从林间游出来,沙沙地近了,慢慢缠上雷鬼双足,将他拖倒在地。

这时原本闭眼打坐的五德也突地跳将起来,凭空变出一条麻绳,冲上来就要捆雷鬼。

那雷鬼虽然醉得迷糊,此刻如此大的动静却有几分清醒了,用力扭了几扭,龇牙咧嘴地骂道:"好奸贼!竟敢动你雷神爷爷!还不住手,仔细你们的小命!"

五德骂道:"你若是雷神,我就是玉帝了!你诓我许久,害我当了好多次的贼。今天不拿住你,我也不必活了!"

苍元化作原形吐着信子:"贤弟不必啰嗦,快快绑了这厮是正经。"

五德将麻绳牢牢捆住雷鬼双臂，边收紧边骂道："可恨你这腌臜货，白白吃了我四天的烤鸡，平日里我可是十天半月也吃不上一只呢！你还嚼得香哩，我却只能眼巴巴地看着……"

　　雷鬼四爪乱抓，却绵绵地使不出力道，五德捆扎完毕，苍元便松了绑，化为人形，那个担酒的汉子也跑过来，还原了狸猫的模样。苍元对雷鬼笑道："那两坛酒可受用？我特加了些蛇毒进去，虽杀你不死，也可教你手足无力，软成一摊烂肉。"

　　五德见雷鬼的豹尾在草地上翻来倒去，忍不住狠狠地踩了一脚："你倒是会劈雷，怎么还不劈出几个来将我们立时打死？"

　　这一脚踩得雷鬼"嗷"地惨呼，酒猛然醒了，只见他一身绛红衣裳陡然间如鼓了气般膨起来，仿佛一个球，接着便张大了嘴，喷出几个火球，直打在五德和九郎身上。此时两者皆作兽形，霎时间毛皮便燎秃了几片。

　　苍元大惊："不好！这厮还能吐火，贤弟当心！"

　　五德被吓了一跳，连忙躲开，却见九郎爪上捏了两个酒坛子，一左一右地扔过去，哗啦一声砸碎在雷鬼头上。雷鬼痛得狠了，越发地拼命，虽被绑着，却突然跳起，火球不断地射向三人。九郎虽身躯庞大，却又跳又跑，好歹躲过了些，苍元修的本就是阴冷的招数，也可化解，唯独五德道行尚浅，难免有些狼狈，几番被火球擦身而过，连毛蓬蓬的尾巴也焦了些许毛。

　　只见日头越发地高了，那雷鬼虽不能劈雷，火球法术倒是源源不断。最后突然喷出小股烈焰，引燃了束身的麻绳。那麻绳虽被苍元加附了法力，多大的气力也挣断不了，可毕竟是寻常材质，这一下子便呼呼地烧着了。

　　苍元急道："不妙！这厮怕是要逃脱——"

他话音未落,那麻绳便嗞嗞地化为灰烬了。雷鬼肉翅一振,刮出一阵大风,竟有几分力道。九郎双手变成一对大大的酒瓮砸将过去,叫道:"午时已到,这厮药效未过,要捉拿便是现在!"

此刻天空本是艳阳高照,却顷刻间涌来一大片乌云,翻滚着聚拢在一起,把这小小的四面天井遮了个严实,中间间或有闪电滑过,好似银蛇般嘶嘶吐芯。

五德只一抬头,顿时肝胆俱裂,就如被抽了筋一般,周身的力气都凭空消失了,只趴在地上瑟瑟发抖。他心中虽明知要立刻打坐作法,却丝毫动弹不得,只觉得三魂七魄都要散了。此乃正神之威,绝非那日初见雷鬼时的惊惧可比的。

五德心中叫苦,只道今日果真要了账,不禁悲从中来,一双黑溜溜的眼珠清泪长流,把脸颊的黑毛都润湿了。

苍元和九郎都在苦斗雷鬼。那厮虽不能作法,火球倒是不缺的,一发发连续不断,颇为缠人,苍元虽拼了全力想要空出手来相助五德,却每每不能如愿。雷鬼似乎也觉察出三人中谁最弱,连连几个火球都向地上的五德打来,九郎与苍元挡去其中大半,却眼看着有三个直向地上蜷缩的黑狐狸袭去。

在这当口只听得轰隆一声巨响,一道炸雷直劈下来,硬生生将那三个火球都截住了。

雷鬼与五德等人均是一愣,不禁抬头看上去。

五德泪眼婆娑地看见乌云中探出一颗头颅来,接着便现了半身,人面鸟喙,手执法器,双目如镜。那头颅看了看五德,又看看雷鬼,忽然伸出手来一扬,一道霹雳打在雷鬼身上,顿时将他劈倒在地。绛红衣衫立时成了灰,浑身焦黑。云中正神再一扬手,雷鬼便缩作一个小儿模样,被收入了云中。

苍元和九郎都跪倒在地，不敢不敬，唯独五德还痴痴地盯住雷神，连苍元几番传递眼色都看不见。

雷神收了雷鬼，又转头打量五德，尖喙翕动，笑了两声。这声音也如雷鸣般震耳欲聋，说出的话却教五德一喜。

只听雷神问道："渡劫小妖可是峨眉二峨山中胡五德？"

五德叩首道："正是小人。"

雷神道："此孽障在外假托雷部诸神之名，劈雷引火，四处戕害生灵与小妖，你引他来此让我收服了，可谓功德一件。"

五德大喜，又磕了个头。却听雷神继续说道："然而前些日你牺牲供奉，有意扰乱雷部公差，将就抵过了。念你初次渡劫，我也不为难于你，今后可须得好自为之。"

五德心头惴惴，却也只能连连称是。

雷神慢慢回到云中，只见闪电流转，似在积蓄力量。五德连忙坐直身子，前爪相握，用心运气。

一道道响雷直劈下来，每次便在五德头顶滚过，擦着后背滚入地下，饶是如此，五德也觉得四肢百骸都要散架了一般，周身疼得厉害。

好容易四十九个天雷完结，竟拖到了申时。待得雷神离开，乌云散去，五德浑身一软，如泥一般瘫倒。

苍元和九郎早已按捺不住，跑上前来将他扶起。九郎呵呵笑道："恭喜五德兄，这番雷劫可就算过了，以后五德兄的法力更上一层楼啊！"苍元也甚为高兴，祝贺不停。

五德勉强一笑，知道从此尾巴耳朵的累赘便没有了，然而心头却又有些忐忑——听雷神意思，竟将他小小狐妖记下了，如此挂了名号，留了印象，今后百年一次的雷劫只怕半点便宜也占不到了。

当然此时五德还不曾知道今后的几百年中,每到渡劫时他便须挖空心思小心应对,更不知后来某年布的抗雷阵教一个书生无意间破了,还为他挡了天雷,欠下一笔恩情债,从而不得不到人间偿还[①]。

---

① 此后故事收录在系列作品《八尾传奇》中。

黑 灯[1]

楔子　从死亡开始

沈越是在电话中知道庄菱死讯的。

那是彭海打来的电话，本来是问他春节要不要回重庆过年，因为初中的同班又要搞一次同学聚会，到了最后，那人突然说了一句："你知道吗？庄菱死了。"

沈越一时间有些发蒙，不知道怎么嗯嗯啊啊几下，就挂了电话。然后他就拿着手机，莫名其妙地在沙发上坐了很久。

沈越和庄菱是初中同学，都是1993年进入JS中学的，他们曾经是同桌。沈越不知道庄菱在1996年以后长什么模样，却永远记得她在自己身边那三年的样子——

她的个子不高，皮肤稍微有些黑，但是眼睛又大又圆，睫毛浓密得跟刷子似的；她的嘴角总是往上翘，露出两边深深的酒

---

[1] 发表于《短篇小说·午夜小说绘》（又名《推理·银版》）2012年11月。

黑　灯

窝；她爱把头发扎成一个马尾，然后用五颜六色的发卡将刘海别起来，于是整张脸都明媚地亮了，仿佛每天早上从教室的窗户外照射进来的一缕阳光。

沈越在初中毕业以后就再没有见过庄菱，哪怕是以前的同学会，她也没有出现过。她每次都会说要来，而他每次都会订好车票准备回去，充满期待地等着在聚会的酒桌上，那一束阳光推开包房的门，重新照射进来。可惜每一次在他动身前，她都以各种理由失约，连带着他也失望地退掉了车票。

今年是初中同学18年后的一次同学会，彭海在自己开的酒楼里举办。沈越隐约希望这一次庄菱能够出现，然而她却提前宣告将永远失约了。

沈越的心很沉，沉到了他记忆中夜晚的嘉陵江的江底，无法打捞出来。

第二天，他就订了火车票，赶在春运开始前回到了重庆。

有一种说法是地球正在重新进入冰河时期。沈越以前认为这是在扯淡，不过在他回到重庆的那一刻，还是有些相信。重庆的冬天从来没有这么冷过，空气似乎也要被冻得凝固了。虽然耳边充满了嘈杂而熟悉的方言，还有人们聚集起来时散发出的热气，可沈越仍然觉得寒气像头顶上昏黄的灯光，把他整个人都罩住了。他穿了件黑色的羽绒服，竟然在下车以后打了个冷战。

他的脸也被冻住了，没有别人结束长途旅行后的轻松，也没有归乡的人常有的激动和兴奋，他沉默地提着一个简单的旅行箱，任由回家的打工者组成的滚滚洪流挟着自己朝出口涌去。

人们的热情像巨浪撞击着这座城市，而他仿佛是包裹在巨浪中的一粒小石子。

在出站口，沈越很容易就看到了又高又胖的彭海，那家伙正挤在围栏的最前面，一见他走出来，就使劲地挥手，大吼道："轮胎，这边儿！这边儿！"

"轮胎"是沈越初中时的绰号，让彭海的大嗓门叫出来，就好像一把锤子，狠狠地砸破了沈越被冰冻起来的脸。他笑起来，快步走了出去。

一出站口，两人抱在了一起，彭海使劲在沈越背上捶了几下，那莽劲儿让沈越都咳嗽起来了，但是彭海却丝毫没有愧疚，一把揽住他的肩膀，顺手接过行李："走吧，我都等了一个小时了。怎么不是到重庆北站的车呢？"

"不好意思，没买到票，就绕了个弯。"沈越说，"我又不敢坐飞机，你知道的，我恐高。"

"没事，吃饭了没有？今天晚上住我家吧！"彭海领着他朝地下通道走，一面道歉，"对不起啊，今天本来要开车来的，我老婆偏要用车，和几个闺蜜跑去泡温泉了。"

"没事，"沈越笑笑，"我不饿，而且已经订好酒店了。"

彭海有些不满意："干吗呀？见外啊？回老家还住酒店？你成心让我难堪是吧？"

沈越又笑了笑——他初中毕业就全家搬到了广东，后来又在南宁工作，原本有一个舅爷在这里，五年前也病故了，现在沈越在重庆彻底没有了落脚的地方。彭海是他从小学到初中的死党，也是唯一一个还经常联络的老同学，这死胖子性子直，自己一跟他客气就黑脸。

见他笑着不说话，彭海也没有办法。沈越的脾气他也清楚，已经决定的事情十头牛都拉不回来。于是彭海斜眼瞅了瞅他，不痛快地问："订了哪儿啊？"

"金源大饭店，说是观音桥那里。"

"哦……"彭海摸摸头，"也成，过去方便。还是先吃饭吧。"

沈越见他高大的身子提着自己的行李往前冲，很快就从地下通道里穿到了马路对面，接着又进了一个通道，在电动扶梯前买了票。

"车停在两路口上面，坐皇冠大扶梯上去，先吃饭！"彭海冲他笑笑，"我在店里留了包厢，好多年没有吃正宗的重庆火锅了吧？我这店里的招牌火锅，保管你吃爽！"

沈越笑起来："哟，生活委员，从前你就管东管西，管着开门关门倒垃圾，现在还管饭了啊！"

他去了广州后就没有吃过多辣的东西，南方人的口味偏甜、鲜，对于麻辣都不大接受。他这么多年下来，仅有的几次正宗火锅也是回来参加同学会时吃的，然后就狂喝冰的"老山城"。他有时候猜想，也许自己的舌头已经不能适应火锅，但是彭海的安排仍然让他激动起来，似乎嘴里立刻就分泌出了很多的唾液，涌动着饥渴的感觉。

他们踏上了大扶梯，这是亚洲最长的一级提升坡地大扶梯，112米长，比平常的电动扶梯运行得快得多，又陡，回头往下望，有一种眩晕的感觉。原本熟悉的、山城特有的地势竟让沈越感觉到一丝紧张，他连忙转过头，不敢再看了。

"我记得以前坐缆车的时候可没有这么陡啊！"沈越对彭海说。

"哈哈，怕了吧？"彭海得意扬扬，"那时候人都一车厢一车厢地运嘛，再说你坐的时候才几岁啊，夹在人堆儿里就啥也看不见了。"

"这东西是什么时候建好的？"

"1996年吧，那年你不是就去广州了，以后回来几次都没有坐过。"

"我还挺喜欢缆车的，为什么要拆呢？"

"哪儿有什么东西永远都在的？用旧了，落伍了，自然就拆掉了，重庆老城区可没剩下多少古董了。"

沈越默默地低下头，看着电梯——

是啊，哪儿有永恒的东西呢？庄菱也死了……

一　霓虹夜，白月光

原来彭海开的酒楼就在南滨路，规模还不小，临街旺铺足有三层。整体装修还特地比照了老重庆的市井风格，墙上画着层层叠叠的吊脚楼。推开一间包厢，里面一口气坐了七八个人，男男女女、高矮胖瘦地聚在一起，正聊得高兴，见他俩进来，一下子都愣住了。

彭海笑着说："怎么，傻了？这谁都不认识了？轮胎啊！"

桌子边上的人都恍然大悟，接着便一阵七嘴八舌：

"我说呢，越长越帅了啊！轮胎，咱们班上的班草就你了！"

"从前怎么就没有发现你有点儿忧郁小生的气质呢！"

"馋了吧？赶紧坐下来，瞧，老山城，先来干一瓶儿。"

……

彭海把行李放在角落里，招呼沈越坐下，挨个儿介绍这些老同学——留了络腮胡子的，是乔长江，现在在电视台当编导；染着棕色头发的高个子女人是唐娜，以前数学很差，现在则是个会计；有些消瘦的长脸男人是陈一凡，在当律师；还有一个脸熟的女人叫郭晨晨，好像从前还是彭海的同桌；一个矮个子的男人长得又胖又圆，是从前的语文课代表，王福清……

剩下的两三个人沈越就完全不记得了，只好在彭海的介绍下勉强装出很熟悉的样子。

好在老同学见面，再怎么样也不会冷场，况且有彭海这么个大号开心果在，于是一桌子人你来我往，吃得热火朝天，喝得畅快淋漓。

酒足饭饱难免要回忆往昔，各种糗段子被翻出来当饭后的甜点。同学聚会就是这样，只有过去，没有未来。

沈越笑眯眯地坐在一旁，火锅浓郁的牛油香味和熟悉的啤酒的味道，都让这个狭窄的空间被填得满满的。他想起以前在校门外买零食时候的样子——其实跟现在也一样，勾肩搭背地走着，嘴里和手里都被什么麻辣藕片、搅搅糖、串串香占满了。只不过那个时候他们从身体到脑子都不怎么成熟，所以一点点骗舌头的东西都让他们满足得不得了。

"这事儿轮胎能做证！"猛然有一个女声拔高了几度叫道，"他那时候跟庄菱是同桌呢！"

沈越抬起头，看到郭晨晨正指着自己，不知道提了什么，但是庄菱这个名字足以让整个包厢里的人都突然安静下来。

就好像听到了口令一般，刚才酒酣耳热的人都清醒了过来，不约而同地望着沈越。

他笑了笑："需要我证明什么？我可难得回来，要澄清要人证的可抓紧了。"

郭晨晨和其他人连忙借着他的玩笑下了台阶。"也没什么,"她不好意思地说,"就是有次上生物课的时候,对面山上有对情侣打K,庄菱不是先看见了吗?偷偷告诉你,结果你又传给前排的,最后弄得全班都打望去了,生物老师给气得没法上课了。"

"哦……"沈越做出恍然大悟的样子,"是啊,是庄菱先看见的,她当时可是3.0的视力呢,看得可清楚了。我记得后来老师为此把好几个人都弄来罚站,还面朝小山,说是要看就看够。"

"庄菱就没在里边儿,她呀最先看,看够了就回头写笔记,整一个乖宝宝的表率,真够贼的!"

大家又一次笑起来,沈越笑得眼睛都酸了,他从口袋里掏出一包"龙凤"晃了晃:"瘾犯了,得先去燃一根儿。"

沈越出了门,绕着弯弯曲曲的走道去了酒楼的另外一边,临街的背面,正好可以看到长江对岸。

那里是渝中区,是重庆最繁华的地方——解放碑。无数的高楼在狭窄而高低起伏的半岛上直愣愣拥挤着,好像彼此靠得太近而遮蔽了天光的树木。最后探入两江交汇处的朝天门广场变成了唯一能让人喘口气的平坦之地。但是那里也被另外一些东西给占满了——络绎不绝的游客,在风中飘荡的风筝和荧光玩具,摇头晃脑的探照灯,停泊在港口的观光船。

各种颜色的灯光被披挂到了这些林立的高楼和雕饰过的广场上,描绘出它们的轮廓,显得光鲜而又得意扬扬。有什么比金色、红色、紫色、蓝色、黄色等光的线条画出的图案更加华丽呢?有什么比色彩更能让眼睛沉迷呢?这是过去的重庆不曾有过的夜景,从未有过的明亮。沈越曾经去过香港,也去过上海,他听到重庆的旅游广告中说重庆的夜景并不输这两个地方，如今看来，倒也不算言过其实。

身后传来脚步声，有人走到沈越身边，把手肘撑在栏杆上，跟他一起望着对岸、

"怎么样？漂亮吧？"脸颊消瘦的男人对他说，"灯光工程搞了好多年，这也算特色旅游项目了。"

沈越认出这人是陈一凡，当年在班上是个不怎么出众的男生，因为自己喜欢运动，所以平常也没和他玩在一起，生疏得很。

但是这个时候，好像都很熟悉了。他笑了笑："漂亮是挺漂亮的，就是看不清了。"

陈一凡看着他："这么亮还看不清？你不是近视眼吧？"

沈越递了支烟给他，点燃了，两个人吞云吐雾地并排站着。沈越凝视对面的流光溢彩，笑道："我眼睛倒好，可重庆没有雾，点了灯，反而更看不清了。光的背后就是最黑暗的地方，我只看到光，看不到影子里的房子了。"

陈一凡也笑了："看不出啊，你这么多愁善感。以前怎么没发现你还是个才子呢？"

沈越眯着眼没说话。

陈一凡又说道："我记得当年毕业的时候，你成绩可好了，大家都以为你一定保送81中的。谁知道后来会那么多波折……"

沈越淡淡地一笑，他知道陈一凡的意思。当年他的确是保送81中，但是保送考试他没通过，被刷下来了。他又过了几天才知道，81中后来又增补了两个名额，可送到学校的通知单偏偏晚了一天，所以他没能赶上补考。但是至今他也没有觉得遗憾，

替补他的是庄菱,这让他感觉很安慰。他甚至在那个时候有种"情圣"一般的自豪感……

现在想起来,他觉得只有15岁时的自己才会那么想。

陈一凡叹了一口气:"我知道,其实坐那一屋子的人,真熟的没几个。同学会每次都来不了几个人,出了校门各奔东西,谁会关心谁呢?所谓怀旧,怀念的不就是自己那点儿小屁孩日子吗?轮胎,实话说,要不是你,我也不准备过来的。"

沈越诧异地转过头。

"庄菱的事你一定知道了吧?"

沈越夹着烟的手指抖了一下:"嗯,彭海告诉我了……"

"是自杀,和着酒吞了一大瓶安眠药。"陈一凡语气低沉,"谁想得到呢?她从前在班上,那可是最疯最好玩的女生。"

沈越的喉咙有些疼:"为什么这样?她过得不好吗?"

"前几年挺不好的。工作一直不顺利,又离了婚,今年才差不多稳定下来,在一个不错的企业干,升职空间也挺大的。"陈一凡又顿了一会儿,"我就是在她离婚的时候偶然碰见她的,就当了她的代理律师,知道了一些情况。"

"你说她的生活在好转?"

陈一凡点头:"至少一切都走上了正轨,所以当时听到她自杀的消息时,我根本不信。不过警方的调查结果的确是这样,没有任何指向谋杀的证据。"

"连遗书也没有吗?"

"没有啊,自杀的前一段时间也没发生过什么事。据说唯一比较特别的就是他们领导特地找她谈话,准备给她升职呢。"

沈越心中又压上了一块沉甸甸的石头,他皱着眉头,问道:

黑 灯

"为什么突然跟我谈这些?"

陈一凡苦笑道:"抱歉,我知道以前你和庄菱……嗯,很要好,你们是同桌。"

沈越干脆不再回答他,沉默地吸着烟,看着夜景。

"其实我是有东西转交给你。"陈一凡没有顾忌他的态度,自顾自地说,"如果你方便的话,请明天来我的办公室一趟,行吗?"

沈越愣了一下:"东西?什么东西?"

"庄菱留给你的东西啊。"

沈越手上的烟落下来,吃惊地瞪着他:"她留给我?"

陈一凡点点头:"实际上庄菱有遗嘱,在她自杀前两年就写了,一直由我保管。财产一类的都留给了父母家人,不过有些比较特殊,是指名留给你的。她说如果你不再回重庆,那就不用给你寄过去,如果你回来了,我得亲手交给你。怎么,她一点也没跟你说?"

"我们从毕业后就再没见过面。"

陈一凡尴尬地应了两声:"这样啊……嗯,其实大家都差不多。"

这时,彭海走了出来,一看他俩,立刻不爽地过来揪住了:"干吗呢?躲了?乔长江又叫了一打老山城,我今天豁出去了,你俩都得跟我一起血战到底!"

沈越骂道:"人来疯啊你!"

彭海嘻嘻一笑:"老婆不在,能疯就疯!"

三个人勾肩搭背地走回包房,彭海趁着陈一凡没注意,用手肘捅了沈越一下:"喂,你俩说啥呢?神神秘秘的。"

沈越不好瞒他:"说是庄菱有东西留给我,在他那儿,让我去一趟。"

彭海诧异地瞪大了眼睛:"庄菱!她?"

沈越不自在地点了点头:"要不明天你陪我去吧,现在重庆我可真不熟了。"

彭海连连点头:"那是肯定的!没问题。"

他俩的交头接耳让桌子那边的几个人不满起来,面红耳赤的乔长江咔啦一声用牙开了瓶啤酒:"当着咱们说小话的,先'吹'①一瓶!"

彭海立马站起来:"'吹'就'吹',你当我怕你这老小子?"

说罢一仰头就灌起来,周围的人拍桌子大声叫好,气氛又热闹起来。沈越跟着笑,看着他们胡闹,在火锅蒸腾的热气中,看到窗户外模糊的五彩灯光,而灯光的缝隙里,能看到惨白的月亮。

二 碎片·遗物

沈越好多年没喝得这样烂醉了。

他其实很讨厌借酒浇愁的感觉,那让他觉得自己就是阴沟里的一摊泥。但是他又多多少少留恋醉酒后那短短的一段时间,他可以放任自己做很多疯狂的梦——尽管醒来以后因为头疼很多他都不记得。

这次他知道自己梦见庄菱了——

她依旧活泼、漂亮,用手撑着头坐在他旁边,另一只手写写

---

① 重庆人把拿着啤酒瓶灌酒,叫对着瓶子"吹"。

画画。偶尔转过头来，黑亮的大眼睛闪闪发光，接着便是最常见的微笑，露出两个对称的酒窝。

在梦中沈越遗忘了她已经死去的事实，也忘记了自己交过的几个女友，似乎他只记得和庄菱做同桌的那段岁月。

因此，当他醒来以后，突然产生了从来没有过的乏力感。

床头的手机在响，那是孟庭苇的老歌《冬季到台北来看雨》。沈越懒洋洋地拿过来看了看，屏幕上是一个陌生的号码。他皱着眉头按下接听键。

"沈越……是沈越吗？"对面是一个陌生的女人。

沈越觉得有点熟悉，但是又不大记得起来。"是我。"他回答道，"你是——"

"我是郭晨晨，昨晚咱们才见过面呢。"

沈越想起来，昨天聚餐的确有她，不过以前就没啥交情，昨晚她坐在旁边又很安静，所以自己对她的印象不是很深。沈越客套地问候了几句，郭晨晨的口气就变得奇怪起来。

"昨天人多，看你们几个男生喝得高兴，我就没跟你怎么说话，不知道你今天有没有空？"

沈越迟疑了一下，摸了摸丢在一旁的外套，那兜里有张皱巴巴的名片，上面写着"明远律师事务所，陈一凡律师"的字样。"下午我有些私事，可能到沙坪坝去。"沈越问道，"有什么要紧事吗？"

"嗯，只是想跟你聊聊。"郭晨晨说，"能吃个午饭吗？就在你住的酒店楼下，两岸咖啡。"

沈越爽快地同意："行啊！到时候联系。"

他有点摸不准郭晨晨打这通电话的用意，同时也不认为有十来年没联系的普通同学会突然有很多话要说。

沈越冲了个澡，洗掉一身的酒味儿和疲倦，温热的水流顺着他的脸流下来。他又想到了庄菱——

他回来就是因为她，却永远见不到她。但是他们都知道她，那些老同学，他们口中的庄菱还是活生生的。

大约快要到十一点半的时候，郭晨晨的电话又来了。沈越赶紧下楼，不大费力就找到了"两岸咖啡"，郭晨晨在靠窗的位置坐着，一见他就猛挥手。

"我已经自己点了，你要吃什么，看看吧？"她把菜单递过去。

沈越昨晚吃得有点过了，现在什么胃口也没有，就随便点了杯红茶。郭晨晨也不劝他，只是笑了笑，双手交握地放在桌上。

"你结婚了？"沈越看到她习惯性地转动着右手无名指上的戒指。

郭晨晨顿了一下，点点头："去年结的，他是我同事，不怎么能干，但是挺老实的。"

"那真是该恭喜你了，这年头找个老实人可真不容易。"

郭晨晨说了声谢谢，又看看沈越的手："昨天晚上彭海说你还是单身。怎么，还没有看上眼的？"

沈越搔搔头："高不成低不就呗。"

郭晨晨的表情变得有些古怪："对不起，我知道这么说可能有点奇怪，但是……你这次回来是因为庄菱的关系吗？"

沈越直愣愣地望着她。

郭晨晨变得不自在起来，她尴尬地搓着手心："其实这次同学会也组织得挺突然的，毕业以后大家都没有怎么联络，偶尔聚会也就是几个关系比较好的老同学三五成群吃个饭。这一次要不是听说了庄菱的事,还有你会回来,我大约是不会去的。"

"为什么这么想呢?"

郭晨晨笑了笑:"我也说不清。以前班上都知道你和庄菱是天生一对,那时候这点儿事儿隐秘又刺激,好多女生都觉得你们会一直在一起。谁想到后来中考的时候有那些变故,庄菱上了81中,你考得不如意,离开重庆。那时候很多女生还觉得庄菱特假,抢了你的保送名额——"

"这不关她的事!"沈越反驳,"都是我运气不好,再说都多久的事儿了,也不值得提了。"

郭晨晨有些着急地接了话茬:"对对,我没有那个意思,这事情的确不能怪庄菱,真不是她的错!"

沈越为自己心头突然冒出的那股火苗懊恼,正好这个时候服务员送上了他们的餐食,缓和了气氛。

沈越勉强一笑:"怎么,找我来就是说这个?"

郭晨晨看出他不想再继续原先的话题,于是就顺势转了弯,说起了别的。两个人吃了饭,郭晨晨问起他这几天的打算,沈越不想把庄菱留给自己遗物的事儿说出去,只说彭海要带着他好好逛逛新重庆,三天后再回南宁。郭晨晨笑着说:"想不到彭海安排得还挺周到的,跟从前一样嘛。"

"那是,还多亏了他。跟他当了三年同学,也算铁哥们,他除了热心就是耿直,有时候简直过头了。"

郭晨晨又笑起来:"可别忘了我当了他一年半的同桌,我还不了解他吗?"

沈越连连点头:"那是那是。这同学会他也操了不少心吧?"

郭晨晨摇摇头："我不知道，在网上建了班级QQ群的人是陈一凡，也是他打电话通知我的。"

"原来是这样。"沈越在心底猜测，不知道陈一凡的真正用意是什么。

郭晨晨吃过午饭就跟沈越告辞了，他们没有再谈关于庄菱的事儿，但是沈越觉得她始终有些话没说出来。但有时人和人之间就是这样，并不是时时刻刻都能有话直说的。

大概一点半以后，彭海就开着车来了。他那车是一辆马自达，颜色挺漂亮。彭海老脸挂不住，一个劲解释是媳妇儿喜欢，没法子。

沈越把陈一凡的名片儿递给他，上面写着地址，在沙坪坝××路的一幢写字楼里。明远律师事务所租了整整一层楼，气派得很。两个人到了以后才发现陈一凡在里头混得不错，有一间敞亮的大办公室，外头还坐着两个助理。

陈一凡热情地把两人请到办公室里，给他们泡上好茶。彭海忍不住就开始嘴贱："我说大律师，咱们可快着点啊，你这儿说话分分钟可都是要算钱的。"

陈一凡骂了他一句，转身从隔壁一个小房间里取出一个文件袋，打开以后取出一个深色的防潮口袋，然后拿出几份文件读给了两个人听。那是庄菱遗嘱中关于赠与沈越的部分。

室内很安静，外墙的隔音玻璃让马路上的噪声减到了最小。陈一凡干巴巴的声音令沈越坐立难安，而更加干巴巴的是庄菱遗嘱中那些简洁的文字。她只是把东西留给他，不到一百个字就在生死之间完成了传递。

黑 灯

陈一凡把密封口请沈越确认了一下,然后交给他:"就在这里了。除了她、我和你,没有别的人看过。"

沈越的手心有点发热,他暗暗地吸了口气,撕开封条,把里面的东西倒了出来。那是一个信封,上面写着"××区JS中学初三年级张德明老师转沈越同学收",寄信人是"81中教务处",信封里是两张皱巴巴的纸,一张上面密密麻麻地写满了字,还有一张却洁白干净,上面只写了一行字——

沈越:

我这辈子最快乐的日子,是和你听着孟庭苇的歌,在座位上玩东南西北。

——庄菱

沈越突然感觉到一股酸涩冲上鼻端,刺激得眼睛里都涌出了泪水。他站起来走向窗户,把脸朝向外边。

彭海小心翼翼地探过身子,看了看桌上的东西,奇怪地看着陈一凡:"就这个?"

陈一凡点点头:"就这个。她亲手封好的。"

彭海又仔细地看了看,拿起那个信封:"为什么留这个东西给轮胎?"

陈一凡苦笑着摇摇头。

他俩都不再说话,静静地待在座位上。沈越并没有让他们等太久,不一会儿他回到了桌前,仔细地把那张纸和信封都装回了密封袋里,又装进了外套的内包。

陈一凡带着他完成了后面的手续,才送他们出门。

"这些是你的了。"陈一凡在道别时对沈越说,"这是庄菱在我这里唯一的东西,现在我可真不欠她了。"

沈越挤出一丝苦笑："是吗？现在变成了我和她之间的债务了。"

三　回忆之殇

在回江北的一路上，沈越都没有和彭海说话。

大个子拘谨地开车，有些不安地瞅着沈越，等把他送到了饭店，才问道："怎么了？庄菱那东西到底是什么意思？看上去好像是废纸，你咋跟见了炸弹一样。"

沈越转头看着他，苦笑道："那信封上写的什么你没看见？"

彭海没吱声。

沈越从内包里拿出密封袋，将信封取出来，把收寄地址都读了一遍，又扬起那封信："看见邮戳没有？1995年4月15日。"

彭海鼓着两只眼睛，还一副懵懂的样子。

沈越闭上眼睛："你忘记了吗？这个信封里应该装着的是81中寄给我的补考通知。"

虽然已经熄火，彭海还是一脚蹬在了油门上，他疼得龇牙咧嘴，差点没从座位上跳起来。

"什么什么？"他一面连连呼痛，一边扯着沈越追问，"那东西不是丢了吗？"

"如今信封都在这里了，你还想不透吗？"

彭海盯着他手上的东西："你的意思是，当年那封信不是丢了，而是被庄菱拿走了？"

沈越抿着嘴，不再说话，彭海愣了一会儿，突然一个劲儿地摇头："不会不会，庄菱干不出这样的事儿，她……她当年喜欢

黑　灯

你的，你莫非不知道？"

沈越沉默着——他当然知道，而且知道自己也喜欢她，因此才觉得心底一阵阵地发凉。

彭海看他的样子，更不知说什么好了。两个人在黑乎乎的车库里静静地坐了一会儿，一阵阵车灯的光扫过，照得他们的脸雪白雪白的。

过了好一阵，沈越终于像活过来一样，抹了把脸。"我有点累，今天晚上就别去看什么夜景了，改天吧。"他对彭海说，"反正'一棵树'在那儿又不会跑。"

彭海神情还有些呆滞，似乎找不到什么好说的，只能点点头。

两人一起上了大厅便分开了，彭海欲言又止，但是沈越心烦意乱，已经顾不上他了。

沈越回到房间里，拉开窗帘，外头是重庆最繁华的商圈之一，林立的高楼环绕在四周，花园绿地和广场上的人在这些庞然大物的脚下就像蝼蚁一般。他们密密麻麻地在地面上穿行着，每个人都面目模糊。沈越想，尽管他的眼睛完全没有近视，也尽了全力，但是他仍然无法分辨出不同的人，更不要说看清他们的脸了。

沈越抬起头来，在高楼远处是灰蓝色的天空。暮色正从东边慢慢地侵袭过来，白色的云朵转头变成了深蓝色，渐渐地便接近墨色了。原本就苍白的太阳正在努力地留下最后一道光，但是夜色来得迅猛，很快就将它彻底赶走了。

于是，山城又迎来了一个夜晚。

高楼上的灯一盏接一盏地亮起来，沈越的眼睛被刺目的红红绿绿占满，那些高楼的轮廓渐渐地融化在了墨蓝色之中，LED屏和各种发光管飘浮在半空，而埋在花坛下的地灯发出幽幽的绿光，将树的阴影拖离了地面，显得缥缈恍惚。

这是一个不真切的世界。

沈越闭上眼睛，脑子里想起了十几年前同样的夜晚——

那正是1995年4月15日，一个周五。他前一天刚知道自己在81中的保送生考试中被刷了下来。为了安抚他，父母特地带着他去大足玩，为此请了周一和周二两天的假。谁也没有想到81中的保送生没有录够，补录的通知刚好在周五送到了学校。作为班主任的张老师没有收到那封信，而看门的王老爷子一口咬定是把信送到了老师办公室的——他一贯将信和报纸从门缝下面塞进去。周二是补录的最后时间，81中给了学校两个名额，必须到场面试。

沈越他们就读的中学只有初中部，高中必须到别的学校去读。81中是很多学生梦寐以求的好学校，还有美术特长培养，而保送免除了中考的搏杀，自然是求之不得的好事。等到周二上午，张老师才接到了81中招生老师的电话，责问他为什么还没有带着补录的学生过来。

张老师自然是惊诧万分，于是在找不到沈越的情况下，便将名次稍逊于他的庄菱和隔壁班的另外一个女生匆匆带了过去。两人的面试和笔试都很顺利，终于没有浪费那两个补录名额。

而在手机还是稀罕货的时候，沈越就错过了原本属于他的一次机会。

在那之后的很多年，沈越从重庆到了广州读高中，又去了上海念大学,最后落脚于南宁。他偶尔也会想,如果当年那封补录通知在周五被张老师看到,他就不会去大足玩,也不会错过那次机会。如果他留在重庆念高中,父母也就会留下,他不会离开重庆,也不会离开庄菱……那他的人生会完全不同。

如果他和庄菱在一起,她是不是现在还活着?

沈越又打开了那个密封口袋,取出三张纸,坐到台灯下仔细地看。

信封已经有些发黄了,但看上去保存得很好,除了自己放在口袋里弄出的一道折痕以外,几乎是平整的,只是有几个久远年代留下的黄点儿。老旧的牛皮纸信封上印着重庆市××区81中学的地址和邮编,蓝黑钢笔端正地写着"××区JS中学张德明老师收"的字样。邮票是那个年代流行的中国民居系列,上面的上海民居和陕西民居只有六角钱,那是当年的邮资。信的封口是被撕开的,歪歪斜斜的,很粗鲁的样子。

这封信的去向当年就是一个谜:坚决认定自己没有失职的门房大爷说,那信是和当天的报纸一起塞到办公室里的,肯定是第一个进门的老师给弄丢了;而早上第一个去初三年级办公室的一直都是初三(2)班的语文老师兼班主任李老师,她说的是报纸裹着信放在地上,她照例把各位老师的信都放在他们的办公桌上,但的确没有看到这封补录通知。

现在消失的信在十多年以后又如同幽灵般地重新出现在沈越的眼前,虽然只有一个躯壳,但是却仍然让沈越心底的疑问也活了过来——

难道当年偷走信的人,其实是庄菱吗?为什么要那么做?难道真是因为补录的名额?

她的成绩排名仅次于他,如果他真的不去,自然而然就有机会补上。

沈越放下信封,对于自己阴暗的猜想充满了厌恶。但是面前的信封又像是在嘲弄他,甚至那破碎的封口也像怪物的利齿,狠狠地咬着他的眼睛。

沈越又拿起那两张皱巴巴的纸——

一张看起来是从笔记本上撕下的,方方正正,很像以前上学时最普通的"红梅"牌笔记本内页。这张纸的双面都写满了字,凌乱而又无序,看得出都是庄菱的手迹。这不是诗也不是句子,只是一个个词语甚至一个个字的堆砌,颠来倒去的,比如"奔跑""牡丹""南方""红酒杯""是""可怜""美丽""历史""11路车站""悲"……这些完全没有联系的散乱词语铺满了整张纸,甚至有些是重重叠叠的,就好像有人背着一口袋芝麻,猛地倾倒在地上,于是就很难分清楚、捡起来了。

这张纸伤痕累累,似乎被揉成过一团,又展开;或者是横横竖竖地折叠,又重新压平。看得出庄菱写下那些词语用了很久,绝对不是一次完成的——有的笔画重得划破了纸面,有的则轻得好像是拖着笔尖扫过;有的写得郑重,有的写得潦草;有的是蓝黑色的墨水,有的是碳素墨水,还有圆珠笔和签字笔的痕迹,甚至是彩色笔……

沈越想象着,笔记本放在庄菱的写字台上,或者是某个她伸手就能触及的地方。当她心中充满了无法排解的情绪时,就会随手抓起一支笔,翻开这一页写起来。

其实这就跟她初中时的习惯一样,当老师的课上得无聊或者她烦躁的时候,就会在笔记本或者教科书的边缘写起来。

黑　灯

沈越凝视着这张纸，想起庄菱那个时候的神情，她的眉头微微地皱起来，会不屑地撇嘴，或者狡黠地看着他，冲他微微一笑。那笑容里带着小狐狸一般的得意，俏皮而又可爱。

人的习惯真是可怕，竟然能持续一生。

沈越摆弄着这张纸，不明白为什么庄菱会把这样一张纸留给他。

他又拿起另外一张发皱的纸：那是一张A4打印纸，看上去年代还比较近，而且看得出只是被折叠过几下，并没有受到太多摧残，除了边角上卷曲了点，连一丝脏污的印子都没有。

沈越：

　　我这辈子最快乐的日子，是和你听着孟庭苇的歌，在座位上玩东南西北。

　　　　　　　　　　　　　　——庄菱

这些字仍然是庄菱亲笔写下的，但是从容多了，笔迹流畅而顺滑，几乎能够想象她写的时候是多么平静。

然而沈越却觉得胸口不可抑制地疼起来，能够安详地回顾过去，她写的时候，也许已经下定了死的决心。

沈越不知道这些年她到底经历过些什么。

自从81中的补录错过以后，庄菱和沈越便没有再好好地谈一谈。其实沈越并不在乎这个，可他知道庄菱是介意的。她主动向张老师申请调换了座位，此后也很少找沈越说话。班上的确有些议论，因为大家都默认他们是一对的时候，庄菱的举动的确变成了一种"背叛"。

沈越想起今天中午郭晨晨跟他提到过的事，发现自己当年的确非常地粗心。他在伤心庄菱和自己拉开距离的时候，并没有理

· 099 ·

解她为什么那样做。即便是青涩的年纪,班级也是一个小社会,而十五六岁的孩子,很少费心去掩饰自己的厌恶与嫉妒。

沈越一直坚信这件事庄菱并没有错,但是她没有办法回避自己占据补录名额的事情,所以她躲开了。

但是现在沈越怀疑自己是不是也过于天真了,那个消失的信封从庄菱的遗物中出现,似乎证明当年的猜测是真的。

一想到这样的事,沈越便有一种说不出来的寒心。

他以为他离开学校以后跌的跤,已经让自己长出了足够厚的茧,再感觉不到疼,也不怕烫了,可是冰冷的针逮着缝儿刺进肉里,仍然是一阵一阵地痛。

沈越把三张纸摆在面前,在灯下一遍又一遍地看,似乎想要弄明白为什么庄菱要留给自己这些。难道她终于决定在临死前将真相告诉他?

沈越忍不住苦笑:她还是一样任性,只图自己舒坦,不管他怎么难受。她也不想想,万一他已经不在乎了呢?

沈越把那三张纸收好,忽然想到了什么,打开笔记本电脑,上了初中同学QQ群。

其实当时加他进去的人是彭海,但是因为他工作忙,空下来也懒得聊天,基本是潜水。所以有什么事,彭海干脆打电话或者发短信给他。

沈越点进了群里,看到群主果然是"陈一凡",三个管理员中间有一个就是彭海。因为是老同学,大家都用的真名。沈越翻到群共享里,下载了一份通讯录,在里面找到了唐娜的电话号码。

现在是七点半,沈越猜想这个时候打过去有点失礼,但是他突然感觉到焦躁,似乎如果这个时候不做点什么,他就难以忍受。

电话通了,唐娜的声音有些干巴巴的,当沈越自报家门以后,她顿了一下,很意外:"你怎么想到给我打电话?昨天吃饭的时候有事儿就该说了。"

沈越听得出她话中隐约带刺,但并没有介意。"我想谈谈庄菱的事。"他说,"有时间吗?"

唐娜沉默了片刻:"你住在哪儿,我过来找你。"

四 每个人都有秘密

唐娜是急匆匆地赶来的,沈越看得出来,她随便穿了件灰色外套,也没有化妆,头发有点乱。

沈越邀她吃饭,她也没推辞:"正好,我吃了一半就接到你电话,于是就出来了。"

沈越笑起来。唐娜是庄菱在班上最好的朋友,俗称的闺蜜。她跟庄菱的性格很像,外向、干脆,两个女生经常泡在一起玩。现在看起来,唐娜还没怎么变。昨天吃火锅他只是客套地和唐娜聊了几句,喝了点酒,没想到自己一约,她这么爽快地就来了。

沈越挑了一家清静的饭馆,两人坐下来点餐。

唐娜注视着沈越,突然笑了笑:"轮胎,你真是越长越帅了,我就说当年咱们班的女生没眼力,放着个潜力股不要,都去追林亮亮那种小白脸。上次同学会你没来就没看见,那家伙都长成圆形的了。"

沈越也不客气:"那是,现在后悔了吧?错过了就没有了。"

唐娜脸色沉下来:"别人后悔不后悔我是不知道了。但我知道庄菱后悔过，你呢？你难道没有后悔错过她？"

沈越的舌头顿时短了一截。

唐娜拿起筷子就开始吃菜，一边夹，一边说："其实昨天我就打定了主意，要跟你谈谈庄菱的事，但你如果不找我，我是绝对不说的。"

"为什么？"

唐娜奇怪地看了他一眼："你不主动提，那就代表你已经不介意了，我还傻乎乎地凑什么热闹啊。"

沈越有点庆幸自己最后还是打了这个电话："这些年……你跟庄菱联系得多吗？"

唐娜神色黯然地摇摇头："跟别的同学比起来，当然算多的，可我知道依着我和她的关系，真算得上疏远了。高中她念的81中，我念的17中，见得少了。她也不爱给我打电话，只不过有时候会约出来碰头，吃个饭。后来咱俩都在重庆念大学，倒一直会问问近况。"

沈越踌躇了一下："听说她有段时间过得挺不好。"

"是彭海跟你说的？"

"不，是陈一凡。"

唐娜"哦"了一声："他知道也不奇怪，他给庄菱打的离婚官司嘛。其实应该说自从初中保送的那事儿之后，她过得就不开心。你是男生，自然没听见班上女生中间嚼舌根的话，说庄菱给你下绊子，说得可难听了：什么跟你好不过是找机会踹你一脚，什么成绩不好就用美人计啊，说她装纯洁装可爱，我跟她们吵过好几次。"

沈越有些愕然："这么严重吗？我当时没觉得有这么多事

儿啊?"

唐娜讥讽地看着他:"你不混女生的圈子,之后又离开重庆了,你哪能知道这些。老实说,现在看起来,初中几个小心眼女生的嘴碎跟现在职场上的破事比起来算个屁呀,不过就是小孩儿家家的嫉妒、刻薄罢了。你看昨晚见面,谁还记得以前的过节?"

沈越深深地吸了口气:"大概不懂事的时候对待别人才是最狠的吧。"

唐娜原本夹起了一块肉片,听了他的话突然啪地一声把筷子放下,厉声道:"沈越,你是不是也相信是她拿了你的补录通知?"

沈越没说话,从衣服里掏出庄菱的遗物递给她。

唐娜疑惑地接过来,拆开看了,满脸的不解。"这是陈一凡给我的。"沈越告诉她,"是庄菱留给我的东西。"

唐娜瞪大了眼睛,脸色渐渐地有些发青:"你想证明什么?证明她真干了这事儿?"

"你还记得那周到底发生了什么?庄菱究竟有没有机会拿到信?"

唐娜把东西还给他,把手撑在桌子上:"我记得,而且很清楚。那周是咱们班要出一个示范黑板报,一共有三个人在放学了就猫在教室后头干这活儿。庄菱负责誊写内容,另外两个人画画。因为向数学老师借了直尺,还借了美术老师的颜料,所以他们有办公室的钥匙。庄菱家离学校最近,她就管着钥匙。要不是因为这样,她也不会被怀疑偷信。"

"看门的老王一直说信是周五早上送来的。"

"那就得找早上进办公室的人啊,班长、语文课代表、生活委员,他们都能拿到办公室钥匙。"唐娜提高了声音,"庄菱每天下午都写到六点多钟,接着上晚自习。她怎么可能早上去偷信?"

"那这个信封为什么会在她手里?"

唐娜像被猫咬掉了舌头,脸上红一阵白一阵的。她慢慢地软下来,眼圈突然有点发红:"说不清楚了,从前说不清,现在更说不清。我只知道她不是那种人,可她为什么就不堂堂正正地站出来说一句'我没偷'呢?沈越,你真的相信她吗?哪怕是这信封在她那里,你也相信她吗?"

沈越转头望着窗外的夜景,低声说:"灯太亮,影子就黑了。"

唐娜没有听清楚他说的话,似乎也并不关心:"她把那东西留给你总是有原因的,也许她觉得你能明白。"

沈越若有似无地提了提嘴角——他当然想弄明白,可怎么才能明白呢?

两个人草草吃了晚饭,心中都压上了一块石头,很不痛快。结账出来以后,沈越送唐娜上出租车。她扶着车门,看着沈越的双眼,说:"你这么多年了才回来一次,也许我给你说的话将来再没机会重复,但是我想让你知道,当年庄菱是真心喜欢你,你知道吗?"

沈越点了点头,他越是相信这一点,越是感觉悲伤。

唐娜又接着撇了撇嘴:"还有,我知道当年暗恋庄菱的不只你一个。"

"还有谁?"

唐娜笑起来:"那可就多了。她的确是个讨人喜欢的女生,对吧?她原本不该是这样……"

黑　灯

趁着眼泪还没有流出来，唐娜匆匆收了尾，钻进出租车里，不一会儿就消失在滚滚的车流中。

沈越看着一片红通通的尾灯，逛街散步的人纷纷走过，情侣的甜言蜜语，孩子的欢笑，还有朋友间的打闹，都被夜晚的风裹挟着绕过他身边。沈越感觉到一种可怕的孤独，好像陡然间熟悉的一切都被翻转过来，成了一张张陌生的脸。

沈越慢慢地回到房间里，坐到灯下。

他依然铺开那三张纸，来来回回地看着，脑子里回响着唐娜的那些话——庄菱的确是想说什么，她为什么笃定自己就一定能明白呢？

或者说她这样做，还是因为她仍然相信他能明白。

沈越又看了看白纸上的一行字，似乎有了一些端倪。但是他并没有接着想下去，反而是关了灯，任由自己疲惫地躺在床上，睡了过去。

回到重庆的第三天，原本的计划是去逛逛新建成的几个商圈。但是沈越临时变了主意，打电话给陈一凡，想要去看看庄菱的墓。

"你知道在哪儿，是吧？"沈越问他，"你是她的律师，如果你都不知道，我真想不出该怎么打听了。"

陈一凡在电话那头笑了笑："你猜得没错，我知道。还好我手头能腾出点时间来，等下我过来接你。"

庄菱其实没有墓，家人为她在北碚的龙车寺灵塔买了一个灵位，将骨灰存放在那里。陈一凡带着沈越进了门，一个穿着墨蓝色大衣的守卫笑着跟他打招呼："陈律师来了。"

陈一凡也客气地跟他笑笑，指了指沈越："带个老同学来看看。"

那守卫放他们进去，还殷勤地按了电梯。

他们没有安放证，请不出灵位，就开个后门上去拜祭。两个人上五楼，在一个格子里找到了庄菱的骨灰盒。那是一个洁白的石雕盒子，刻着祥云和仙鹤的样式，庄菱的照片就镶嵌在盒子的正中央。

沈越仔细地端详着照片上的那个女人——无疑，她很漂亮，但是她绝对不是沈越记忆中的庄菱。这个长大了的庄菱明显地瘦了，虽然眼睛依然幽黑而深邃，睫毛浓密，但是因为修过眉毛，显得整个脸有种尖锐的神情；她的嘴角微微地向上弯曲，看上去似乎想要拉出一个柔和的表情，但是很明显没有笑，因为她的脸上没有从前的酒窝；她的头发也不再束成马尾，而是烫成大波浪，披散在肩膀上。

沈越凝视着这个女人，像看着一个陌生人。这个人就仿佛不曾出现在他的生命中，跟他没有关系。可是他却在很远的地方偶尔想到她，甚至因为她而千里迢迢地回来，来到这个灵塔中，跟她对视。

沈越觉得自己干了一件多么荒谬的事情，他在向一个陌生人询问属于庄菱和自己的答案。

"这个地方不错吧？"陈一凡在旁边低声说，"当时买这个地方的时候她的家人还是听了我的意见：永久灵位，离主城不远，又靠着山，风景好。旁边还有个庙，早晚听点诵经声，也算个超度。"

沈越没说话，忽然在口袋里掏了半天，他发现自己居然什么都没有带来给她。隔了十几年，临到头没有一个回礼。但最后他还是找出了一样东西，那是一个ZIPPO打火机，上面有白头鹰的造型。沈越把那个打火机打燃，又啪地关上，然后小心地放在骨灰盒的旁边，又往里面推了推。

他转头朝陈一凡笑笑："走吧。"

两个人下了灵塔，沈越和陈一凡买了点香烛纸钱，在指定的"庄"姓纪念碑下化去了，然后上车离开。

两个人一路上都没有说话，陈一凡把沈越送回饭店。下车的时候，他问道："你什么时候回去？"

沈越对最后那个词儿有些过敏，但是却静静地收下了，"明天一早。"他告诉陈一凡，"在重庆北站上车，六点半。"

陈一凡点点头："我来送送你。"

沈越跟他客气："不用了，彭海到时候把我直接送到车站。"

"那我就在车站外头送送你。"陈一凡很坚持。

沈越对他的热络有些意外，但隐约有些高兴。陈一凡跟他告了别，倒车的时候探出头，忽然对沈越说："其实……庄菱应该很高兴你去看她。她对你说的话，你想明白了吗？"

沈越愣了一下，不知道该怎么回答，而陈一凡似乎也不打算等他回答，径直发动车子离开了。

沈越目送他离开，呆呆地在黑漆漆的车库里站了一会儿，回到房间里。

他找到庄菱留下的遗物，想着陈一凡的最后一句话，忽然有什么东西被触动了。他把那三张纸重新铺展开，认认真真地一遍一遍看过去。然后他拿起那张写满字的纸折叠起来，他的手指灵活地在纸面上翻动，不一会儿就完成了一个四四方方的东西。他又掏出笔来，在饭店的便笺纸上默写了几个数字，对着那个东西翻看了几下。

在做完这一系列动作以后，他好像被抽走了吊绳的提线木偶，愣愣地坐在椅子上。

时间一分一秒地过去，沈越仿佛陷入了一阵恍惚，他似乎全明白了，但又没有想透。他感觉不到饥饿，只是拼命地想要抓住脑子里混乱的线头。

过了很久，手机里孟庭苇的歌声突然响起来，把他重新拉回了现实。"冬季到台北来看雨……"他喃喃地哼了两声，"庄菱，你这个谜语出得可真好。"

沈越按下通话键，彭海的大嗓门立刻在对面嚷起来："轮胎，得空了吗？今天打算去哪儿啊？我媳妇儿非逼着我看店呢，我得等会儿才能出来。"

沈越笑起来："没事，我不着急。"

"想好去哪儿玩了吗？"

沈越笑起来："想起来了，今天晚上去朝天门吧。"

五 清流和浊流

似乎来重庆的人都要去解放碑和朝天门看看。在那里，嘉陵江和长江交汇在一起，浩浩荡荡地向着东边奔腾而去。过去的老码头早不见了，现在朝天门码头修得很漂亮，整体造型像一个船头，而"甲板"就是一大片开阔的广场。很多人在这里放风筝、跳"坝坝舞"，或者散步、拍照。

当然，更多的外地人则喜欢趴在栏杆上，望着不远处青色和

黑　灯

黄褐色的两条江冲撞在一起，划出一条分明的界线。

现在沈越也趴在这里，跟所有的外地人一样看着这重庆特有的景色。

彭海要交代店里的事，所以下午才能赶来，沈越就自己在七星岗找了家不起眼的馆子，点了碗小面，他嘱咐老板多多地放辣椒，直吃得大汗淋漓，这才坐着公交，自己跑到了朝天门。

这个时节的江风很冷，沈越额头上的汗水很快就干了，他也没担心感冒什么的。衔了支烟，习惯性地掏打火机，才想起自己已经把它留给庄菱了。于是胡乱在烟铺子那里买了个一次性的，总算抽上了烟。

他也没有独自待多久，就听见身后有人呼哧呼哧地跑过来，接着在他肩膀上拍了一下。

"久等了啊，轮胎。"彭海熊一般的脸热乎地凑过来，"总算诓着老婆帮忙照看一下午。火车是明天一早吧？今天你想怎么玩，我都舍命陪君子了。哎，不过作奸犯科的可别来，咱现在是有家室的人了。"

沈越笑他："那是，怎么着也不能走了以后让你媳妇戳我脊梁骨啊。"他抬手看了看表："快四点了，你陪我下去走走，怎么样？"

他说的是朝天门码头的层层阶梯，一直走下去，可以走到江边上。

彭海有点意外，他盯着沈越看了一会儿，一抬下巴："走吧，你也好多年没在江边玩儿了，今天就是要下水横渡我都陪你。"

沈越笑骂道："去你妈的，你这身肥肉下水都能飘起来。"

两个人勾肩搭背地朝着江边走去。

现在是枯水期，停靠在码头的船不多，有些是两江游的餐饮船，装饰得花枝招展，有些是停靠的客轮，体积不算大，剩下的就是趸船了。因为水位低，许多石头露出了江面，任凭江水拍打，兀自矗在原地，而船在水面上浮沉不定，倒显得比蠢笨的石头更没有根基。

彭海指着朝天门的对岸："瞧，那头是江北城，两千年初的时候全拆迁了，修了科技馆，还有大剧院，喏，就是那个长得跟坦克一样的东西。"那里有一座庞大的绿色建筑，奇形怪状地立在江边，巨大的LED屏幕上闪烁着五光十色的广告。

"过江索道呢？也拆了吗？"

"拆了。"彭海叹了口气，"当时反对的人可多了，但还是拆了。如今只剩下南岸那边的一个。说是要重建的，不过现在还没消息。"

沈越在一个台阶上坐下来，正对着江对面的江北城。彭海也靠着他坐下来，瞅着他的表情没有开口。

"今天上午我去看庄菱了。"沈越突然对彭海说。

大个子有点意外，含含糊糊地哼哼了两声，不知道该怎么接下去。

但是沈越似乎并不在意他想什么，只是自顾自地讲了和唐娜的谈话，以及去公墓见庄菱的过程。

"其实我真的都不知道自己为什么这么执着，都是十几年前的破事儿了，做什么要想了又想。"沈越自嘲地说，"大海，你说人怎么越老越怀旧呢？好的坏的，都得在心里过上一遍才舒坦。"

彭海小心地问："你还是……放不下那补录通知的事儿？"

沈越难看地一笑："那可是我第一个喜欢的女生，我还一直认为她是喜欢我的。现在她死了,留下那些东西,你让我怎么想?走在路上莫名其妙被人扎一刀,伤好了也留了疤,可本来都不疼了,转个背突然发现原来捅刀子的是你掏心掏肺喜欢的人,你让我怎么想?"

"你真相信那信是庄菱偷的?"

沈越摇摇头:"我不知道。唐娜不相信,但是她说不出肯定的答案。那段时间的事情她记得很清楚,但是她不能证明庄菱真的没有拿过。你呢,大海,你还记得吗?"

彭海叹了口气:"我明白唐娜的意思,换我也不能相信。不过那段时间正在办黑板报,经常进出办公室的就只有庄菱他们几个,她又有钥匙……你别误会,我绝对不是说庄菱偷了信。"

沈越问道:"庄菱他们几个晚自习下了以后是不会继续画板报的,对吧?"

"那是,下了晚自习都八点多了,张老师就觉得不安全,严禁他们赶工的。"

"庄菱他们经常忘记把直尺和颜料放回办公室吗?"

彭海望着天想了想:"好像是有过的,但是只要老师没发现就行了。那个数学老师不就没咆哮吗,所以至少他们把直尺都是还回了原位的。"

沈越没说话,眼神有些飘忽,彭海推了推他肩膀:"你咋突然想起来问这个,都过了这么久了,难不成你还想搞明白是谁拿了信?"

沈越大笑起来,使劲捶了彭海两拳,把那大个子吓了一跳:"发什么疯啊,我还说错了?"

沈越止住笑:"没错,没错!哪儿还能知道呢?我只是突然想起了另外一件事。"

"什么事？"

"还记得我当年给庄菱送的生日礼物吗？就是初三上学期，她刚满15岁的那个生日。"

彭海也笑起来："咋不记得，东西还是我陪你去买的。你给她买了一根破链子，上面还坠了几颗玻璃钻石，特俗气。要不是我建议你临时换成毛毛熊，你可就惨了。"

沈越笑着连连点头："那是，她金属过敏呢！还好她喜欢那头熊，也不算浪费我一个月零花钱。可见人人都有犯错的时候，对吗？"

"你以为你是圣人啊！"彭海不客气地从鼻孔里喷出个单音，"喊——"

"庄菱也不是嘛。"沈越看着彭海，"所以……我应该原谅她，对不对？"

彭海脸上的轻松又渐渐地消失了，他叹了口气："没错，你就不该怪她。"

两个人坐在朝天门临江的台阶上，看着滚滚江水从面前奔走，再不回头地往东而去，似乎有什么东西也被带走了。他们很久没有说话，沈越的喉咙里忽然痒起来。他伸出手去掏香烟，却发现盒子里已经空了，于是捏扁了盒子，扔在地上。

彭海连忙掏出自己的烟递了一根给他。

沈越像逮着救命稻草一般把香烟塞进嘴里，然后点燃，大口大口地吸起来，那模样就好像个瘾君子。

彭海有些给吓住了，呆呆地看着他没敢动。

沈越吸完了整支烟，最后把烟头扔在地上，狠狠地碾了几

黑　灯

脚，这才站起来。他长长地呼出一口气，看着已经黑下来的天空，以及变成墨蓝色的江水，对彭海笑了笑："走吧，明天得赶火车，回去早点休息。"

彭海虽然个子大，做事莽乎乎的，但是能感觉到沈越那故作轻松的表情背后有难言的沉重。他开车把沈越送回了饭店，临走前叮嘱他，明天一早一定等着他来送车。

沈越点点头，转身上了电梯。

回到房间里以后，他急切地翻出电话，找到了郭晨晨的号码，拨过去。

过了好一会儿郭晨晨才接听，她的声音里有些不耐烦，背后传来孩子的哭声。

"是我。"沈越报了自己的名字，郭晨晨愣了一会儿，才放软了调子，客气地问有什么事。

"你看到了那封信，对吗？"沈越轻声问道，"我想只有你才能看到，所以其实你一直都明白真相。"

郭晨晨没有说话，呼吸却变得粗重起来。沈越没有催促她，只是静静地拿着电话等。过了好一阵子，郭晨晨的声音终于恢复了正常。她平静地对沈越说："你既然已经想通了，我说与不说，其实也没有什么分别了。一路走好，该忘的就忘记吧。"

接着，不等他回答，就挂断了电话。

沈越听着电话里的嘟嘟声，笑了笑："能忘就好了。"

六　送别

第二天五点的时候，彭海果然准时来接沈越。

办理了退房手续，他帮着沈越把行李放好，还送了一大包土特产。"我媳妇儿硬要买的。"彭海笑嘻嘻地说，"可不许不收啊，不然我会被她说怠慢了你这老同学。"

话说到这份儿上，沈越当然是照单全收。他看着口袋里一溜的火锅底料、桃片、花椒面，突然感觉自己在离开了十几年以后，终于无法不被当做外地人了。他像一个陌生人一般地回到这里，又像一个陌生人一般地被这城市送走。

"哎，这么多东西，等下我还是帮你提上去吧。"彭海一边开车一边问，"你买的是软卧对吧？"

沈越点点头："是……等会儿能在大门那里耽搁一下吧，陈一凡说他也要来。"

彭海意外地转头："陈一凡？他什么时候跟你这么熟了？"

沈越意笑了笑："他并不是跟我熟。"

彭海看着他的表情，觉得有些高深莫测，但是他并没有多问，很快就把车开到了重庆北站，找到停车位泊下。

重庆北站比起菜园坝的老站是要气派一些，站前的广场虽然要小一点儿，但是修得干净漂亮。天还没亮，但车站通透的玻璃让里面的灯光毫无遮挡地射出来，加上高大明亮的路灯，整个广场被照得很亮堂。

沈越和彭海朝着大门走去，果然在入口不远处看到了陈一凡。他的手插在口袋里，瘦削的影子在几盏灯下散开了，若隐若现的。

"你还真来了。"沈越跟他握握手，"其实真不用了，这么早，你都休息不好的。"

陈一凡也跟他客气了几句，拿出件东西送给他。沈越接过来一看，是一个新的打火机。沈越看着陈一凡，后者浅浅地笑了笑："一点儿心意。"

沈越捏着那个打火机，感觉到冰凉的金属壳子渐渐被掌心的温度焐热了，他突然问道："你喜欢她，对吗？"

彭海吃惊地看着沈越，又看了看陈一凡。

但是陈一凡却没有慌张，他拘谨地笑起来，完全没有大律师的精明了。

沈越接着说："如果你是她的律师，那她的生活你的确比咱们都清楚，能找到她的墓地和灵位也不奇怪。可连守灵塔的保安都认识你，连安放证都不要就放你进去了，你其实经常去看她，对吗？"

陈一凡还是摇晃着身子在发笑。

"同学会是你组织的，也是你把庄菱去世的消息透露出来的，你其实只是想我回来一趟，对吗？"

陈一凡的笑声停下来了，他抬起头来的时候，眼睛里遮盖不住的酸楚。"我有女朋友了。"他告诉沈越，"其实喜欢庄菱的那个陈一凡，永远是15岁的陈一凡。现在我只是……只是想要帮帮她，可还是没帮上……你大概算是她最后的愿望。"

"你知道她想要告诉我什么吗？"

"不知道。"陈一凡回答，"那是属于你俩的秘密，我真不想知道。"

沈越不再说话了。陈一凡做了个深呼吸，又长长地吁了口气："好了，也不耽搁你时间了，还要安检呢。以后愿意，再回来看看吧。"

沈越和彭海跟他分开了，提着行李进大门，安检过后就到了候车大厅里。离检票的时间还有二十分钟,彭海找了个清静的角落把行李放下,说:"等会儿我不能送你进去了,你自己注意点啊。"

沈越点点头:"我多大的人了啊,别担心。"

两个人相对沉默了,似乎同时都不知道说什么。过了好一会儿,彭海才嗫嚅着问道:"刚才……你和陈一凡说的是什么?他……他喜欢过庄菱?"

沈越看了彭海一眼:"你听到他承认了,那就是了。"

彭海的表情就像听到了天方夜谭,喃喃地说:"真没想到,当年怎么都没有看出来呢?"

沈越双手撑在膝盖上,转头盯着彭海,突然笑起来,那声音虽然压得低,却透着点古怪。

"是啊,很多事儿当年都看不透。我以为我算聪明的,但其实是个睁眼瞎。大海,你拿了我的补录通知,我不是也没看出来吗?"

彭海的身子一下子僵硬了,原本涨红的面皮陡然间就褪去了血色,变得有些泛白,但是他很快就变得怒气冲冲:"你怎么突然这样说?陈一凡跟你嚼舌头了?"

沈越摇摇头:"告诉我这个事的不是他,是庄菱。"

彭海生气的表情就像燃烧的火苗突然被泼了一盆冷水:"你这是什么意思?她怎么会说这样的事情,什么时候说的?"

沈越从口袋里掏出一个小小的、纸折的四方形,然后轻轻地牵了几下,弄成型,最后变成了一个能套在指头上的小玩意儿。

"认得这个吗?"

彭海看了看:"东南西北,小时候谁没玩过啊。"

黑 灯

沈越把这个东西取下来,拆开来,还原成一张皱巴巴的纸,上面写满了字:"这个就是庄菱留给我的三张纸里的一张。原本我也不明白,不知道她特地留给我这些做什么。但是陈一凡提醒了我,他说她是要给我留话。你当时也在场,她在白纸上写的什么还记得吗?"

彭海动了动嘴唇,没有说出来。

沈越从衣服内包里掏出那张纸,展开,轻声读道:"'我这辈子最快乐的日子,是和你听着孟庭苇的歌,在座位上玩东南西北。'其实她已经告诉我她最后的遗言。东南西北是我们那时候在课上课下都玩得起劲的折纸游戏,把正方形的纸叠成豆腐块,然后翻过来,套在指头上一张一合的,喏,就像这样。"[①]

他又开始摆弄这个折好的东南西北。

"这上面的字我以为她是胡乱写的,因为她有想到什么就随手乱画的习惯,但是折好了这个以后,你看到了么?字还是很多,很乱,可东南西北几个字都在,我是在这纸上找到了这四个字,又联想到她写在白纸上的话,才突然明白过来的,当然,我也是折了好几遍才把这四个字折对了地方,确定了不会听错她想说的话。"

沈越又指着最后那句给彭海看:"瞧,她提到了孟庭苇的歌,你知道是什么吗?"

彭海的额头有些汗珠儿,不知道是刚才剧烈运动后冒出来的,还是因为这大厅里提前开了暖气。

沈越没注意这个,自顾自地接着说,"以前她就喜欢追明星,

---

① 把纸的四个角往里折,再反过来折,前后左右压两下,手指伸进纸下面,纸上面写上惩罚。

抄抄歌词什么的，我喜欢刘德华、张学友，她喜欢张国荣和郭富城，我俩几乎是没什么交集，但有一个歌星我俩都喜欢，就是孟庭苇。在她的歌里，我们同时喜欢的又只有一首《冬季到台北来看雨》。还记得调子吗？"

他掏出手机，调出现在正用的铃声，在嘈杂的候车大厅里，女歌手的声音恍若游丝一般断断续续。但沈越轻轻地跟着哼唱，直到第一段儿结束。

彭海口气古怪地问道："你什么意思？"

"应该说庄菱是什么意思。"沈越笑起来，"她真是鬼精灵，把要说的话都藏在歌里了。如果把这首歌转换成简谱，那就是32175637，这是关键的一句。冬季的'冬'和东方的'东'是一个读音，所以应该从东开始，先横开，再纵开。现在我们来看一看，把这个简谱的数字变成东南西北的开合次数会怎么样。"

他一边把折纸玩具张开、合拢，一边一字一顿地念着："对、不、起、我、丢、了、直尺。"

彭海的身体抖了一下，脸色更白了。

沈越又重复了一遍："'对不起，我丢了直尺'……这就是庄菱要跟我说的话。看，横开三下，又回到东上，第一个字是'对'；接着再按横开先东后西，竖开先北后南的规矩把头一个字都连起来，如果是重合的，可以直接看后头的字，她故意写成同样的字体，很容易就发现了。这方法很妙对不对？庄菱一直都很聪明。"

彭海看着那个小小的折纸玩具，表情从震惊变成了苦笑："是啊，她一直都很聪明。但是你真想明白了吗，她说这个话和我又有什么关系？"

黑 灯

沈越笑了笑:"如果她只给我留下了这张纸和那一句话,也许我也摸不着头脑,但还有那个信封。那天我和唐娜聊过,她一直不相信庄菱偷了信,她觉得是能进办公室的人偷的。那个时候庄菱有办公室的钥匙,又恰好在办黑板报,可以在放学后和老师来之前自己进去,所以她说什么别人都不会相信。但她一般是晚上走之前将用过的工具放回去时,才打开办公室的门。如果她某个晚上忘记把工具放回去会怎样?她一定会很早地赶到学校去,趁着老师还没来,别的同学没拿走教具前,把那些东西放回办公室。所以她说的'弄丢了直尺',其实就是说,周四那天她忘记把直尺还回数学老师那里了,'丢'这个词意味着,她没有找到直尺。但是你告诉我,在办黑板报期间,数学老师并没有因为教具被弄丢而生气,所以庄菱以为丢了的直尺,其实是被更早来到学校的人捡到了,并且送回了办公室。"

沈越顿了顿:"大海,我记得在那段时间,作为生活委员的你总是第一个来学校,给班上开门,所以你一来就看到了庄菱遗忘在教室里的数学教具直尺。你有老师办公室的钥匙,就拿着直尺去了办公室,想帮她还给老师……你开了门,顺便就能看到地上的报纸和信件了,对吗?"

彭海的表情已经产生了裂纹,就好像被突然抽走了一层皮,裸露出皲裂的肌肉。"这些,你说得真是玄乎。"他干巴巴地说,"谁又能为你证明?庄菱吗?"

沈越也不生气:"庄菱留给我那个信封,却没有补录通知,要真是她拿的,为什么不原原本本地还来?按她的脾气,是想告诉我,她做错了一部分,却不是全部。她告诉我她错的那一部分,是要为此而道歉。她弄丢了直尺,留下信封,潜台词就是说由此而引起了补录通知被拿走，拿的人一定将这个通知告诉了她，但是她没有说出去，而选择了隐瞒。其实是你自己泄露了底细，还记得昨天咱们在朝天门谈话时你怎么说的吗？"

彭海没吱声。

沈越复述道："我问你庄菱他们是不是经常忘记把教具和颜料还回去，而你回答的是数学老师没有生过气，因为直尺都还原了。我问的是两种教具，可你清楚地给我说是直尺。这事只有庄菱在她的谜语中提到过。"他又顿了一顿，"昨天谈了以后，我担心是自己想错了，于是又打电话给郭晨晨。她曾经是你的同桌，还记得吗？你这个马大哈，经常在上课前丢三落四，预备铃打了好一会儿才进教室，她经常翻你的书桌帮你把课本摆好。我问她的只有一句话，有没有看到那封信……我想你也猜得到她的回答了。"

彭海高大的身体慢慢地蜷缩起来，用手抱住了头。

沈越深深地吸了一口气："有时候我也宁愿不知道这一切，大海，其实我是真傻，现在回头来想想，有很多事儿都不是我以为的那样。唐娜说从前暗恋庄菱的同学很多，那是当然的了——她漂亮、活泼、成绩好，人也好，天生就是个发光体。我从来没有注意过陈一凡，直到今天才明白他有多喜欢她。人啊，都会藏着自己的心思，可有时候藏不住，却又被旁观者忽略过去了。"

彭海的肩膀轻轻地抽动，拼命压抑着喉咙里的呜咽。沈越用力地抱住他的肩膀："大海，对不起，大海……我是多迟钝啊，连我都没有发现庄菱金属过敏，你却知道。你一直在关注她对吗？帮她捡好遗落的教具，还拿走了我的补录通知……"

彭海抽得更厉害了，开口时带着浓重的鼻音："那个时候，我真是……鬼迷心窍。我不知道怎么的，就觉得按排名算，如果不是你，庄菱就能上81中……我以为，你的成绩好，即便不保送，也能考得上。"

沈越笑了笑："一辈子里哪里能事事料得到？那时我也不会相信自己会考出那么糟糕的成绩。"

彭海紧紧地捏住沈越的手："对不起，轮胎……对不起……不管你相不相信，我并没有想过用那封补录通知去追庄菱，我拿了那封信以后……犹豫了很久，周五放学的路上，我把信私下给她……"

"但是她选择了隐瞒，是吗？"沈越轻轻地对彭海说，"其实真的不奇怪，保送81中这件事，对于当年的我们来说，是一个巨大的诱惑。她只是在你错误的基础上，又做出了一个有利于自己的决定。"

"她付出的代价很大。"彭海用手抹了抹脸，抬头看着沈越，"这事儿真是她一辈子的转折点。我拿了信，确实帮她上了81中，但是她失去了你。而且，我知道她一直都很后悔、很内疚。我后来见了她几次，她都过得不开心，现在走到这一步，也不过是日积月累罢了。"

彭海的意思沈越很明白，庄菱因为那件事而产生了抑郁的情绪，这么多年她没有放下，更多的坎坷她也没有迈过去。她给沈越留下的那份坦白和道歉，大概就是她的心结。

彭海松开沈越的手，袖口擦干净眼泪，他的双眼红肿，因为脸上残留着刚才弄出的各种红道道，看起来就像是被人揍了一顿。

"轮胎，对不起……"他哑着嗓子对沈越说，"其实我早该给你说对不起，尽管这根本没用，但这是我欠你的……我对不起你，也对不起庄菱……我是怕说出来以后，咱俩真变成仇人了。

可现在庄菱去了，我也早该给自己一个痛快的！"

　　沈越低头把那个东南西北拆开，又还原成一张皱巴巴的纸，他小心地把纸叠起来，放好，然后对彭海说："迟来了十几年的道歉总比永远都不来的好。这些年那么多老同学里就你还没忘了我，现在我明白你心里其实一直挂着这件事。别的不用说了……我在大学里因为奖学金的竞争被人诬陷过考试抄袭；第一份工作因为给上司背黑锅被辞退；后来到了新单位，提拔部门经理的时候又被人给下了套，到处求爷爷告奶奶地装孙子，收了两百万的欠款才保住了职位，但还是延迟了两年晋升；在南宁好不容易买了房子，但为了还月供，再不开心也不敢轻易辞职……大海，咱们活在世上，第一个跟头摔下去，哪怕扎破点皮，也能疼得哇哇大哭，可谁能想到后面保不住有断腿断脚的伤。人长大了再回头看第一个伤口，谁还会把它当回事儿呢？那些伸腿绊倒我的人，又有几个像你和庄菱这样，还能再跟我说声对不起？"

　　彭海的眼睛里又流出了泪水，他赶紧用手背揩掉："我知道你说得轻松，小树苗上砍一刀，长成大树了那疤都能结成个瘤子……越是年岁小的时候，那锥子戳心口才更疼……我知道我他妈的就不是个东西……"

　　"哎，哎，省点儿啊，"沈越拽了拽他的胳膊，"我说时间的力量大吧，有些事儿呢，她不声不响地就给吞了，永远找不到真相；有些事儿，她总还是要抖出来，盖都盖不住。可她最能耐的，就是让人能记住一些好事儿，忘记一些伤痛……时间越久，我越念着的都是你们的好。"

　　彭海的眼泪又流出来了，他抓住沈越的双手，用力地握着。

　　候车室的广播开始提醒到南宁的旅客检票了，沈越提着行李起身，按了按彭海的肩膀："我走了，你赶紧回去吧，老婆醒了的话，给她做顿早饭。哦，记得帮我谢谢她，那些特产够我吃好一阵子了。"

人群慢慢地开始朝着入站口的方向排起长队，沈越提着两大包东西汇进了人流中。

彭海立在原地，忽然叫了一声："轮胎，你还回来吗？"

他的大嗓门吸引了不少人的注意，何况这老爷们脸上掩饰不住的哭过的痕迹怎么看都很诡异。但是彭海已经顾不上旁人想什么了，只是盯着前面的老同学。

沈越转头冲他挥挥手："会回来的，我还要回来看她。放心，我到家了就给你打电话。"

彭海的心似乎略微放回了原位，他目送着沈越被夹在人流中，缓缓地消失在入口处。彭海陡然间想起沈越几天前来的时候，也是在人流之中，他的脸迎向自己，是那么显眼；而当他转过身去，背影就淹没在无数个背影之中。

彭海又抹了把脸，感觉到腿脚有些沉重，迈不开步子，甚至全身都有些酸痛，虽然心底是补上了一个洞，但脊背却仿佛压弯了一些。他慢慢地走出候车大厅，回到自己的车上，摸出一支香烟抽起来。

七　沉默的尾声

火车慢慢地开动，驶离车站。

现在是六点半，初冬的天还很黑，重庆还没有从夜晚中醒来。

沈越把头靠在窗边,看着山城的轮廓。

夜晚的灯光工程已经熄灭了,在离开市区的这条路线上,能看见的是繁华的残影。黑色起伏的线条中,有许多星星点点,那是建筑物和道路上的各种照明灯光。当招揽眼球的霓虹和各种光怪陆离的装饰灯都熄灭以后,这些光的美丽便在黑暗之中显露出来。

被环抱在黑色之中的灯光微小而零散,却在冷冷的空气中发出一点点热气来——也许感觉不到,却莫名其妙地觉得温暖,这比看到著名的夜景还要让沈越难以平静。

他的胸口涌起一股说不出来的滋味,这与刚回到重庆的时候完全不同。

他之前回来的时候,见到的是这座熟悉的城市变得陌生。他觉得自己像一个彻彻底底的外乡人一样在其中寄居,探访着一些已经淡化的痕迹。

然而在此刻离开之时,他却相信,自己仍然是爱着这里的——即便没有了他曾经熟悉的一些东西,比如那些索道,那些缆车,那些老旧而重叠的房子……可他依然眷恋这里,大概是因为他留下的东西是带不走的,比如记忆中火锅的味道,比如生活在这里的彭海、陈一凡、郭晨晨和唐娜他们几个,比如长眠在这里的庄菱,还有那些年少的岁月。

火车渐渐地开始加速,天也渐渐地开始亮起来,重庆的每一个线条都将在太阳之下被清楚呈现,最后的灯光也将熄灭,那是这个城市真正的面目。

当火车完全开出了市区,驶入一条接一条的黑暗隧道时,沈越把脸埋进了臂弯,轻轻哼唱起那首老歌……

梧桐夜雨[1]

楔子　孟少爷还乡开诊所

民国十九年（1930年）　四川　南县辖下

今天虽然不是赶集日，但是南县县城东边的场坝头仍然热闹非凡。这固然是因为那场坝临近县衙，周围本就有许多铺面和老宅，来往逛的人颇多，更重要的就是今日王家的"济世堂"旁边又开了一家医馆。

不对，用摩登的话来说，那叫"诊所"。

在挤挤挨挨的人群里头，前清的老秀才站在最近一处，指着那匾额上的字，抑扬顿挫地给周围的人念道："安、康、诊、所……嗯，这安康的彩头取得倒是不错的……"

周围便有人嗯嗯啊啊地点头附和。老秀才又道："看来这孟家大公子回来，果真是不打算继承家业的了。"

---

[1] 发表于《岁月·推理》2013年9期。

有些远处来的外地人还不知老秀才说什么，便多嘴问了个所以，当下就有好事者一一向他碎嘴了——

原来这开诊所的人是当地一个大户人家的长子，姓孟，叫作孟醇。这孟家不但在南县有着大片良田，还有好几个有名的酒坊，传了五六代了，颇为兴旺。上一位当家的孟老爷不但善于酿酒，而且很好酒，他共有两儿一女，全都取了与酒有关的名字。没承想大儿子孟醇偏偏一滴酒都不能沾，只啜饮一口，那身上就起了密密麻麻的红点子，十数天消不下去，更伴着高烧不退。孟老爷求医问药，都治不好。长子不能碰酒，这可成了他一块心病。

正是有心栽花花不发，无心插柳柳成荫。

孟少爷虽没能治好酒疹的病，却对学医产生了兴趣，后来西学东渐之风愈甚，孟老爷就将他送去了那叫什么法兰西的远处留学，也想着看看洋鬼子的医术有没有办法根治他的病。孟少爷留洋五载，二十有六才转回故乡，却仍然是喝不得酒的，还告诉孟老爷这叫作酒精过敏，是天生的，治不了。孟老爷这才死了心，好在孟醇也懂孝道，取了个字"浮白"，宽慰他老子。

如今孟家管理田地和酿酒生意的乃是二公子孟酎，孟醇倒成了闲人，好在孟家不缺他这点饭食，悬壶济世也是个积德的事情，便出钱让他开医馆——哦，应当是叫作"诊所"的。

旁人正说着，便看到那诊所大门里走出了一个青年，只见他身材修长，眉清目秀，一双眼睛黑如点漆，透着文质彬彬的气度。他穿了一身灰色洋服，又在外头套了一件长长的白大褂，自来水笔和眼镜都插在左胸的口袋里。

跟着便有一个中等个子、眼睛大大、皮肤黑黑的小厮跑出来，手中捧了一沓纸，向人散发，那纸上写着："安康诊所，孟醇医师，全天候诊，医术精湛"等好话，还留下了地址与各种病症的列举。小厮一边发，一边点头哈腰地说："请多多照顾，多多照顾……"

那穿白大褂的青年也笑眯眯地站着，看来正是诊所的主人。

不一会儿，几队人便抬了许多花篮过来恭贺，上面写了祝词，正是孟家的各路交好，看上面的落款，连南县国民政府的头头脑脑也有几个。

花篮摆放整齐了，那小厮出来挑高了五百响的鞭炮，噼里啪啦炸开，旁人鼓掌嬉笑，热闹得不得了。

这县城中有个新派诊所的消息，不多时就已经传遍了大街小巷。

一　头一回出诊

孟大少爷的诊所在开张之日，倒很是热闹了一阵，然而过了许多时日，却不见得有人来求诊。许多当地开医馆的看在眼里，笑在心头，口上还要客套："本县向来不曾有西医坐诊，百姓一时间不敢上门，也是情理之中的。要说医道，自然还是国术更合华人肺腑，膏丹丸散，各有其效，又不伤身。你看西医那稍有动静就上刀子，凶险得很哩。"也有厚道的叹气说："这孟大少爷固然是不缺钱的，但没有人去瞧病，这不是脸面上也难看得很？虽无人见识，但西医或许有些妙处也未可知。"

这种种议论在镇中流传，然而孟大少爷却似未曾耳闻，依然每日里令小厮开门静候，还从家里老夫人处讨了个伶俐的丫头，说是要亲自教导,当做"护士"。

如此过了大半个月,这天忽然有一辆福特牌小轿车来到诊所门前,车上下来一位穿着洋服的体面后生,指名要找孟醇孟医师。那照门的小厮还在春困,惊见有人上门,瞌睡虫立刻散了,忙不迭延请至屋内,猴急猴跳地叫他的大少爷去了。

孟醇原本在诊室内读医书,听说有开张以来头一位病人,也赶紧出来了。即便这些日并没有乡民来瞧病,孟醇依然每日是穿着他的洋服和白大褂,脖上挂着听诊器,口袋里插着自来水笔和眼镜,一派整齐模样。

那后生见了他,连忙起身,道:"孟大夫好,在下郑开明,是个生意人。听闻有留洋回来的高明大夫坐诊,特来相请。却不知孟大夫可是全科大夫?"

孟醇一听他这话便知道是一位了解西医的文化人,点头道:"正是,在下对一般内外疾病都可以诊治,尤擅外科。却不知道郑先生是哪里不适?"

郑开明笑道:"我倒是好好的,请大夫瞧的乃是贱内。如果先生有空,还请到寒舍去一趟。"

原来郑开明并没有带女眷出门,这看样子就是得出诊了。孟醇连忙收拾好了手提箱,吩咐小厮道:"小杯,你与秋萍留在诊所,若有病人上门,好好招待,我尽快回来。"

名叫"孟小杯"的小厮虽口头答应,心中却嘀咕:这许多日都没有人来问诊,偏你不在还挤破门不成?

孟醇哪里知道他的腹诽,转身就上车走了。

那郑开明十分健谈,在路上便又介绍了自己。原来他比孟醇还小两岁,也曾游学欧罗巴,只不过学的乃是经济。后回国在上海一家大洋行里做事,跟一位本地女子结了婚。但南县这边郑家也算颇有祖产,郑开明又是长房长孙,不久就转回到成都,靠着跟上海的联系,也开始做洋行生意,如今已经开了好几家。因为南县离成都最近,又是祖籍,于是除了乡下的大宅子,又在县城内修了一座公馆,将家眷都安置在这里。

汽车在县城里开了一阵,从东头一直开到了西头,又拐进一条梧桐茂盛的道路,果然在尽头看到一座簇新的西式公馆。孟醇大大地吃惊,下车一看,竟然像模像样:青石外墙修得极高,里面三层洋楼冒出来,顶上四角各有尖尖的碉楼,窗户也如同教堂一般狭长,装着彩色玻璃,窗台上下装饰着各种花卉。细看那石雕花卉中隐藏的,却并非光溜溜的长翅膀娃娃,而是抱着元宝的童子。想来这县城之内,也找不到精通西式雕塑的好石匠。

涂黑漆的正门门楣上刻了"昭明别墅"几个字,严整俊逸,是学的赵孟頫。

郑开明停好车,按了门上电铃,不多时就有个身穿长衫的老者来开了门,一脸皱纹,好像过了知天命的岁数,他先叫了声少爷,又向孟醇鞠躬道:"先生好。"

"这位是老家人旺伯,"郑开明对孟醇说,"孟大夫若有什么需要的,尽管吩咐。"

孟醇当然也不会随意使唤人家的老仆,客气了几句,就跟着郑开明往里走了。

这公馆里头修得也甚是精致,虽然并不像深宅大院那样宽敞,但是还是辟出了草地、花园,客厅前面一大片,主楼后头又是一片。一朵朵月季开得很好,嫩草也绿油油的,中间还有鹅卵石小道,通往一座大理石希腊女神像。它风姿绰约地站在石台上,半裸身体,看起来仿佛是阿芙洛狄忒的模样。

孟醇在客厅里坐下,便有丫鬟泡了香片端上来。郑开明去请夫人下来,而旺伯一声不响地在暗处垂手而立,随时伺候。

孟醇一边品茗一边看着客厅,这里头放着旧式的博古架和挂屏,同时又有大座钟,天花板上垂着枝形的吊灯,真是中西合璧的所在。

孟醇对旺伯道:"府上这内外装饰倒是有些差别,是因为郑少爷喜欢西洋风景吗?"

旺伯低眉顺眼地回答道:"这屋子里的宝物是老太爷当年送给大少爷的,另有一些是少奶奶带来的。"

正坐着,听见正堂后头有人声,一边说笑着,一边就走了进来。旺伯一下子有了些活气儿,向进来的两人问安:"春锦少爷好,春深少爷好。"

那两人都是二十左右年纪,身量模样都差不多,一看就是兄弟。一个穿着墨绿色长衫,一个穿着黑色学生服,说说笑笑很亲密的样子。见到客厅里的外人,两个青年都愣了一下。

旺伯两边介绍,孟醇才知道这两个青年都姓陈,的确是亲兄弟,与郑开明是姑表亲,都在念书,这两日学校里说是有搜捕乱党的行动,便告了假到表兄家里玩一段时日。

那个穿学生服的是陈春锦,穿长衫的是陈春深,两人虽然是兄弟,但性格却有些差别。陈春锦爱说笑,正考虑要去留洋,听说孟醇在法兰西念过书,极是羡慕;而陈春深已经在省城的国立成都大学念商科,将来是要进郑家洋行里做事的。陈春深显然不如陈春锦那般对西学感兴趣,只是笑着在一旁听弟弟向孟醇问来问去,转着手上的扳指,也不怎么搭话。

陈春锦听说孟醇学医,便好奇问道:"孟先生,我在省城的时候,也进过教会的医院,听说妇女在洋人的医院里生孩子,可以将肚皮剖开,是真的吗?"

孟醇推了推圆形的眼镜:"你说的乃是剖宫产手术,的确是有的,如果遇到难产的情况,这手术可以大大提高产妇和胎儿的存活概率。"

陈春锦听得双眼发亮:"果然神奇,孟先生亲眼见过?"

孟醇脸上微微一红:"在法兰西学习时倒是有相关的课程,但是并非主业,也只旁听了几节了解皮毛。"

陈春锦双肘撑在几案上,又追问道:"那肚子都剖开了,产妇怎么康复呢?将来还能生孩子吗?"

"那伤口用肠线缝合了,只需要静静调养就好了。如果没有发生伤口感染,一年后便可再次怀孕了。"

陈春锦听了,连连点头,露出笑容。

这头陈春深忍不住大笑:"怎么,小弟,你难道也留洋去学医,瞧着倒是对这剖女人肚子的活儿感兴趣,咱们陈家难不成竟然要出个男接生婆?"

陈春锦一下子涨红了脸,斥道:"大哥真是胡说,我不过见孟先生在这里,多嘴问一问。原本新知就是求问得来的,怎扯到那么远去!"

陈春深见亲弟弟恼了,也不再说,只是斜靠在椅子上淡淡一笑:"我知道你为何要问这些。"

陈春锦面色不悦,还要说话,却听见后头楼梯上传来了脚步声。

三人抬头来看,随即一齐起身。

只见郑开明搀扶着一个年轻女子从楼上下来,两人神情很是亲昵,想必这位女子就是郑太太了。她身量不高,烫着时髦的卷发,化了淡妆,袅袅婷婷的模样。虽然穿着宽松的洋装长裙,但依稀看得出来已经有了身孕。

她看见孟醇,先是露齿一笑,接着便招呼道:"这位先生一定是孟大夫了,开明就在说您是留洋回来的高才生,医术不凡,现在看来果然是一表人才呢。"

她说的是一口官话,带一点沪上口音,却软绵绵的分外好听。

郑开明在一旁笑道:"这就是拙荆,姓刘名梦竹,上海人,以后还请孟大夫多多照顾。"

孟醇连连点头,还没说话,刘梦竹已经主动伸出右手:"孟大夫,我颇爱法兰西的艺术,咱们必定有话说的。"

她的做派很有些摩登小姐的魅力,想必娘家也是有些家底的。在上海那样繁华的地方生活过,她通身的气度和周围的女子都不一样。

孟醇对刘梦竹很有好感,连忙跟她握手,又请她坐下。

两方客气完毕,郑开明夫妇就大致说了一下情况:原来刘梦竹随丈夫来到成都以后,也在洋行里帮忙了一段时间,后来怀孕,就回到南县安胎。如今孕期已经快三个月了,这几日感觉不适,吃不下睡不香,总感觉周身无力,精神困顿,所以才请孟醇上门诊治。

郑开明对孟醇说:"原本也有请中医开了些安胎、养神的方子,但几服下去总不见效,梦竹说还是请西医来瞧。可巧孟大夫又新开业,真是我们的造化。"

他话里恭维，孟醇脸皮还不够厚，越发地战战兢兢。用听诊器在孕妇背后细听，又用压舌板查了咽喉，测了血压，问清这几日的起居饮食，身体状况。他诊断刘梦竹其实并无大碍，只是略微有些营养失衡，于是开了一些维他命，叮嘱好好休息，并许诺这几日都会来拜访，观察观察。

陈春深在旁边笑道："孟大夫，原来西医瞧病也是摸摸看看吗？这跟前几天的王老先生号脉可真没啥差别。"

孟醇推了推眼镜，一本正经地说："陈先生，这次来得匆忙，没有做好准备，明天再过来就需要抽一点血带回去。我诊所里有一些试剂与显微镜，必须检验过了才可以的。若是有什么异状，郑太太还是需要去省城大医院里检查。"

陈春深无趣地撇一撇嘴，也不多话了。

刘梦竹却没有丝毫不满，还是热情地谢过了孟醇，重新上楼。随后陈春深站了起来，说要出门去逛逛，便拱手告辞，陈春锦却还在座椅上发呆。陈春深用手肘撞一撞他，那青年才仿佛大梦初醒，跟着哥哥告退了。

郑开明请孟醇再坐一坐，立刻就送他回去，自己还需去楼上看看妻子的情况。于是一时间这客厅里又只剩下了孟醇和旺伯。

孟少爷一边收拾着听诊器和血压计，一边随口问道："之前也有大夫来给夫人看过病了，怎么说的呢？"

旺伯的口气就跟那两扇门板一样，平得半点凹凸都没有："之前是'济世堂'的王老先生来瞧的，诊脉了以后说是体虚胃寒，因少奶奶身上有孕，就只能喝一些温和补药。"

孟醇又问道："莫非是饮食上吃不惯？或是水土不服？"

旺伯又回道："少奶奶口味清淡，少爷为此专门请了一位擅长杭帮菜的师傅;又因太太喜欢西洋物件,遂在这公馆里安了电灯,拉了电话线,还常常拿回些花露水、洋胰子、雪花膏等等;便是那些不穿衣服的洋鬼子假人像,少爷也买回来放在花园中。"

孟醇点头又要开口,然而郑开明已经从楼上下来。他客客气气地给孟醇递上诊金,开着他的福特小轿车,将孟醇送回了诊所,并且约定好今后几天都去家中检查。

孟醇提着手提箱回到诊所,孟小杯就一步三跳地出来接他,口中笑道:"大少爷,今日咱们算是开了张,瞧的是什么病啊,你能治不能治?"

孟小杯不过十五六岁,孟醇看他不免当作孩子,见他高兴,便反问道:"那你猜一猜?"

孟小杯圆溜溜的眼睛转了转:"听郑少爷的意思是少奶奶病了,莫非是……请大少爷去打胎的?"

孟醇刚跨过门槛,闻言差点摔一跟头,扶住门框才勉强稳住身形,转身对孟小杯道:"你这小子也太恶毒,怎的会这样胡猜?"

孟小杯一吐舌头,夹着孟醇的包回到诊室中,一边放下清理,一边回答:"也不是我恶毒,郑家是县城里的大户,说来跟咱家也差不多了,总有些事不用多费力也传出来的。"

"传了些什么?"

"说是那郑太太是上海来的交际花,又会洋文又喜欢跳舞,不守规矩的。"

孟小杯还没说完,就听见门外一声银铃似的笑,一个穿着素色裙子的少女端着水和帕子进来,她脸颊红润,双眼细长,身量苗条,十六七岁的样子,正是孟醇要来教做"护士"的丫头,叫作秋萍。

她进来把盆子放在一旁，绞了帕子递给孟醇，说道："大少爷，你可别听小杯子的，那些嚼舌根子的事情，都没根没据，最可恶了！"

孟小杯听她这么说，脸一下子涨红了，放下手中活计就凑过来："这可不是我说的，县城里知道的不少。那位少奶奶是上海一个银行老板的千金，从小就上的教会学校，所以也学了一身洋人的做派，跟男人握手、跳舞等都不当回事的。她刚过门的时候，郑老太爷很看不惯，然而郑少爷是真喜欢，所以老太爷就生气地回乡下祖宅去住了。少奶奶在成都开舞会，招待洋行的客人，很是出名。人都说她就喜欢抛头露面，有好多男人喜欢呢。后来怀孕了来到南县安胎，也还有人特地从成都来看望。"

"所以呢？"

孟小杯战战兢兢地看了秋萍一眼："所以就有人说少奶奶那孩子指不定是个野种。"

孟醇哼了一声："没凭没据的偏就说得跟亲眼看见一样，这些话真是信不得。"

孟小杯听他这么说，自然连连点头。

孟醇擦了把脸，将毛巾递给秋萍，却依旧看着孟小杯："那你还听说了什么？"

孟小杯愣了一下，眼睛立刻重新亮了，凑近孟醇低声道："还有还有，传说和郑少奶奶有私情的还是他家的亲舂呢！"

秋萍在一旁瞧着这俩人撇撇嘴，端了盆子出去，口里却说道："原来男人长舌也不过如此，这回可真见识了。"

孟醇从来不摆少爷架子，家里下人向来不怕他，孟小杯也当是没听见，反而因为胜了秋萍一头沾沾自喜。他索性趁热打铁地撺掇孟醇："下一回少爷要再去孟家看诊，不如多多留意，指不定能辨个真伪。"

孟醇咳嗽两声，觉得这委实失格，弹了孟小杯一指头，让他重新去干活儿，但心底却还真有些蠢蠢欲动。

二　雨夜留宿

大约是郑家第一个上门求诊，给孟醇的生意开了张，此后几日竟然有些乡民大着胆子来看这西洋回来的大夫。孟醇小试牛刀，治好了一些感染和急性病，倒真攒了些口碑。秋萍边学边做，也渐渐地有些护士的样子了。

当然郑家那少奶奶的身子是顶重要的，孟醇也跟得紧。或一日，或两日，总要去看看，渐渐地跟郑家里里外外熟悉起来了。

立夏之后，南县的雨水渐渐多了，天气闷热潮湿。然而郑家少奶奶食欲不振、精神萎靡的症状却渐渐地好了。郑开明对孟醇自然是感激万分，倒教他深感受之有愧。原来孟醇左查右查，并没有发现郑少奶奶有什么病症，只能归结于身在异地，远离双亲，又怀孕不便，除了丈夫，与周围的人都说不上话。她心中郁结，自然发之于外，现在有自己陪她聊天闲谈，算是找到了知己，于是重新开朗起来，精神也渐渐地好了。

这一日孟醇又提了包去郑家，因为已经相熟了不少，也不想郑开明回回都开车来接，就打算走过去，也多看一看如今南县的市井风俗。刚出了门，孟小杯就追出来，塞给他一把油纸伞："少爷，这天色看着乌青，怕是有雷雨，你可早些回来。"

孟醇抬起头，只见天边一道亮线，但顶上却阴沉沉的，像是压了几千层的棉被快要塌下来。近处的蜻蜓来来回回地追着小虫，旁边的梧桐树梢却纹丝不动，坐在下面的人只好拿着大蒲扇自个儿服侍自个儿，可这发闷的天气却依旧憋得人身上出一层白毛汗。

他接过孟小杯的伞，就上了路，走到郑家的时候刚好下午三点，这时候郑家少奶奶午睡刚起。

这些日旺伯已经跟孟醇熟悉起来了，为他开了门就邀去偏厅里坐下，泡了绿茶，着小丫鬟去请少奶奶下楼。

孟醇靠在窗边张望，见陈春锦穿了件白衬衫在前院墙根处的梧桐树荫下看书。他叫一声，陈春锦抬头张望，一看是他，走来隔着窗问候道："孟先生好，又来瞧我表嫂？"

"正是呢，少奶奶这几日已经好多了，不过郑少爷说孕期不敢大意，还是嘱咐我常来。"孟醇见陈春锦捏着一卷书，笑道，"瞧你看得入迷，却不知是什么大作？"

陈春锦将封皮在他眼前展开："魏易先生翻译的自印书，名字叫作《二城故事》[1]，我正看第三遍呢。孟先生，这说的有法兰西的事，你想必是晓得的。"

孟醇点头："这原作者乃是英格兰的名家，我以前也曾读过英文的。"

陈春锦深感佩服："孟先生真是有学问，读原文想必更有趣味。"

孟醇心中得意，却说道："也不过是当年上学，多学了门语言。在那边也有用到英文与拉丁文的时候，不学不成的。将来春

---

[1] 即狄更斯的《双城记》。

锦去留洋，必定学得比我更好。"

陈春锦面上泛红，仿佛是欢喜，又感叹道："真想早日去亲眼看看这书中故事发生之地，还有那里的人情风物。"

两人正聊着，刘梦竹就下来了，陈春锦叫了声表嫂，就讷讷地不开口了。反倒是刘梦竹笑嘻嘻地问了他好，就招呼孟醇去喝咖啡。

她叫一个脸蛋尖尖的长辫子丫鬟端来了一套器具，然后用酒精炉煮玻璃咖啡壶，对孟醇说："以前从上海带了咖啡豆过来，还没吃完就有了身子，不敢再多喝。我昨晚闲着无事就磨了一些，想着孟大夫可以帮我消一些存货，可惜那些方糖受潮了，又没有牛奶，委屈孟大夫喝苦咖啡吧。"

孟醇原来在法兰西，也是喝惯了这洋人的饮料，回来蜀地之后还真少见能做的人，如今刘梦竹相邀，倒勾起了他喉咙里的馋虫。于是他索性坐下来，跟主人家一边对饮，一边聊着许多留洋的故事。那尖脸的丫鬟在一旁听着都入了迷，站在门前的旺伯数次咳嗽也仿佛没觉察。

这一壶咖啡喝完，又续了一壶，忽然听见外面的风声大了，似乎天色变得更暗。孟醇想要起身告辞，却听见外头响起噼噼啪啪的声音，仔细一瞧，原来竟然是豆大的雨点子不期然地落下了。陈春锦将书揣在怀里，连蹦带跳地跑进了客厅，叫道："变天了，下雨了。"

孟醇叫了声"糟糕"，就要想撑开油纸伞出去，刘梦竹却拉住了他，劝道："这雨怕是一时半会儿止不住，孟大夫不如等等再走。"

正说着，那云层之上响过一阵闷雷，雨势愈发大了。正巧旺伯撑着伞将郑开明和陈春深引进来,两人一进客厅,就连忙抖落身上和头发上的雨水,向孟醇问了好。

刘梦竹上前去帮着丈夫脱下外套,笑着说:"这夏日天气真是孩儿的脸,说变就变,这是老天替我留客呢,孟大夫就不要走了,吃过晚饭叫开明送你回去。"

陈春深也笑道:"孟大夫来出诊这许多次,陪我表嫂聊这么多天,还没享用一顿,实在不该,今日一定要吃了再走。"

他口气熟络,公子派头也足,引得旁边那尖脸丫鬟傻笑了一声。

刘梦竹先瞪了丫鬟一眼,又笑道:"春深说的是呢,孟大夫就留下吧。"

两人左说右说,郑开明和陈春锦也劝得殷勤,孟醇终于拗不过答应了。

然而晚饭过后,那雨势不见减小,却反而更大了。天上霹雳一道接一道,雷声也时大时小,眼见着夜深了。这样的雨势,又加上路滑,孟醇也不好意思催着郑少爷送自己,还是刘梦竹干脆,索性叫旺伯开了客房请孟醇住下。

孟醇这才第一次上了公馆的二楼。

原来这公馆比孟醇之前想的还要大,前院那圆形花园只是个小的,主楼呈井字形,围出的后院更大一些,客厅之外都是游廊,一直通向用人房。此外的每层楼都留出两间卧室,其他便是书房等做了功用的。旺伯将孟醇带去三楼,为他开了客房的门,说是旁边就是郑开明夫妇的房间。

"春深少爷和春锦少爷的房间都在二楼,跟您对着。"

孟醇在栏杆边看了看,只能看见对面走廊,弯下腰才能瞧见二楼那两扇卧室的门。他又觉得自己这动作未免太失礼，连忙起身。

旺伯笑道："您这屋子下头就是书房，公馆总共就四间卧室，比不上乡下祖宅那么大，不过仅是少爷自家住，也够了。"

孟醇瞧这房间装了电灯吊扇，十分整洁方便，窗户上有浅色的彩玻璃，透着光。孟醇推开窗户，便可看见后院的绿色花草，很是喜欢。旺伯又为他提来热水毛巾，说是当夜的用人就在楼下，若半夜有吩咐，只在天井处摇铃即可，每层楼梯扶手的尽头上都拴了一个铃铛。孟醇常年独自求学，没有一般富家子弟的娇气，旺伯这么伺候，倒让他局促起来。好容易等这老仆将床铺好了告退，他看看手表，已经是九点多了。

孟醇认床，这一夜睡得半梦半醒。窗外雷声大作，那闪电时不时照亮屋内，惹得孟醇一阵烦闷。他翻来覆去，如煎锅上的鱼，也不知道过了多久，在雷雨声中似乎又听到人声。他思忖着反正也睡不着，便起身拉那床头的灯绳。谁知，拽了两下电灯却没亮。

孟醇料想这雷雨使得公馆电力出了问题，借着闪电的一刹那光线，看枕头边怀表仿佛是十一点半的样子。他摸黑下了床，开门向外望去。

这时外头风雨大作，黑得伸手不见五指，忽然一道闪电，迅速照亮了公馆，又即刻隐去。

孟醇在三楼栏杆边见二楼走廊出现两个投在地上的影子，其中一人笑道："我便是说了，你又怎样？"孟醇认出那是陈春深的声音，但接下来几句又模模糊糊听不清楚。闪电雷声不停，只看得那两人的影子时隐时现。他按捺不住，便忍不住想要弯腰一看。

一伸手,却碰得那栏杆上的铜铃一阵响。

这声音即便在雨夜中也脆得很,对面的陈春深惊觉,几步跑到走廊边,大声道:"谁?"

孟醇面上一热,连忙退回房中,也不知究竟被看到没有。他虽然好奇,却也不敢再探,毕竟是在主人家留宿,若真撞了照面也略显尴尬。于是乖乖回到自己房间,又睡下了。

那门外再无声响,孟醇在一片漆黑中也摸不准时间,就这么迷迷糊糊地睡了,不知道过了多久,忽然又是砰的一声关门声,将他闹醒过来。

然而这次孟醇却乖了,没有轻易动身,静静躺着,睁着眼睛看那闪电在窗外出没。中途又听见三楼的铜铃脆生生地响了好几下,最后不知道过了多久,除了稀稀疏疏的雨敲打着梧桐树叶的声音,再没有别的,于是他绷紧的神经又松了,终于睡过去,一夜无梦。

大约是这雨下得通透,第二天天虽然亮得早,却再无暑气。

孟醇早早地醒了,推开窗便躺在床上,任那洗过之后的凉气一阵阵灌进屋子里,吸一口泥土的气息与花草的芬芳,还有洗过的梧桐叶的香气。正在这惬意之时,便听见有人用力敲门,声音又急又快。

孟醇叹了口气,看看手表,是七点半的样子,于是起身开门。然而只见旺伯在门外,脸色铁青,额上冒汗,喘气说道:"惊扰孟先生休息,实在失礼,然而如今出了大事,请孟先生先去楼下见过我家少爷。"

孟醇见他慌张，忍不住问道："出了什么事？"

旺伯略一犹豫，低声道："昨晚不知道怎的，春深少爷竟……竟没了。"

孟醇大吃一惊："没了？你的意思是……"

旺伯摇头："您还是先去楼下吧，少爷正等着您呢！"

孟醇脑子里还有些发懞，手忙脚乱穿好衣裳，随意扒了两下头发，便冲下楼去。

只见客厅里或站或坐有七八个人，那坐在椅子上的就是郑开明和陈春锦，而站着的男女老少则是公馆中的下人，个个面无人色，噤若寒蝉。见孟醇来了，郑开明烦躁地挥一挥手，将他们都遣散了，然后招呼孟醇坐到身边。

孟醇见郑开明双目浮肿，脸色发白，衣服头发也不整齐，想来也是来不及打理自己。他穿了一件白衬衣和一条西裤，也没披外套。孟醇走近他低声问道："刚才旺伯说春深他……"

郑开明点点头，抹了把脸："昨晚好好一个人，今天早上就……他原先都是吩咐阿才七点来叫早，今日阿才端水上去见门开着，以为夜里没关好，就进去瞧了，谁知……哎，这可叫我怎么给姑父姑母交代？"

孟醇也大感意外，劝了几句，又问道："难道竟是急症？"

郑开明脸色一变："我也难以判定，幸好孟兄在此，还要偏劳你去收……收殓春深。"

孟醇连忙点头："责无旁贷，责无旁贷。"

郑开明指指楼上："他还在屋内，我们上去吧。"又转头对一旁的春锦说道，"你若害怕，还是留在这里吧，你表嫂受惊，在屋中歇息，你也算半个主子，与旺伯一起看好下人。"

陈春锦点了点头,孟醇看他只披了件夏日学生的薄外套,里面还穿着白色的睡衣裤,双目通红,神情憔悴,交握着的双手在瑟瑟发抖,似乎被吓得不轻,于是同情地拍了拍他肩膀,跟着郑开明去了二楼。

孟醇看了一下,陈春深的房间在二楼,正对自己的客房;陈春锦的房间在旁边,他们的窗户就朝着前院,而自己那间就靠近后院墙了。

一个壮实的男仆守在陈春深的门前,满脸惶恐,见郑开明来到,连忙鞠躬。

郑开明吩咐道:"阿才,等下你跟孟先生说说今早之事。"

男仆应了,随他们进屋。

陈春深的卧室是客房,所以屋内陈设与孟醇所住那间极为相像,连摆设也一样,不过他毕竟是亲戚借住,所以书本衣物都带齐了,也有一些小器物等等。

此刻窗帘拉开,窗户也打开了,望出去正好能看见前院的花园和大门那处,晨光洒进这间屋子,将所有东西都照亮了。

只见中间那铁花大床上,陈春深直挺挺地躺着,脑袋歪向一边,眼睛紧闭,脸色灰败。

孟醇虽然在法兰西解剖过人体,熟人的尸首却还是第一次见,心底难免有些发毛,但如今四双眼睛看着他,也不得不绷着脸便上去了。

他伸手扒开陈春深的眼皮,又捏了捏他的四肢,脱下白色丝绸睡衣看了看,问道:"阿才,你今日来到房中,春深就是这么躺在床上的么?"

阿才躬身道:"不,不是的,先生,我今日照例踩着时辰来唤春深少爷起床,却见他这么四肢摊开躺在房间中央的地板上,我起先还以为他睡迷了跌下床来的,谁知上前一看……他竟然已经没气了。"

"那是你将他放上床去的?"

"我不敢乱动,立刻去报给旺伯知晓,旺伯来看了,与我合力将春深少爷抬上床去的。"

"那之后呢?"

"之后我就留在门口守住,旺伯去请了少爷下来,又直到先生过来。"

"你一直在此处?"

阿才点头如捣蒜。

孟醇又看了看陈春深的尸首,这次贴得更近了,还转来转去地瞧。

郑开明在旁边不敢打搅,等了好一阵,小心翼翼地问道:"可是光太暗了,孟兄看不清?这电灯也不能开,昨晚打雷,仿佛是将那外头电线烧掉了……"

孟醇已经不在意郑开明的话,他直起身,按着狂跳的心脏,说道:"郑先生,只怕你须得立刻去叫警官来了……春深少爷死得有些蹊跷。"

三 警探上门

南县紧邻成都,又是商贾行走的要道,比之其余县乡更加繁华,所以从前清开始就已经设立了警察所,如今归国民政府管辖,也很成体统。民国17年,这警察所改称了公安局,又增调了局长、巡官等等，配发了火枪弹药，很有气派。就在去年，还来了一位最年轻的警长，大名叫陶清，据说曾在北平某处高就，很是精干。

郑开明派了一个伶俐的男仆去报了案，不一会儿那陶警长就带了五个步警上门来。

陶警长三十岁左右的年纪，身材高大，穿一身夏季黄色制服，留了一点须髯，开口说话声音厚实，仿佛很有威仪。郑开明一边引他上楼，一边大略地说清情况。

陶清一见孟醇站在屋里，皱眉道："这是何人？无关人等不可进入！"

郑开明连忙介绍："这位孟醇孟大夫，昨晚借宿在舍下，春深出事，也正好请他看看。孟兄，这位乃是本县警队的陶警长。"

陶清脸色稍微舒缓了些："原来是位大夫，你检查过死者了？可有什么高见？"

孟醇推了推眼镜，也不多客套："方才检视尸身，只感觉全身僵硬，至少也死了六七个小时了。死者额头上有一处伤口，已经凝结，瞧着应是生前所伤。然而死者脖子上有些青紫，却更像是喉咙被扼过。"

陶清上上下下打量了他一番，笑道："果然是大夫，还与寻常的有些不同。"他回头对一个四五十岁的步警说："老甘，你且看一看？"

原来那个名叫做老甘的叫作甘十六，在前清时候是衙门里的仵作，后来国民政府成立了，因他在勘验死伤上有些本事，就留用于警队。

他上前赔笑请孟醇移开，细细地查看陈春深的尸首。

陶清任他忙碌,转头问郑开明话:"这死者寻常身体如何?可有旧疾?近日来有没有吃什么不净的食物?"

郑开明回答,说是陈春深年轻体壮,平常也就是偶受风寒,往往吃一帖药就好,近几日连咳嗽也没有,再健康不过了。而饮食随公馆众人的,都是一样,并没有什么特异之处。

这边说了一会儿,那头验尸也完毕了。甘十六回禀道:"陶队长,刚才那位先生说的都对,这人是昨晚夜里死的,应该是子时左右了,头上被撞过或者击打过,然而脖子上也被扼过,分不清先后,难以确认是被砸死还是被扼死的。"

陶清冷冷地哼了一声:"不管是被砸还是被扼,总之是遭人杀死的,这就是人命案子。"

最后四个字说的声音不大,却如同重锤,顿时震得郑开明浑身一颤,双腿发软。

孟醇赶紧将他扶住,连声宽慰:"郑先生莫慌,警长必定能够查清楚的。"

陶清呵呵笑道:"不错,如今还没有我破不了的案子。"

他也不客气,打量了一下尸首,便在这卧室中走动观看,桌柜椅凳样样都不放过,甚至还撩开了床单蹲下去瞧床底下。

孟醇见陶清伸手从床边捡起了一样圆圆的东西,他站得比郑开明近,一眼看到仿佛是纽扣的样子。但陶清并未说什么,很快就放进包里。然后又走到床头,看那几件挂着的衣服。

他拎起来看看,发现都是宽松的睡衣褂子,有黑绸的,有白绸的,看了一眼尸首,那身上穿的乃是白绸的,于是问道:"这些衣服都是死者的?"

郑开明点头:"都是的。"

"为何要将四五件睡衣都挂在这里?"

"哎,春深睡觉爱出汗,晚上热点便打湿了,偏他又好洁,喜欢穿干衣,所以都挂在这里,他一旦不舒服了就起来换掉。脏衣服第二日用人就抱去洗了。"

陶清摇头叹道:"还真是个讲究少爷。"

他又转了两圈。

"今天这公馆内的人都要好好地过来答话。郑先生,就有劳你先带我上下走一遭,再让所有人都让我认识一遍。"

郑开明脸色发白,额头上有些冒汗,他掏出手巾擦了擦,说道:"是,是,全听陶警长的安排。"

陶清也不客气,对甘十六道:"老甘,你再好好地勘验一番,两个伤处要多多细查,并守在这里,不再允许其他闲人入内。"

说毕,还特意看了孟醇一眼。

孟醇虽然有些不悦,却还顾及郑开明此刻疲惫忧虑,也不愿让他为难。

下楼去到客厅里等候,孟醇眼看着两名步警把守在大门处,便知道陶清已然下令不能随意出入,看来虽未有结果,但陈春深之死已经令这公馆内所有人都脱不了干系了。他从没遇到过这样凶险的事情,虽问心无愧,却还是惴惴不安。

等到郑开明重新回到客厅,身边却没有了陶清,原来那位警长要了二楼书房做临时的问讯处,然后又钻进了陈春深的房间。

郑开明在椅子上坐下来,长叹一口气,仿佛老了十岁。旺伯端上热水,还有一碟子糕点,凑近说:"少爷,您一早上忙乱,滴水未沾,还是先吃点东西垫垫吧。"

郑开明摆摆手:"我不饿,少奶奶可吃过了?"

"已经叫梅香送热粥与鸡蛋上去了。"

郑开明稍稍放心，又吩咐道："叫厨房里再多做些，让孟先生和春锦先吃，你们也不要饿着了。另外……陶警长这边同样不可怠慢。"

"是，小人明白的……"

旺伯和另外一个老妈子又端出几份早点，然而陈春锦也全无胃口。倒是孟醇觉得自己腹中饥饿，稍稍用了一些。郑开明在他旁边坐着，一直沉默不语，忽然又开口问道："孟兄，你说春深死得蹊跷，他当真是……是被人杀死的吗？"

孟醇连忙咽下一口热粥，也顾不得喉咙里烫得难受，对郑开明说："郑先生，实不相瞒，我方才检验尸首，春深有两处伤，一是额头上的瘀伤，已然破皮渗出血来；另一处就是脖子上有青紫的痕迹，一见便是被掐过，只是难以辨别这两处伤究竟哪处致命，但必定有人对他动手，才导致他死去。"

郑开明脸色发白："可是……这公馆之内大门紧闭，究竟是谁害了春深……再说了，他并未跟人结仇，又哪有人会来害他？"

孟醇略微沉吟，便想要将昨晚的所见所听讲给他知晓，但正要开口，便见陶清从二楼下来，看了一圈，大声说："郑先生，若现在方便，还要请你过来问话。"

郑开明连忙起身，点点头就跟着陶清上去了。

孟醇喝完了剩下的粥，用手巾抹抹嘴，转头看着另一边的陈春锦。那青年人倒是比方才恢复了些，但是依然焦虑不安，坐在椅子上如同个木偶，眼神发直。旺伯为他摆好的早点已经凉了。

孟醇体谅他少不经事，对兄长之死太过无措，便去与他谈话："春锦，还是先吃一点东西，等下才好有力气去答话。"

陈春锦看了他一眼，苦笑道："这个关节上哪里还吃得下去。"

孟醇叹气："我也不好劝你节哀，这事委实悲惨，只望早日查明真相，令春深不至枉死。"

陈春锦擦了把眼睛，双目又红了。

孟醇低声问道："春锦，昨晚你就在春深隔壁，可听见什么没有？"

那青年人摇摇头："我睡着了便是连响雷都听不见的，何况其他。"

孟醇见他实在萎靡，也真不好再问，讷讷地住口了。

公馆之内一片愁云惨雾，压得人难受。孟醇生性好洁，这夏日衣裳都不愿连穿两日的，又加上昨晚不曾睡好，整个人都不舒服。偏偏那个陶清又喜欢一个个地问话，让他一阵好等。待得郑开明、陈春锦都说完了，才又叫他去了。

孟醇进了书房，见陶清叉开腿坐在书桌上，手里把玩着一个汉白玉雕的镇纸。

看到孟醇进门，淘清如同主人家一般，朝对面的椅子一挥手："孟大夫，坐，坐。"

孟醇总觉他身上有些兵痞习气，然而想到自己乃读书人，不可与之多计较，于是就坐下来，等他发话。

陶清将那一尺长的镇纸在手掌中打得啪啪响，就好像提着一根棍子似的。他在孟醇跟前闷不作声地踱了半天步子，拉过一张椅子面对面地坐下来。

"孟大夫，听说您是今年才留洋回来开了诊所？"

孟醇点头称是。

陶清又问道:"这么说来您与郑家并无交情?"

"郑少奶奶有身孕,身子不爽,因熟悉西洋医术,郑先生才邀我常常过来看看。这个把月来,倒是熟悉了这边的人。"

"那陈春深你也熟悉了?"

"既然常来这边,难免熟识。然而并没有多说过什么,所以也不太了解。"

陶清点点头:"那么昨晚雨夜,你最后一次见死者是在几点钟?"

"昨日晚餐过后只随意坐坐,各人就回各人的房间了,也就九点之前。"孟醇顿了一顿,脸上露出迟疑的样子。

陶清察言观色,立刻追问道:"怎么,孟大夫莫非有什么不能说的?"

孟醇想了想,答道:"昨晚雷电大作,我又认床,其实并没有睡得很好,听到仿佛是陈春深与人在争吵……"

他详细将昨晚的事情讲给了陶清听。那陶探长全神贯注地听完,黑漆漆的眼中仿佛有了一丝光彩,脸上也禁不住露出兴奋的神色。

"果然如此!"他将镇纸丢开,一下站起来,"陈春深绝不会无缘无故身死,必定是有人蓄意谋害。昨晚与他争吵之人,最有嫌疑。孟大夫,你可看清楚了那个人。"

孟醇摇摇头:"昨晚公馆里没灯,只有一瞬间的闪电能借光,我在门口只能瞧见两个人影,看不清。而雷声又极大,只间或听到了春深在说话。"

"你为何没听个明白?"

孟醇面上一红:"在下毕竟是借宿,怎好窥探主人家的私隐,况且……当时已不小心教春深发觉了，躲都躲不及呢。"

陶清遗憾道："原来如此……那孟大夫可还能分辨那人影是男是女，是高是矮？"

"闪电时间极短，那人又未曾出声，所以实在不好辨认。"

陶清有些不悦，嗤笑道："如此说来，除了知道陈春深死前与人争吵，也没有别的了。"

孟醇尴尬地点头。

陶清又道："这也罢了。那陈春深死在凌晨，而雷雨初歇是在两点前后，也就是说，从九点你们各自回房到两点这途中，有人去找过了陈春深，并且吵架。陈春深在午夜过后被杀。我问过郑少爷，因为郑少奶奶身子易乏，所以公馆内一般睡得早，十点后少人走动。即便算上昨夜的雷雨延了些时间，一两点钟也必定是都睡熟了。犯人这个时候才动手，必然是下了杀心的。"

孟醇猛地抬头："陶警长，您的意思是这杀人凶犯就是公馆里的人？"

陶清冷笑道："那前后门都锁好了，屋外屋内又没有泥足印，不是公馆内的人下手，莫非还是天外飞来一个强盗么？"

孟醇哑口无言，隐隐为郑开明担忧起来。

陶清又问他这几日所见所闻，但还没有说上两句，旺伯便上来回报说有个小厮来寻孟醇。

原来孟醇一夜未归，秋萍猜到是因大雨留宿，但早上仍不见回来还是有些着急，便差孟小杯前来相询。

陶清问明了缘由，对孟醇说："只恐怕要请孟大夫告诉家人还暂时不能离开郑公馆。适才我请郑少爷点过人头，并没有一个人走脱，如今孟大夫也不可破例。"

孟醇呆了一呆，忽然道："莫非陶队长也默认我为凶嫌？"

陶清大笑："孟大夫忒有意思了，我跟你无冤无仇，今天才算是初次相识，怎么好另眼相看？在事实未弄清之前，我是认为这里所有人都是凶嫌。"

孟醇虽知他这话不无道理，可免不了有些慌张，他还从未惹过这样的事，着急地辩道："可是我并无……"

陶清挥手打断他的话："即便是真凶也会说从未杀人呢，孟大夫不必现在跟我讲许多，若是要自证清白，不如找出那个真凶。"

孟醇家教极好，又是读书人，脾气是很温和的，但陶清那不留情面的话仍然让他窝火。他也无心再答话，便借口去见孟小杯，匆匆下楼，偏生陶清还不客气地说等下还要请教他。

孟醇虎着脸诺了，头也不回。

一到楼下，就见孟小杯站在客厅前的小花园里，旁边还站了个警察。

看到孟醇下楼来，孟小杯原本焦急的神情放松下来，长长地吁了口气："我的好少爷，总算看到您这个囫囵人了。"

那警察在旁边见他们说上话，就踱开了一些，但依旧挂了个耳朵留意。

孟醇也不介意，跟孟小杯道歉："是我不好，原本昨晚应该给你们一个信，可诊所也没装电话，更不好请郑家派人去知会。我猜秋萍和你是最机灵的，一定想得到我大雨不会回家。"

孟小杯撇嘴："少爷，您说这话真抬举我们。昨晚那雨来得又急又猛，我和秋萍可担心了。一直等到晚饭过后也不见您回来，秋萍才说兴许是郑家留您了。原本想着来郑家接，可那雨大得跟泼水似的，雷电又凶，黑灯瞎火根本不能出门。这一夜我们可翻来覆去一点儿没睡着，天一亮秋萍就打发我赶着来寻您了，可那警察大爷又不让我进。见您这一面可真比唐僧取经还难啊……"

孟醇赶紧止住了小厮的唠唠叨叨："好了，好了，我错了，然而事发突然，权且饶过我吧。"

孟小杯停下了抱怨，眼珠子滴溜溜地转："少爷，我瞧郑家这里不大对劲，到底咋了？出了啥大事儿不成？"

孟醇心烦，也不好跟他多讲，只哄他道："哎，有些不幸，我暂时不能脱身，你且先去给秋萍报个平安。这边事情了了，我自然就回家了，诊所晚个一天半日再开门吧。"

孟小杯应了一声，眼睛却不住地瞟那屋里头，双脚也磨磨蹭蹭地，直到那警察来催，才快步出去。

孟醇站在前院里，目送孟小杯走出大门，才回头望向公馆那三层楼。他瞧着那彩色玻璃窗一层层地往上看，忽然发现二楼朝向这边的，正是陈春深与陈春锦的卧室。

孟醇心中一动，暗地里一咬牙：既然陶清已然将自己也视为凶嫌，倒不如真是放手查一查，真个找出凶手来给他瞧瞧。

四 逼上梁山

孟醇在前院中踱步，眼看着那半裸的阿芙洛狄忒被雨浇得湿淋淋的，还有许多吹落的梧桐叶粘在上头。昨晚的一场暴雨使得它周围那些花草也遭了殃，教雨水打得东倒西歪，惨不忍睹。

孟醇踏着湿漉漉的小道，来到了大门处。那门口站着陶清带来的警察,脸色严峻地盯着他,生怕他要逃走的样子。而孟醇却笑一笑,走向旁边。那门边靠着围墙修了一间小屋,没有门,只有块栏板,正是晚上看门人睡的地方。他探头望去,只见里面黑咕隆咚,隐约能看到窄小的木板床上铺着凉席、薄被。

然而转过头来,正好将陈家兄弟的卧室看得清楚。

孟醇心中一动,拔腿就回到了客厅里。此时郑开明正好也在找他,一见面就拉住他的双手道:"孟大夫,那陶警长说是想找梦竹问话,我深恐梦竹身体不堪,还想劳烦您在一旁陪护。"

孟醇道:"我自然是愿意的,就不知陶警长是否允许?"

郑开明又说:"我会好好央求他,总不能不近情面到这步田地。"

于是两人一起去了三楼,只见陶清双手卡着腰上的皮带,正不耐烦地用皮鞋在地板上磕。郑开明道:"原来陶警长已经上来了,我以为你已自行和拙荆说话了。"

陶清笑道:"我虽然是出身行伍的粗人,也知道不擅入妇人卧室的道理,况且尊夫人有身孕,我贸然闯进去,吓着了可怎么好?"

孟醇不免多看了陶清一眼,那人恍若不觉。

郑开明先推门进去,悄声安慰了刘梦竹几句,这才请陶清和孟醇进来。孟醇见刘梦竹坐在沙发上,穿着宽松的旗袍,抱着双臂。大约是休息不好,又碰上这样的事,她脸色略显憔悴,见到陶清也远没有平日里那般大方圆滑。

郑开明见状立刻从床头拿了一件黑色薄外套给太太披上,然后才介绍了陶清,坐下握住了她的手。

刘梦竹勉强一笑,对陶清道:"陶警长,真是失礼了,家中出了人命案子，劳动您大驾，又不能好生招待，实在对不住。"

陶清的眼睛在刘梦竹身上流连了许久，久到这位太太连声咳嗽了、郑开明都黑了脸，才收回了目光，笑了笑："郑少奶奶说的哪里话，原本不应该打搅你休息，然而公务在身，有些话是一定要当面向你问上一问的。"

"请说。"

"昨晚您是什么时候回到房间的？"

"八点半过后，跟我先生一道上来的。我身子沉，久坐不便，所以早早就上来躺着了，读了读书。"她纤手一抬，指着床头柜子上的几本洋文书。

"昨夜您睡得可好？"

"并不算好，雷声大，可恼人了。"

"那么除雷声之外，可有听到别的异动？"

刘梦竹摇摇头："没有。"

"也没有起夜或者出门？"

"没有，我现在人懒，能不动就不动了。"

"那么昨晚你睡着大约是几点呢？"

"也不知道几点，原本是想着睡不着再起来读书，然而电却没了，只好腻在床上，最后便迷迷糊糊地睡了。"

陶清嗯了一声："这么说来您知道郑少爷也不曾离开？"

刘梦竹点头："这个是自然了，我们同床共枕，若先生竟然悄悄溜走，我怎会不知？"

这话便有些闺房私密的味道了，孟醇在一旁隐隐有些脸烫。然而陶清则气定神闲，全然不动，继续追问道："这么说来，这一夜两位都没有离开，也没有听见什么响动？"

郑开明夫妇不约而同地摇摇头。郑开明道："对了，我担心辗转反侧影响到梦竹，中间叫旺伯来给我送过一次安眠药水。"

"那是什么时候？"

"大约是12点半都过了。"

陶清笑道："两位真是恩爱，我这光棍儿看着忒羡慕了。想必郑少爷的衣服缝补这些活儿少奶奶也不会交给旁人吧？"

刘梦竹不明白他为何突然这样说，却依然点头："虽然我不擅女红，但这些琐事也还应当做的。"

陶清从口袋里将一颗黑色的圆形纽扣掏出来，托在手心里："等过一段时间，我再将此物还给少奶奶。"

刘梦竹看了看纽扣，忽然低头看看身上披的外套，瞧到一处空当，便明白了。郑开明立刻皱眉，刘梦竹却反而笑道："多谢陶警长。"

陶清将那纽扣收起来，意味深长地嗯了两声："最后还有一件事要向郑少奶奶问一问：这扣子乃是我从陈春深穿着的睡衣上扯下来的，少奶奶怎么会这么笃定就是郑少爷的扣子呢？"

刘梦竹也不慌不忙："陶警长，春深那白绸睡衣上缀着的可是盘扣，没有纽扣。我们住在同一个屋檐下，这还是知道的。"

陶清哼哼哈哈，零碎问了好些，便起身出门，临走前一把攥住孟醇的手臂："郑先生再陪陪太太吧，我跟孟大夫就先出去了。"说罢也不等孟醇开口，就拖了他出门。

陶清手劲极大，捏得孟醇上臂生疼，孟醇几番想发火，然而看着这人急吼吼的样子，只怕是另有隐情，也忍着没说话。一下楼终于奋力甩开，怒道："陶警长也忒霸道了，即便是有嫌疑，在下现在也是自由身吧？"

陶清却反而嬉笑道："孟大夫真是脾气大，好吧好吧，也算我失礼了。然而我拉你出来却是好意。"

"倒要请教。"

陶清哼了一声："郑家这几个楼里的主子，都给我说昨晚除了雷声没有听到什么响动，偏生孟大夫你说是又看到了争吵又听到了关门声。这么看来，你和那几个人，必然有一方说了谎。"

这话让孟醇心底霎时间腾起一股火来，然而他也知道口说无凭，更下定决心要弄清这到底是怎样一回事。

陶清也不跟他多说，现在问完了主人家的话，他便下楼去审那些仆人。公馆内共有仆人六名，管家旺伯，一个厨娘，一个丫鬟，此外还有两个粗使男佣和一个婆子，陶清即便问得再快，也得好一会儿了。他只说人人不能离开公馆，倒没有拘在一处。孟醇想了想，抬脚就去了陈春深陈尸的房间。

那甘十六奉命守在陈春深的房间里，他当惯了仵作，全不怕死尸，反而觉得偷得了空闲。虽然陶清吩咐他再勘验尸首，但是郑家送来的茶点，他就先吃起来，十分心满意足。看见孟醇进屋，他笑嘻嘻地问候了一声。

孟醇自然也笑脸以对："甘长官，真是辛苦了。"

甘十六虽然吃着公门饭，然而乃是底层贱役起家，所以也并没有多大的架子，见孟醇客气，主动问道："孟大夫怎会过来？"

孟醇道："方才听甘长官验尸，仿佛对人体生理学颇有研究，所以特来请教。"

甘十六对他这文绉绉的说法有些晕头转向，瞪大了眼睛："孟大夫，您别介意，我是个粗人，听不懂您这文化说法。我这验尸的手艺，是从师傅那里学来的，小时候吃喝没着落，就学了这个,也不是什么光彩行当,混口饭罢了。"

孟醇笑道:"甘长官太谦虚了,我看甘长官验尸时查五官,看口舌,又瞧颈脖和四肢,还看了皮下,没有遗漏,真是非常仔细。"

甘十六说:"这活儿虽然不体面,但也有自己的门道,我看这位少爷全身都硬了,皮下血色斑深沉,然而眼珠却未浑浊,应该是死了三到四个时辰。只是那额头上的伤口乃是生前留下,脖子上的扼痕也新鲜,委实难以判断先后。"

孟醇道:"在下学的医术中,对于人体活着的时候研究得多,死了反而少,甘长官可否允许在下再看一看春深少爷的遗体,检查检查?"

甘十六面有难色,孟醇又立刻道:"甘长官若不放心,也可以从旁监督。"

甘十六终于点点头:"陶队长也是想要再多些发现,不如我二人一起看看。"

孟醇第二次来到床前注视陈春深的遗体。

时隔几个小时再来看,遗体的面色更加灰败,实在让人胆寒。那额头上的伤口已经变成了黑红色,而脖子上的指痕更加明显。

孟醇细看那伤口,只见浮皮破了,显露出一个圆弧形状的血痕,不过三指宽。他指着那伤口道:"甘长官,依你之见,这是什么东西砸出来的呢?"

甘十六凑近了看看,摸着下巴上的花白胡子说:"这应该并非寻常木棍所伤,应该是有形状的重物,说不定是圆形。"

孟醇又指着那伤口周围:"这里和旁边,都流出了血,虽然不多,但是似乎没有被擦拭过的痕迹。血滴的方向也是略倾向外侧往太阳穴的方向流,这应该是倒下后流出的。"

甘十六听他这么说,连忙翻开陈春深的双手:他手掌中干干净净,没有一点血迹。

孟醇点头:"是了,寻常人若是清醒中教人砸破头,必然用手去捂的,现在春深少爷手掌干净,那么他被砸的时候一定是立刻昏迷了。"

甘十六猛一击掌。"然后凶手才能扼死他!不过……"他双眼又一转,"这凶手也可以先掐晕了死者,再砸破头加害。"

孟醇拿起陈春深的手掌,细看每个指头:"甘长官请看,即便是指甲缝隙中也没有血迹皮屑,若是清醒时候被人掐住,自然会全力抵抗,想要去掰开凶嫌的双手,竭尽全力之下掐破表皮是必然的,可陈春深指甲缝中干干净净,显然并没有这样做过。"

甘十六终于点头:"孟大夫果然精明。"

孟醇忍住笑意谦虚了几句,又在尸首的脖子处比画,然后说:"这指痕虽然明显,却难以比较啊。"

甘十六道:"只能看出是大人的手,不然如何能掐住一个青壮年的脖子。"

"不错。现在需要找到的乃是打晕陈春深的凶器。"

两人有了这样的突破,自然在房间里翻找起来,然而无论是床底下,还是箱子里,或是立柜中,都没有看到形状类似的硬物。

孟醇沉思片刻,对甘十六说:"甘长官,对不住,我还得下去问问旺伯,劳烦您在这里继续辛苦。"

甘十六并不介意,因他知道若真找到凶器,也是大功一件,所以客客气气地跟孟醇道别。

孟醇下了楼，四处张望，便看见陶清跷着腿坐在后院的廊上，身边站着一个步警，在跟旺伯说话。其余的用人都聚在客厅里，又是担忧又是害怕，不时地凑在一起低声说几句。

不一会儿旺伯说完了，向陶清略一鞠躬，走进客厅，对那个叫梅香的丫鬟说："该你了。"

尖脸的丫鬟吓了一跳，磨磨蹭蹭地去了。

孟醇连忙唤住了旺伯，问道："方才陶警长开始讯问佣人了？"

旺伯答道："是呢，长官说要讲清楚昨晚的一切动向。"

"昨晚您是在用人房那边睡？"

"是的，老爷和少爷将后院最好的那间屋分配给我了，冬暖夏凉的，最是舒适。我人也老了，睡着了便不容易被吵醒。昨晚伺候少爷们歇息了，我就照常回去睡，中间只给少爷送了一次安眠药水，然后一直到今早上5点多才醒呢。"

"那是几点钟呢？"

"我起身借着电筒看了廊上的大钟，应当是12点40多的样子。"

孟醇拉着旺伯往前院走去，指着门房问："这边可是每晚都有守夜的？"

旺伯回答道："大门那边是有人轮流守着的，就怕有什么急事需要通报。昨晚轮守的是孙福。"

"孙福是哪个？"

旺伯指着一个矮胖的粗使男仆道："就是他了。"随即将孙福唤过来，说："孟大夫有事情吩咐你，好生听着。"

孙福长得圆头圆脑，面相看上去有些蠢笨，答应时一躬身，显得更矮了。

孟醇谢了旺伯，拉着孙福出去前院，问道："昨晚可是你在门房值夜？"

孙福赔笑："正是，我同和顺两人每晚轮守，昨日就是我。"

"这门房狭小得很，昨晚雨大雷响，睡得不好吧？"

孙福点头："孟大夫体谅，但我们值夜的原本就不该睡，偶尔打个盹儿倒是无妨，可昨夜那半宿都在翻来覆去的。哎……早知道不如起来多在公馆里走走，说不准还能保着春深少爷平安……"

孟醇指着二楼说："你这门房里恰巧能望见两位表少爷的卧室，昨晚你在这里，可看到什么没有？"

孙福摸了摸头："昨晚雷雨极大，那闪电也亮，只是在寅时间看到春深少爷起来站了一会儿。"

孟醇立刻追问道："那时他还活着？在做什么？"

孙福又摸摸头："是活的，穿着白绸睡衣，就在窗边走了两下，兴许也是教那雷声震得睡不着呢！"

"你可记得那是什么时候？"

"也不清楚，不过听着门外有更夫走过，打的是四更天[①]了。然后再过一阵，雷声闪电都没了，雨也渐渐小了。我跟着就睡过去了。"

孟醇在心底默默地算时间，孙福又想起来："对了，还有一桩事略有些古怪。"

"是什么？"

---

① 即凌晨1点多。

孙福眨巴眼睛,吞吞吐吐地说:"说句不恭的话,春深少爷出这事,怕是遭鬼迷了吧?"

孟醇奇道:"为什么这样说?"

孙福道:"我在这里瞧得见春深少爷昨晚走动那两下着实奇怪,忽快忽慢,又挥了下拳头,像是跟人吵架。"

"房间里还有旁人?"

孙福摇摇头:"那闪电亮得很,我不曾看见春深少爷对面站着什么人。"

孟醇皱起眉头,紧紧盯着那个房间,窗户还是开着的。

五　每个人的秘密

孟醇回到大厅里,陶清还在讯问厨娘,剩下的仆人已经不多了。他看见梅香在角落里抹眼泪,知道她必定是给陶清哄吓了一通。

孟醇想一想,便来到她身边,轻轻唤了一声。

那丫鬟连忙给他福一福,叫了声"孟大夫"。

孟醇道:"适才陶警长问你什么了?"

梅香撇撇嘴:"不就是昨晚做了什么吗?我是伺候少爷和少奶奶的,不管其他事,我哪里晓得表少爷怎么死的?"

孟醇又问道:"昨夜你是睡在自己房里?"

"我跟厨娘叶婶睡一个屋的。少爷说等少奶奶七八个月了再让我去楼上暂住,好晚上侍候。"

"昨晚雨大雷响的,你睡得实么?可听到过什么声音?"

梅香摇摇头:"我们这边离主楼远,除非周围有大动静,不然啥都听不见呢。"

孟醇想了想，问道："昨天春深说了一句话，你为何发笑？"

梅香茫然道："什么……"

孟醇耐心地将昨日被刘梦竹挽留时陈春深说的玩笑话又大致复述了一遍，梅香的脸上却立刻显出委屈又不屑的神情来："孟大夫，您还提这个呢，不就是那么一笑吗，还教少奶奶瞪了。春深少爷说话一贯这样呢，不过他嘴里惹出了不少事，也怨不得少奶奶嗔怪。"

"他惹了什么事了？"

梅香左右看看，最后动动嘴，压低声音："这不是春深少爷的错，我看少奶奶自己也不好。哪有出嫁的女子还抛头露面，跟男人说说笑笑的。她这么做，少爷是不介意，可老爷怎么看得下去，何况家里还有两个小叔子……春深少爷也只是开玩笑，并不知道后来闹出来了。"

"陈春深说了什么呢？"

"哎，他说的其实是实话，说少奶奶太招人喜欢，就连……"她又向周围看了看，鬼鬼祟祟地说，"就连春锦少爷也着迷。而且说少奶奶在成都交往的男人太多了，怀上孩子的时候，少爷还在上海谈生意呢……"

"你信这事儿了？"

梅香脸上也红了一红："也不信……可春深少爷就在成都念书呢，他知道的总比我们多。"

孟醇心中恼怒，却也不好对这个丫头片子说重话，只好哼了一声："既然是你的主母，总还是要敬畏一些的，本来没影子的话，就该烂在肚子里，怎么还到处传呢？"

梅香的脸更红了，抬头看了孟醇一眼，又气恼又羞愧："你……不是你要问？"

"你知道我说的是什么意思。"

梅香的脸唰的一下又白了，她一跺脚，扭头就跑开了。

孟醇心中不快，却也不好多说。他再不管梅香，反而是往四周望了望，并没有看见陈春锦的影子，随即上了二楼去他的卧室。敲开门，只见那青年面色灰败，十分萎靡。

孟醇道："春锦的脸色十分不好，只恐怕受惊过度，还是让我瞧一瞧。"

陈春锦想要回绝，然而孟醇却还是进屋来，拉住他的手腕，测了半天脉搏，又看他眼白，这才停下。陈春锦勉强一笑："多谢孟大夫担心，然而我并没有什么的。"

孟醇道："春深之死实在太过突然，你也要保重才是。"

陈春锦眼眶发红，低头嗯了一声。

孟醇又道："看起来那陶警长已经快将公馆内的人都审完了，却不知究竟有没有发现端倪。春锦，你就睡在春深隔壁，昨晚什么都没有听到？"

陈春锦看了他一眼，将脸转向一边："这里门一关可听不真切，我又睡得死，便是炸雷在身边也醒不过来的。"

孟醇点头："原来如此……"

两人没说几句，忽然听见有人敲门，打开一看，旺伯端了一碗馄饨站在外面。他先向孟醇问了好，又对陈春锦说："表少爷，这都快中午了，少爷说您好歹得吃点东西，不能饿坏了。"

陈春锦点点头："好，你端进来吧。"

孟醇见他无意再说话，也只好告辞，为他关上门，拖着脚步又走到了陈春深的房间。

甘十六还在屋子里，那些摆设已经显得有些凌乱了，想来他刚才又翻找了一遍，然而从脸色上就看得出依然没有收获。

见孟醇进来，甘十六笑了两声："哎，孟大夫，我可真没用了，这屋里的东西都翻完了，也没有找到和伤口合得上的玩意儿。"

孟醇瞧了瞧那些打开的柜子和抽屉，发现在放衣物的第一个柜子里有件黑色的大氅，胡乱折叠着，毛呢的料子很是沉重，压在衬衫和褂子上头，展开一看，一直拖到地上。孟醇问道："甘长官，这东西都翻出来了。"

甘十六笑道："我翻是翻，可不乱搬呢，这东西本就在那里的。"

孟醇看了看，将大氅搭在沙发背上，又安慰道："甘长官辛苦，找不到也是有可能的，说不准那凶嫌将凶器带走了呢！"

甘十六叹道："大约如此了。孟大夫为何又来？"

孟醇不耐烦与他细细解释，只说是怕有什么遗漏，再过来瞧一瞧。他在这房间里走了几步，然后来到窗边：窗户还是开着的，能看到前院的门房。孟醇摸着窗户，发现这几扇窗做得宽敞，他将窗户合上，那彩色的玻璃便在阳光下变得色彩斑斓。

孟醇心中一动，在窗户前蹲下，去摸那地板——刷了红漆的地板湿漉漉的，从窗台下一直到床边，连带着垂下的床单一角都有些湿润。他又去摸了一遍陈春深的尸体，特别是背部、肩部和头部，都是干燥的。

孟醇猛地抬头四处张望，一下子跳起来找到桌子上一个大大的雪花石膏像，猛地摔在地上。

只听得哗啦一声响,吓得甘十六猛地一跳,而隔壁的旺伯和陈春锦赶紧过来,吃惊地看着地上的碎片。

旺伯问道:"孟大夫,发生什么事了?"

孟醇干笑:"没事没事,我不小心碰倒了东西,对不住。这石膏像我一定赔,一定赔。"

旺伯道:"孟大夫说的什么话,这虽是西洋玩意儿,也不值什么钱的,碎了也就碎了。"

孟醇道:"哎,总是不好的。不过这房间的确隔音不好,这样的响动还是惊人的,而且……昨晚黑灯瞎火的,这加害春深的人进入房间竟然也没有碰倒什么东西,实在有本事呢。"

陈春锦在旁边一直没吭声,直愣愣地盯着地上的碎片。

孟醇看了他一眼,又向旺伯问道:"昨夜雨大风大,公馆里可有巡夜的人?"

"往常是我巡夜的,不过昨晚风雨太大,就偷了个懒。"

孟醇点头,他还要说话,听得楼上楼下噔噔噔地传来脚步声,不一会儿郑开明和陶清都同时出现在门口。郑开明脸色依旧不好,陶清往里面瞅了一眼,似乎明白了。他也不多说,只对甘十六道:"老甘,叫你做的事怎样了?"

甘十六连忙凑到他耳边,叽叽咕咕地说了几句。

陶清脸上不动声色,最后才笑道:"不错,不错。"

他又歪头看了看郑开明,皮笑肉不笑地说:"郑少爷,我这边问话也差不多了,只怕要带些人回警局了。"

这话让周围的人心中都咯噔一下,明白这就是要抓人了。

陶清瞧着大家的脸色都变了,反而咧开嘴:"也不必慌,我在这里来来去去忙了这么许久,也正是顾及着郑家的脸面。若是一股脑都捆了带回警局里,莫说囚车里塞不下,一串绳子拉着招摇过市,只怕街坊邻里嘴里的话就难听了——何况这公馆里本来就已经有些话不好听了。"

他这么说,不光是孟醇深觉尴尬,郑家的主仆同时都黑了脸。

陶清只当没看见,径直朝楼下叫了一声,于是等在前院门口的三个警察都跑上来,其中两个腰上别着盒子炮,大声地答应着。

陶清咳嗽一声,对郑开明说:"郑少爷,我也不给您上铐了,请吧。"

这一下子所有人都不说话了,郑开明身子微微发抖,却没再多辩解一句,抬腿就往楼下走。这时三楼上突然传来尖锐的叫声。

只见郑少奶奶扶着栏杆,凄厉地叫"开明",捧着大肚子就往下跑。

郑开明连忙迎上去,拦住她:"你来做什么?在房间里坐着就好,莫急莫急。"

刘梦竹脸上惊惶:"这是做什么?要抓你走?"她又转向陶清,"陶警长,莫非你认定是开明加害了春深?"

陶清慢悠悠地走过去:"郑少奶奶,这案子没判定我是不会说的,但是这整个公馆里,您丈夫怕是最有嫌疑的了。"

"你……你凭什么这么说?"

"就凭你们两个都撒了谎!"陶清突然提高了声音,"郑少奶奶,昨晚你和郑少爷都分别去找过陈春深,却不约而同地否认,这实在不能不让人多想啊。"

"我们没有。"

陶清从口袋里摸出那一粒圆形的黑色纽扣："这纽扣是在陈春深的房间里发现的，我在第一次跟你谈话时就看到，你披着的黑色外套上少了一颗纽扣，那件外套却是郑少爷的。"

刘梦竹却不慌："是又如何？开明是一家之主，春深是他表弟。他去春深房里坐坐，不知觉间掉了纽扣又有什么奇怪的？"

陶清笑道："这么说倒真不奇怪。不过这纽扣倒让我觉得郑少奶奶你很奇怪，我问这扣子是否是陈春深穿着的睡衣上的，您说他白色睡衣上是盘扣，没有纽扣。然而陈春深乃是个讲究的少爷，夏夜出汗往往喜欢换干爽睡衣。他床头黑黑白白的衣服好几件，您又怎么知道他穿的是白色？"

刘梦竹一时间语塞。

"您说过昨晚八点多就回房间没有出来了，而每个人都在自己房间休息，那按理说是看不到穿着睡衣的陈春深，又怎么说得如此理所当然呢？"

刘梦竹答不出话来，但她毕竟有决断，又驳斥道："纵然陶警长说得有道理，然而春深乃我丈夫表弟，骨肉兄弟，我夫妻二人为何要去加害他？"

陶清又道："这杀人的缘由多了，我在这行十几年，便是弑父的都有，何况表兄弟？郑少奶奶也别怪我直言，你这名声有污，那不好听的话可多了。我问过府上丫鬟仆妇，多是从这陈春深口里传出来。如今你和郑少爷那什么昨夜不曾起身的话我判断为假，那么孟醇孟大夫说的就是真。他昨晚看到有人找过陈春深，接着闪电只看到人影，却没看到脸，那么就是说来找陈春深说话的人是站在门外的。既然半夜去找他要谈隐秘之事，为何又不进屋？后来我才想明白，这跟他交谈的人是为了避嫌才如此的，这么说来就只有你了，郑少奶奶。"

刘梦竹面上浮现出一丝狼狈，不由自主地向丈夫靠过去，郑开明立刻抓紧她的手。

陶清继续说道："您跟郑少爷互相作证说是没出过房门，这其实没啥意思。你先出门去找陈春深，那郑少爷怎会不知道？无论他心中怎么猜测，后来他再去找表弟理论，总不会和和气气。陈春深一个大男人，杀死他必定不是你这个娇弱孕妇做得到的，但是郑少爷一怒之下，却有可能。"

郑开明绷紧脸盯着陶清，但却没有出声分辩，而刘梦竹的表情则有些悲伤，但她的强硬却仍没有瓦解，仍说道："既然陶警长口口声声说我丈夫杀了春深，那我请问一下，怎样杀死的？凶器何在？"

陶清有些惊异，大约在他接触的妇人之中，大家闺秀是有的，泼妇倡优是有的，但如刘梦竹一样秀美又有男儿气的却是极少，不由得也有些佩服。他放缓了声音，答道："陈春深先遭重击，又遭扼颈，所以真论起死亡原因，那应该算是被扼死的。然而之前砸头的东西仍需要找到，凶嫌已经定了，自然要审问，这公馆我要彻底搜查，便是二位的卧房也不可略过。"

刘梦竹冷笑道："曹队长这么说，那就是并没有凶器了？我听说前清时候断案，也是得尸、伤、病、物、踪齐备的，怎么现在民国了，反而今不如昔呢？"

陶清哼了一声："郑少奶奶也不必激我，在下吃的是公家饭，还是得照章办事，如今郑少爷既然有嫌疑，必须得跟我们走，你再说一百句也没用。请你让开些，这些当差的手粗，伤到您和肚子里的孩子就不好了。"

他一挥手,两个别盒子炮的步警就上去抓住郑开明的胳膊。刘梦竹急了,大叫起来,郑开明怕他们伤到妻子,又怒喝陶清,一时间楼梯口乱作一团。

旺伯大急,不管不顾地对陶清说:"长官,长官,我昨晚真给少爷送了安眠药水,他十二点就睡下了,怎么还有时间去加害春深少爷啊!我们家少爷真的冤枉,冤枉呀……您不是都找小的们问过了吗?还有孙福?咱们都能作证啊!"

刘梦竹摇摇欲坠,掩面大哭,旺伯连忙上前扶住她,又对陈春锦叫道:"春锦少爷,快,快来帮一帮手……您别再发呆了呀!"

然而陈春锦却直愣愣地看着他们,一动不动,旺伯又连喊了他好多下,这个青年忽然对陶清大吼:"放开我表哥,抓我吧!人……是我杀的!"

六　人心难测

他这一阵吼,还真将所有人骇住了,都僵在原地不能动。

陶清最先回过神来,他哧的一声笑了:"陈春锦,你发什么疯,要想保你这表哥也不必自己来领罪啊。"

陈春锦涨红了面皮,紧紧攥着拳头,然而却跨上一步:"是我,昨夜我在隔壁其实听到了……听到了春深和表哥吵架。"

陶清沉下脸:"我倒要瞧你怎么编。"

陈春锦见旺伯从房里端出一个凳子,扶着刘梦竹坐下了,才稍稍放心,开口道:"我之前是害怕,故而扯谎。其实昨晚我的确是没有睡熟,闪电雪亮,雷声又大,实在烦闷得很。表嫂……表嫂和春深说话时,我就醒着,后来又听到了表哥的声音。"

"你听清他们说什么了吗?"

陈春锦看了刘梦竹一眼,又瞧了瞧孟醇,低头道:"表嫂责怪春深不该当着孟大夫的面说那样轻佻的话。春深那时的口气仿佛是在暗示表嫂不守妇道,表嫂气不过,所以来找他理论。他们两人吵的声音时大时小,我断断续续地听了……后来表嫂走了,我迷迷糊糊要睡着的时候,又听见表哥和春深在隔壁说话。这次春深说得更加难听,表哥不一会儿也走了,他关门时手劲很大,砰的一声……"

孟醇这才明白自己听到那关门声为何如此重。

"然后你去了陈春深的房间?"

"我气不过,春深虽然是我兄长,然而平素所为我也多有不齿。他在成都时,就多去找表嫂,我劝也不听……后来,他就说了许多闲话。我原以为他只是出气,但他来南县以后,也还是阴阳怪气,我实在忍不住,就去找他……我们说着说着就起火,我便……便……失手杀了他。"

陶清盯着陈春锦,那眼神着实有些骇人,就仿佛钻头一样要钻进陈春锦的脑门心里。然而过了片刻,陶清却笑了笑:"你说争论起火,莫不是因你心中倾慕郑少奶奶?"

他这话不但令陈春锦大窘,连刘梦竹也黑了脸。

陶清挥挥手:"我知道我讨人厌,这窗户纸非要捅破。然而方才讯问公馆里的仆人,对于两位陈少爷和郑少奶奶的牵扯都略知一二的。陈春深说了不少于郑少奶奶名节不利的话,而春锦少爷你则相反,对郑少奶奶是极倾心的,这样说起来倒也还能有杀人的缘由。然而你是如何'失手'的，也必须讲清楚。"

陈春锦低头道："他取笑我空有觊觎之心，却没胆量，又说自己得不到，也不让人好过，我一怒之下，就打了他的头，然后扼住他脖子……"

"你用什么打的？"

"便是他房里的东西，大约是灯座，黑漆漆的也看不清……"

陶清向甘十六使了个眼色，那老仵作便去陈春深房里寻了一会儿，果然拿出了个台灯座子，取了灯帽，递给陶清。

陶清看了一看——那是个直管的小台灯，熟铁烤漆，不过一尺长，下头是底座，上头是灯泡。孟醇在房间里也看过，却从未有将它列为凶器，因为那底座乃是个方形。

陶清仔仔细细地将这台灯打量一遍，叹了口气："春锦少爷也，这上头连一丝血迹也没有，要我信你也太难了。不过你既然一定要认，那么也跟郑少爷同走一趟吧。"

他那架势，竟然是两个都要带走。

眼看着又是一轮争执将起，孟醇终于忍不住对陶清说："等等，我知道谁是真凶！"

陶清双眼一翻，怒极反笑："今天真是奇了，我当差十几年，还真没见过演戏这么热闹的。"

孟醇也不多管他嘲讽，只说道："只求陶警长宽限几分钟，我必定将真凶送上。"

陶清道："敢情孟大夫还要大变活人呐。也罢，我这人最好说话，给你十分钟的时间是有的。"然后叫甘十六端了把椅子，大马金刀地坐了，又一撸袖子，亮出洋表，再不说话。

孟醇一咬牙，转头就下了楼，不见踪影。

甘十六悄悄地在陶清耳边说:"队长,这小子会不会溜了?"

陶清笑道:"前后门都有弟兄把守,能溜到哪儿去?我倒想看看他要做出个什么花儿来。"

还没有到十分钟,只听见孟醇拿着一个东西噔噔噔地跑上来,又不等他们开口,接着冲上三楼,提着自己的医药包又跑下来,然后在众人面前站定了。

这时候大家才看清他拿着的是一支铁皮手电筒。

孟醇跑得满头大汗,却不发一言,只搬出几个瓶瓶罐罐,选出一瓶后,拿试管吸了滴落在那电筒上端,复又拿起另外一瓶水,滴了两次。接着他用棉纱在上头揩拭,脸上渐渐露出惊喜的神色。

在场的人个个丈二金刚摸不着头脑,但孟醇却将棉纱和电筒都交给陶清:"这便是凶器,我用非诺夫他林和医用水①擦过以后,棉纱上有了反应,那么这是血迹没有清洗彻底才留下的。请陶警长对比春深头上的伤口,应该能吻合。"

陶清看着棉纱上淡淡的粉红色,将电筒交给甘十六,抬了抬下巴。

甘十六像兔子一样蹿进房间,不一会儿出来,连连点头:"报告队长,死者伤口的弧度和大小正与电筒上端相符。"

陶清脸上微微吃惊,他拿着手电筒,发现是一件颇沉重的老式电筒,身上还刻了"振文"的产品徽标和"民国九年"的字样,他转了转眼睛:"行呀,孟大夫,现在倒要请您好好说一说了。"

孟醇喘了口气:"这须得从昨晚那场大雨说起。我之前对陶

---

① 即酚酞试剂和双氧水。

警长您说的全是实话,我留宿在郑公馆,9点一过便在房里休息。听到争吵是在11点30分,这与春锦少爷说的是一样的,听到铜铃声我没看表,说不出时间,但肯定是在11点30分之后,并且我当时没睡着,估计说是12点也不会差太远,而听到那声响动的时候我记得雷雨已经停了,您说过雷雨停下的时间是在两点左右。"

陶清点点头。

孟醇接着说道:"按照孙福的描述,他在门房值夜的时候看见春深少爷还活着,那是凌晨1点多,因为孙福听到了打更的走过。而我和甘长官验尸也无法将春深少爷的死亡时间精确到分钟,所以笼统认为春深死在晚上12点以后到1点多的样子。这个时间郑少爷喝了安眠药水,已经睡着了,而郑少奶奶作为一个孕妇也不可能独自击倒一个男人,并且扼死他。因此他们两个的嫌疑就被排除了。"

陶清的脸色有些发黑,但隐忍不发。

孟醇却当没看见,继续说:"然而,我细想之下,有些奇怪,昨晚风雨大作,这公馆的窗户都装彩绘玻璃,若不是将窗户打开,怎么能够看到春深呢?而且根据孙福所说,春深当时站在窗口好一阵,身上肯定是被淋湿了一些。我去到房间里,果然见临窗的地板是湿漉漉的,但穿着白绸睡衣的春深不但身上干燥,便是头发也没有湿的。何况春深既然连汗湿了的衣服都不愿意穿,又怎么会做淋雨这么傻气的事情?所以我认为,那人其实不是陈春深,他在窗边招摇,本来就是要让值夜的孙福看到,以作为活着的证人。"

这话说出来,惹得陶清直愣愣地看了他一眼。

"再有一点,春深当时手舞足蹈,仿佛在与人谈话,却又看不到屋里有人,所以孙福说他是被鬼迷了。我在春深房里查看,发现一件秋冬季才穿着的大氅放在衣柜里,压在夏日轻薄衣衫之上,而且折得很乱,这着实古怪。只能说有人拿出来临时用过了,如果有人套着大氅遮住脸和身子,站在黑漆漆的房间里,这闪电一闪而过的时候,其实很难被发现。所以我觉得当窗口那人在演戏的时候,还有一个人穿着大氅在屋里做指导。而那个时候,陈春深就躺在地上,已经死了。"

甘十六他们几个听得出神,而陶清的眼神却渐渐变了。

孟醇顿了一顿:"凶手用手电筒打昏了陈春深,继而杀了他,为了免除郑开明夫妇的嫌疑,才演了这段戏,然而却依旧引人怀疑。"

陶清手中掂了掂电筒,咧嘴笑道:"我已经知道你指的凶手是谁了。"

其实不光陶清知道,连带着郑开明、刘梦竹和陈春锦,都将目光聚在了旺伯的身上。那老仆人放开刘梦竹,脸上却并无慌乱。只见他走上前来,道:"孟大夫,您方才是从我房间里找到这支电筒的吧?"

孟醇点头:"不错,之前和你说话,你跟我强调:你在给郑少爷送药的时候用电筒照亮,看过时间,这是为了肯定郑少爷吃药睡觉是在陈春深死之前,但却让我想到了春深那道伤口。而且你说是你要巡夜的,然而又偏说是昨夜偷懒。昨夜公馆断电,比平时更不安全,以我几个月来与贵府上下接触,你是最尽职的老仆,这个时候偷懒说不过去。昨夜断电是大家都回房以后的事情了,你若巡夜,难保不会偶见郑少奶奶和陈春深的争执。即便不知道，12点你去给郑少爷送安眠药的时候，他们夫妻情绪不好，你一定是看到的。这个时候你去找陈春深，说陈春锦一怒之下杀人，不如说是你冲动下打昏了陈春深。因为陈春深乃身强力壮之青年，只有较他体弱的人，才可能先打昏再图谋杀之，否则一来是或许不能得手，二来是他挣扎之下难免不会令自己受伤。我思来想去，这一公馆的人之内只有你旺伯有时间有动机，也符合作案的条件。"

孟醇又对郑开明说："虽然你是公馆的主人，然而我相信即便是你也不会像旺伯一样熟悉公馆的每个角落。在黑暗中，陈春深的房间里哪里有柜子桌椅，你未必清楚；而且那些黑色的大氅放在什么地方，你也是找不到的。这些事儿，都只有贴身仆人和检查清点的管家才清楚。我之前一直在心里推演、揣测，然而陶队长要抓人，只能逼得我立即找到这凶器，现场检验，才能印证我的想法了。"

郑开明默不作声，然而却直愣愣地盯着旺伯。

孟醇又说道："其实旺伯心中还为郑少爷留了一手，那就是一旦郑少爷最终被怀疑，还有人可以自愿顶罪，那就是陈春锦。旺伯，你是借少奶奶的名来说动春锦的吧？"

旺伯拍了拍长衫，一派沉稳，仿佛之前孟醇说的种种丝毫不能让他狼狈，他有些倨傲地说："不错，春锦少爷只听到我家少爷跟春深少爷起了争执，然后摔门离开。并不知道我后来又用钥匙开了门，打昏春深少爷，并杀死他。然后我立即找到春锦少爷，告诉他我家少爷失手杀死了春深少爷，如果他不出手相助，少奶奶一定会因此事大受打击，对身子极不好的，甚至有可能保不住孩子或者成为寡妇。春锦少爷起先也犹豫了一下，我为少爷送安眠药以后，再去求他，他对少奶奶一往情深，自然还是答应了。可惜情急之下，我还未来得及给春锦少爷编一个凶器，终究没能圆满。"

陈春锦脸色煞白，震惊地看着旺伯——看来他终于还是没有想到自己要为之顶罪的并非郑开明。

孟醇奇道："你其实方才就可以趁着送馄饨的机会将电筒送给春锦，却为什么没有？难道你还想找另外相似的东西？这不是难得多吗？"

这时陶清看了看电筒："这电筒又沉又旧，看起来应该是振文电筒厂在民国9年生产的东西，那可是咱们民国第一家电筒厂，当时还是挺稀罕的，指不定是郑家老太爷送给旺伯的东西了。"

旺伯面上有一丝抽动，微微笑道："不错，这正是十年前老爷送给我的。我十四岁便在郑家当差，从前清到现在，老爷对我恩重如山。"

陶清叹了口气："这就是你杀死陈春深的原因了。"

旺伯冷冷地哼了一声，看看刘梦竹和郑开明，又转过头："老爷当年送了少爷去留洋，就知道如今的青年必然不守老规矩，但没想到少爷迎娶了少奶奶这样洋派的女子。要我说，少奶奶的确不大懂妇道，言行不检点，不光老爷看不惯，便是我这下人也略觉不端。然而少爷喜欢，又明媒正娶，是郑家堂堂的当家主母。春深少爷不过是旁系亲属，勾引主母不遂，便在背后多有诋毁，昨晚又当着外人故意怄气乱说，意有所指，孟大夫虽不明白，少奶奶和少爷却听了难受。少爷已经隐忍很久，春深少爷却丝毫不改悔，甚至还得寸进尺。昨晚我在廊下巡夜，走到楼梯处便听见少奶奶吵不过春深少爷，哭着回了房间，不多时少爷也来问罪，春深少爷仍是猖狂，如此下去，郑家的声誉就要毁在春深少爷手上，所以……"

郑开明听他声音慢慢低下去，忍不住喉咙发紧，叫了声"旺伯"。

那老人回头苦笑："可惜可惜，百密一疏，还是未能将这事情编圆。小的这里就给春锦少爷赔个不是，还是让我这个真凶伏法吧。"

他这一番话，让在场的人个个沉默不语，最后还是陶清朝那两个步警抬抬手："还愣着干什么，带他走。"

那两个警察如梦初醒一般，放开了郑开明，便去押旺伯。郑开明上前一步，满脸不忍，旺伯却比方才更显坦然。他看了看刘梦竹，对郑开明说："少奶奶的身子是最要紧的，老爷只有少爷一个独子，希望将来少爷多子多孙，小的就无所求了。"

郑开明已然说不出话来，只连连点头，双眼却红了。而刘梦竹走上来靠在丈夫身边，对旺伯道："你放心，我必然为你再想想办法。"

旺伯向她半鞠躬："多谢少奶奶。"

说罢，便随着两个步警缓缓地走下楼去了。

陈春锦看着郑氏夫妇二人相依相偎，脸上神色显得又欢喜，又悲苦，最终转过脸来不忍再看。孟醇看他那模样着实可怜，便将他拉到一边，低声道："你想要做卡登①，自然是高尚的，然而以后切不可这样轻信了……"

陈春锦苦笑道："多谢孟大夫，原来我果然还是太书痴了。"

---

① 小说《双城记》里的角色，为了爱情牺牲自己，成全了他人。

梧桐夜雨

一面摇头，一面用手捂住了脸。

孟醇知道这个时候再安慰劝说都是多余，也只得走开。然而那头陶清跟郑开明夫妇交代告辞之后，却一把抓住他，拖着他就往楼下走。

孟醇大惊："陶警长，这既然真凶已经缉拿，为何还要抓我呀？"

陶清大笑，放开胳膊，反而搭上他的肩。这人身高手长，劲又大，让孟醇既挣脱不了，又觉得难受。陶清却一直挟着他走到门口，才放开来说："孟大夫，我撤了这房子的门禁，你可以回去，不过么，我觉得你很有趣，这南县还少有如此有趣的人，将来咱们再多多切磋。"然后狠狠拍了他两记，才大笑出门。孟醇一面恼怒地揉着被拍得发痛的肩，一面腹诽这人，只觉得他粗鲁无礼，实在不想再有什么牵扯。

在肚里说了好些坏话，孟醇才回头来想去向郑开明夫妇道别。他抬眼看见前院中那个被风雨淋湿又沾着梧桐叶的阿芙洛狄忒，光裸的胴体似乎被穿上了怪异的遮羞布，一时间心中涌起了一股悲哀之感：

却不知自己在这与过去所处之西洋完全不同的南县，将来还会有怎样的遭遇。

· 179 ·

猫之瞳[1]

一　丢失的老猫和回来的少爷

最近这几天，冢本吉次有些难过，无论如何也提不起精神干活儿，因为他养的猫阿春不见了。

阿春是从大正元年（1912年）就来到吉次身边的，那时候它还是毛茸茸的一团，甚至没有断奶。因为母猫生了太多的孩子，于是主人决定把其中的一些送走，吉次得到了最弱小的一只。它浑身长着黄色和白色的杂毛，眼睛都睁不开，仿佛面团一样的四肢根本无法支撑体重，叫声好像是从嗓子里拉出的一条丝线，颤动着，一不注意就会断掉。吉次买来牛乳兑了水喂它，将它抱在怀里，还将鱼肉煮烂，把肉汁给它喝。于是阿春活下来了，有了自己的名字，并和吉次生活在一起，至今已经十三年了。

但是吉次觉得阿春并没有对自己产生很亲昵的感情。它喜欢

---

[1] 发表于豆瓣电子刊《不周》2017年。

猫之瞳

独自从窗户跳出去，一连几天都不见踪影。当它回来的时候，也是悄无声息地从窗户翻进来，有时是晚上，有时是白天，它从来没意识到吉次一直开着窗户是在等它。它总是心安理得地享受着吉次给它留在屋角的一碟子鱼肉，并没有考虑吉次多久没有吃荤腥了。当它心情愉快的时候，它会躺在吉次的腿上，让他抚摸自己的毛，就好像是在享受理所应当的服侍，但是如果吉次的手劲重了一些，或者是不小心扯到了它的毛，它就会狠狠地在吉次的手背上留下几道血痕。

"阿春小姐可真是坏脾气呀！"

长屋的房东常常在看到吉次脸上和手上的伤疤时这样笑着说，那个神情就好像同情吉次娶到了一个不合适的老婆。

但是吉次并没有因此产生把阿春送人或者扔掉的念头，他总是会去鱼肆找阿春喜欢的秋刀鱼，或者在天气转凉的时候把旧衣服铺在竹篮里，让它睡觉舒服些。他觉得，其实阿春总是会回来的，只要它回来，一切都没有关系。而且他为阿春做了那么多，它怎么会不喜欢他呢？猫毕竟不是人，所以无论如何都应该耐心地对待。

和吉次一起干活并且住得很近的高桥平三却总是会嘲笑他过于无能了。"如果是个女人，你就该狠狠地教训她！如果是一只猫嘛……那就把它拴起来，饿几天就好了。"高桥曾经一边凿着木头一边这样说。

吉次却不这么认为，他相信如果自己那样做的话，阿春就永远不会回来了。

他的回答让高桥咧开嘴大笑起来："哦呀，哦呀，果然不愧是温柔的吉次啊！即使对一只猫也那么体贴，真搞不懂为什么没有女人愿意嫁给你！"

这话真是有些无礼，可说的人却并没有故意冒犯的意思，因为吉次已经快要三十三岁了，但仍然是单身汉，并且住在老旧的长屋里，白天都需要去一家叫作"松夜堂"的木器店工作。

尽管吉次有很好的车工手艺，不过没有攒下多少钱。这倒并不是因为松夜堂的老板有多么刻薄，而是有很复杂的原因：

他原本就是被师父捡来的弃婴，左脚有点微微的跛，实在很难像别的小孩儿那样有很多职业的选择，于是就随师父学习木工手艺，后来也跟师父一样为同一个老板干活儿。连家本这个姓氏也是来自师父的。

原本在这十来年中，吉次倒也是攒下一点积蓄的，不过在师父重病和临终之前，又都花出去了。

有些人也曾私下里对吉次说过，其实在一个将死之人身上花那么多钱，是一件可惜的事情。但吉次只是向对方低头感谢，依旧用最后一点钱给师父在寺庙中找到了很好的奉养灵位。

"我还有几十年的时间呢，总会再攒起钱来的。"当老板私下关照他的时候，吉次有些不好意思地摸摸头，并且这么说，于是老板就吩咐掌柜又多给他涨了一些工钱。

吉次心中很感激。因此，为了阿春都没有办法专心干活儿，他很愧疚，特意在晚上再多做一些时间再回去。

现在是十月的深秋，晚上已经开始凉了，吉次光脚穿着木屐，踩在作坊的地板上，能够感觉到冷风吹过皮肤。这滋味真是不好受啊，大概应该穿上足袋了，吉次这么想，稍微伸了伸腰，那条残疾的腿便从骨头里冒出一阵阵痛，并不强烈，却连绵不断的样子。

猫之瞳

吉次早已经习惯了这种感觉,但也许是心情不好的缘故,今天似乎格外难挨,连他拿着凿子的手都开始抖起来了。他只好叹了口气,放下工具,站起来往门外走了几步。

木工的作坊就在店面的后头,中间有一块空地,往往会堆放着即将送走的货物和刚送来的原料,隔着这个空地的另一边则是老板的住宅。那是明治时代修起来的一幢红砖小楼,还有西式的花园,怎么看都是地道的英格兰风格,并且非常可爱。而门口却用传统的汉字在铜牌上镂刻下"松田"这个姓氏,表明了主人依旧还是日本人。

总是喜欢穿袴、木屐和羽织的吉次觉得自己和那幢房子太格格不入,所以并不会经常去,而老板交代事情也多是让他到店里来,大概是发现了吉次在小楼中束手束脚的。

不过,这并不代表吉次不喜欢那栋小楼,除了之前跟师父一起租住的房子以外,那是吉次最喜欢的建筑了。凝望着它,会让吉次感觉到宁静。

就像现在,他工作累了的时候,会站在作坊的门外,把手揣进袖子里,看看那幢小楼,月光照耀着屋顶,洒下一层银纱,而夜风轻轻地晃动着周围的桂花,让淡淡的香味一直飘过空地,传到作坊里去。

吉次深深地吸一口气,又呼出来,好像将心中的沉郁都吐掉了。

这时候,有人打开了围墙上的木门,踏进空地。

这个时候是谁会来呢?

吉次意外地看着那边,难道是高桥又把围巾什么的忘在作坊了吗?可是鞋子踩在石板上发出清晰的嗒嗒声,一听就是柔软的皮鞋所发出的声音，那不是高桥的木屐常有的噔噔噔的声音。

而且，那个人的个子也很高，并不太像是高桥矮矮胖胖的模样。

"晚上好，请问您是……"吉次走出了作坊，借着灯光打量那个擅自开门进来的人，对方穿着黑色的学生装，戴着帽子，提了一个小皮箱，甚至不打招呼地就往小楼那边走去了。

在听到吉次的招呼以后，那人停下来，转过脸来，好像很吃惊的样子。不过，当他看到吉次，却突然高兴地叫起来："阿吉！"

吉次惊慌又抱歉地欠身道："啊，您好，实在是失礼，可在下并不知道您的大名。"

那个人放下了皮箱，高兴地跑到吉次面前，摘下帽子："是我呀，阿吉，我是良治。"

吉次却更加惊慌起来——眼前这个高大又英俊的青年学生原来竟然是良治少爷吗？松田家唯一的男丁，也是将来要继承松夜堂的人。他竟然从横滨回来了？

"怎么样，还没有认出来吗？"良治摊开手，笑起来，"阿吉还是那么笨啊！"

这句话的语气终于让吉次把记忆中那个少年跟眼前的人联系起来了。"竟然真的是良治少爷呀！"他局促地搓手，似乎为自己没有一开始就认出来而感到羞愧。

这其实也难怪，因为良治少爷实在变化太大了。

作为雇工，吉次从小就跟着师父来松夜堂帮忙，少爷出生那一天，他刚好十岁，坐在作坊外面的木料上看着女佣急急忙忙请大夫提着药箱往西式小楼那边赶。师父和其他的人都没有心思干活儿，很担心地朝着小楼那边张望。

一直到日落的时候，大家都还不愿意离去。直到那个穿西装的大夫疲惫地走出小楼，老板和女佣一直鞠躬致谢，送出门很远，然后老板才回头，满脸笑容地告诉大家他有了一个儿子。可惜，后来因为松田夫人的身体恢复得不好，就再没有别的孩子了。

因为年纪小，吉次被安排陪伴少爷，从刚会爬的婴儿时代开始，吉次就觉得良治少爷是个了不起的孩子。他长得白嫩又健康，并且完全不会像其他的婴儿那样容易哭泣和胡闹。吉次抱着良治少爷的时候，总是看见他咯咯地笑。

即便是良治少爷慢慢长大，他这种爱笑的习惯也没有改变。

良治少爷仍旧是了不起的小孩儿。继承了夫人美貌的少爷是个白皙俊美的少年，无论是剑道还是弓道都修习得很好，并且在英文方面也很擅长。他学什么都很快，即便是最难的汉字也可以写得又大方又漂亮。为他拿着便当盒和书包，陪同他从学校回家的吉次常常看见的景象就是那些同龄的孩子将他围在中间走出校门。这个时候吉次的感觉，就像看到自己亲手琢磨出的光滑的木碗一样，充满了喜悦。

而且，良治少爷也还像婴儿时期那么亲近吉次，对于吉次的陪伴习以为常。不过，相对于他的聪明，吉次渐渐地显得愚钝了。"好笨呀。"成为良治少爷对吉次说得最多的话了。

不过，吉次从来没有觉得良治少爷说这句话有什么恶意。他的口气如此愉快而亲昵，几乎像是称赞了。而且，良治少爷从来不对别人说失礼的话，偏偏常常对吉次这样说。吉次也觉得，可能少爷对于自己的确是不一样的。

老板对良治少爷充满了期待,觉得他一定可以好好地继承松夜堂,因此要求少爷去横滨的大学念了商科。

大概因为刻苦,少爷这一走就是两年,其间老板和夫人去横滨看望过少爷,吉次只能拜托他们带去礼物而已。不过,少爷也给吉次写过信。虽然很短,但都是选择吉次看得懂的简单字词。因为不好意思用拙劣的笔迹回信,所以吉次只能通过精心制作的礼物来表达感谢。少爷的每一封信都被吉次小心地放在不容易受潮的铁盒中。

两年的时间竟然这么容易地改变了少爷的外貌,他不但长高了,皮肤的颜色也变深了,看起来似乎和他父亲更像了,即便穿着学生的装束,也像个大人。

良治终于把所有埋在脑子里的记忆都重新找到了,他连忙帮着提起了地上的皮箱:"真的是少爷呀!欢迎回家,老板一定会很高兴的!不过,为什么没有人去接您呢?"

良治放下双手,看起来有点疲惫的样子:"啊,因为火车是晚上到,所以觉得打搅父亲和母亲也不好,就自己回来了。"

"这样啊……"

少爷倒一直是个体贴的人呢。吉次问道:"那么,我帮您把行李提进去吧?"

但是,少爷却笑了笑:"反正也晚了,不着急的,这么久没见,不如聊一聊吧。"一边这么说着,一边就干脆就走进作坊,坐在简陋的榻榻米上。

吉次连忙走进去,斜着身体在旁边坐下来了。

良治把帽子放在旁边,深深地吸了一口气:"真不错呀,这就是家里桂花的香气,跟别的地方都不一样。"

吉次笑了："少爷竟然能分辨出来吗？我是不行了，我觉得桂花的香味都是那样的。"

"吉次你真笨呀。"良治认真地看着他，"我们家的桂花香里有木材的气味。"

竟然是这样吗？

吉次没有争辩，只是深深地吸了一口气，努力地分辨空气中的花香是否真像少爷说的那么独特，但他却只闻到了桂花的甜味。他是无论如何也不明白为什么少爷能分辨出其中木头的味道。但那一定不是少爷弄错了，而是自己太长时间都在跟木材打交道，对这种味道已经迟钝了。

他忽然觉得有点愧疚了，不能陪着少爷好好欣赏这种花香让他不安。不过，少爷还是像从前一样不会责备他，也不会觉得他扫兴。

"阿吉看起来不太高兴的样子。"良治少爷又说道，"这是怎么了？怎么晚还在工作，是有要紧的订单吗？"

吉次顿时有些羞赧："不，不是的。只是最近有些心不在焉，没有办法用心工作……说来惭愧，因为阿春不见了，我还在找它。"

良治吃惊地说："阿春！是以前那只阿春吗？"

"是呀，是少爷你小时候就抱过的阿春，而且它还在你的左臂上抓出过一道伤口。"

"真了不起，它还活着啊！"良治挽起袖子，露出左手的前臂，在内侧隐约有一道白色的痕迹，在电灯下几乎难以看清了，"看，能这么有精神的猫，就算年纪大了，身体也应该不错吧。"

"是很好的，它还是很喜欢吃新鲜的鱼，以及出去闲逛。不过最近已经有三四天都没有回来了，实在让人担心。"

"也许只是遇到了合适的对象呢？"良治用开玩笑的口气说道，"不用担心，阿春也有自己的生活嘛。等它愿意的时候，自然就回来了，它以前不是也跑出去玩过吗？"

吉次觉得少爷说的没错，他却有种预感，这次也许真的跟以前不同。因为在失去阿春的担忧中过了好几天，少爷却突然回来了，就仿佛是他失去了什么，于是又被补足了。

二　日间的阴影

虽然昨晚因为陪少爷叙旧，所以回来得比平常晚很多，但吉次依然很早就醒了。

他有些苦恼地在被褥上翻来覆去。单薄的墙壁不能挡住隔壁邻居家的说话声，女主人有些尖厉的嗓音抱怨着丈夫拿回来的收入没法应付日常开销。虽然是刻意压低了声音，但还是断断续续地传进吉次的耳朵里。

窗外不远处的水沟中的臭气在清晨变得更加刺鼻，随着微凉的风像幽灵一样飘进屋里，还夹杂着一种浓艳而暧昧的花香。这对鼻子实在是一种折磨，可即便是这样，吉次也不敢关闭窗户。

阿春就喜欢从窗户里进来，如果关上的话，它一定会不高兴的。万一它正巧就回来呢？

它总是那么任性，那么出人意料。

吉次翻了个身，回想着昨晚见到少爷也是出乎意料的。他记得少爷的假期应该在新年，不过也许是因为临近毕业了，所以时间上并不会像以前那么窘迫了吧？虽然有两年多都没有见过少爷了，可聊过天以后，好像这八百多个日子并没有存在，他们还像以前那样熟悉彼此。

少爷毕业以后一定会回来继承松夜堂，他那么聪明，一定可以将生意做得更大。

想到这些，吉次的胸膛不由得热起来了。

今天大概真的不能再睡太久，少爷既然回来了，老板一定会很高兴，这种时候他会提前吩咐好店里的工作，然后就会带着少爷跟老伙计们打招呼。吉次必须早一点赶到店里去。

他起来穿了衣服，急急忙忙地收拾好自己，踏出门。

一股新鲜的凉风吹过吉次的脸，带着树叶的清香。吉次的鼻子动了两下，忽然意识到自己的房子里的确是应该好好打扫了，自己哪怕是走出了房间，却仍然像是带着一股陈腐的味道。这让他感觉很羞愧，简直不敢对着少爷说话了。

他摘下些沿途的桂花，揉了揉，放进衣服里。

"冢本先生是在做什么呢？"一个女人提着木桶从水井那边过来，正是隔壁的那位太太，好像叫作原纱的。

"哦哦，"吉次有些脸红，"那个，只是觉得这花的味道很好闻，就忍不住想带走。"

原纱笑起来："您真是风雅啊，我那口子做贩鱼的生意就没办法了，无论怎样鱼腥味都去不掉的。哦，对了，您的那只叫阿春的猫找到了吗？"

吉次心底微微地痛了一下："它还没有回来呢，大概还没有玩够吧。"

原纱猛地用手一拍额头："哎呀，我这边还给阿春小姐准备了好东西呢！"

她放下了木桶,匆匆跑回隔壁,不一会儿就拿着一块油纸包着的东西出来,递给了吉次。

"呐,这是昨天我那口子带回来的,据说是没能卖出去的,本来嘛要用盐腌一下做菜的。可是每次都吃鱼也很烦呢!不如冢本先生把它挂在窗户边上,说不定阿春小姐闻到了就会回来哦。"

哎,听她这么善意地说话,实在不像昨天晚上尖着嗓子数落丈夫的女人啊!人果然都有两种面孔吗?

吉次一边道谢,一边接过油纸包里的大鱼头,回到家里把它捆在了窗台上。虽然知道很有可能被其他的野猫拖走,但也还是存了一点侥幸,希望它能让阿春回来。

不过,这么一弄,身上就又是桂花香又是鱼腥味了。

带着这种勉强的味道,吉次有些忐忑地赶到了店里。

"欢迎光临。"作为店员的玲子和阿正异口同声地抬头招呼,看见是吉次便露出有些随便的笑容。

"原来是阿吉大哥呀,"玲子小跑着过来,"今天怎么从店里正门进来了?以前不都是先从作坊那边过来吗?"

"啊,因为有些晚了,不好意思呀,万一跟高桥他们撞在一起,就会被嘲笑的。而且今天老板也会来得早一些吧,毕竟少爷回来了,我担心从后面进来太不正式呢!"

"哎?"玲子诧异地问道,"什么,少爷回来了吗?"

"什么时候的事情?"阿正也接口问道。

吉次有些意外,因为老板很在意少爷继承松夜堂这回事,自从少爷念大学以后难得回来一趟,所以每次回来他都会带着少爷跟伙计们亲近一下,熟悉店里的工作。难道是昨天晚上少爷回来得太晚,所以需要多休息一下吗?

吉次这么猜测到，把碰到少爷的事情说了一遍。

玲子和阿正都露出满脸的欢喜，阿正恍然大悟地说："原来这样啊，掌柜的今天也没有到，大概是先去老板那边了吧？"

玲子却着急地抱怨起来："阿吉大哥真是的，应该早一点给我们说嘛，这样我还来得及穿好一点。"

"根本没时间，再说你穿什么衣服也像一条长长的秋刀鱼，不会被少爷看上的。"阿正用半开玩笑半认真的口气跟玲子说道，两个人便亲热地吵吵嚷嚷起来。

吉次很喜欢看他们两个人这么斗嘴，在没有掌柜和客人的时候，店里也显得很热闹。不过既然老板没有带少爷来，他决定先到作坊里去比较好。

于是吉次从店里穿过了后门，来到院子里。

白天的作坊和夜晚比起来就仿佛是两个地方，脚夫送来了新鲜的木料，而高桥平三带着四五个学徒正在选出合适的准备分类加工。看见吉次穿着整洁的衣服进来，高桥忍不住大笑起来，问他是不是今天长屋的房东又要给他介绍女人。

吉次并没有回应高桥惯有的玩笑，甚至也没有跟他说少爷回来的事情，反正这件事的喜悦是属于吉次一个人的，不会有谁能比他更明白少爷对于松夜堂和自己的意义了。

太阳渐渐地爬高，即便是秋天，日光也还是温暖而明媚的，而且因为气温渐渐转凉，显得越发珍贵起来。吉次的工位就在能够晒到一点阳光的地方，不过中午过后，阳光就会从他的位置移开，转向别处。这是没有办法的事情，虽然吉次每次看到那块移动的光斑都会很惋惜，但他实在太明白有些东西无论如何也没法挽留这件事了。

就在光斑慢慢地开始向拉门方向移动的时候，吉次看到老板从西洋小楼里走出来，眉头微微皱着，看上去并不开心，他身后跟着掌柜稻叶五郎，却没有良治少爷的身影，这让吉次觉得有些奇怪。

但老板和掌柜没有过来跟他们说话，吉次也不好意思贸然上去打搅，只能看着他们走过了作坊，进去店里了。

又过了一会儿，小楼的门再次打开，这回是良治少爷匆匆地走出来，然后从小院的门出去了。

高桥惊异地看着良治少爷的背影，凑到吉次身边悄悄地说："我一定是看错了吧，那个人是良治少爷吗？他是回家了？"

吉次不太愿意跟高桥说少爷的事情，但既然被问到，还是只有简单地回答了"是"。

"是什么时候回来的呀，怎么我都不知道呢？"

"大概是晚上吧。"吉次敷衍道。

高桥用脏兮兮的指甲刮着冒出了胡茬的下巴，用不讨人喜欢的口气说道："真奇怪呀，少爷偷偷地回来了，老板似乎不太高兴呢！难道是闯了祸私自逃回来的吗？"

"不要胡说！"吉次第一次用严厉的口气呵斥了高桥。

作为在松夜堂待了超过十年的老工人，比他晚来了五年的高桥原本就是后辈，只是因为吉次这个人实在太好说话，也不喜欢端架子，所以高桥和其他人都会忘记他的前辈身份。现在突然认真起来，连平素嬉皮笑脸的高桥也错愕了。只好悻悻地给自己打了个圆场，嘟囔着"什么啊，也不过是胡猜罢了""吉次对老板真是忠心"这样无聊的话走开了。

吉次重新把注意力放到自己手中的木料和凿子上，但心中却充满了不安。

也许高桥说的倒有些是真的,少爷说不定让老板不高兴了,但吉次实在想不出什么事情能让老板气得一反常态。

如果少爷能像以前一样什么都跟他说就好了,吉次也知道自己这想法实在太过分了,毕竟自己只是松夜堂的工人,要去干涉老板家的事情,就是不知道天高地厚了。

吉次一边做着手里的工作,一边决定再等一等看,如果少爷需要他,或者是老板吩咐他做什么,他一定会努力的。

怀着这样的念头,吉次便沉下心来专注于手上的活儿。时间照常流逝,日光也如往常一样从吉次身边越走越远,最后来到拉门边,滑入了庭院中,然后变得稀薄、黯淡,最终消失。在这一天中,并没有如吉次所担心的那样出现什么意外。老板从店里回到家以后,没有再出来。玲子给他们送便当来的时候,小声地告诉吉次,听掌柜说少爷是回来了,不过老板却不打算让少爷到店里来,好像有别的事。

"掌柜说话的时候表情可严肃了,"玲子说,"还说不要在老板面前问少爷的事情呢……阿吉大哥,也许我们就该装作不知道吧?"

吉次只好"唔"了一声,点点头。

当天色彻底黑下来以后,身边的人都完成自己的工作,陆续收拾好了东西,向吉次行礼告别,回家去了。最后连高桥也穿上了木屐,对吉次说:"那么,我也先走了,辛苦你关门了。"

吉次向他点头,那家伙也难得地对吉次鞠躬还礼。高桥慢吞吞地向小院的门口走去,停下一会儿,又转头对吉次说:"唉,其实少爷是很不错的人呐……"

吉次完全明白高桥那别扭的道歉，于是向他笑了笑。

于是高桥的脸上又露出惯常有的不恭敬的表情，仿佛是松了一口气般，轻快地开门走出去了。

这里又变成了只有吉次一个人的场所，他打磨着手中的木碗，耳中听到夜风吹动桂花树的声音，竟然比白天更容易专注。他闻到了木材特有的香味，而空气的清冷中又混着一点甜的味道，这间作坊实在比家里还要让他留恋。

但终究还是要回去的。

吉次干到连不便的左腿都开始隐隐作痛了，终于决定结束工作。他把作坊的门关好，穿上木屐，在走过院中的空地时，看到老板的西洋小楼的窗户里亮起了灯，却不知道少爷是不是有回来过。

良治少爷到家后整整一天都没在店里或者作坊里出现过，这倒是从来没有过呢。

也许真的是有什么不好的事情。吉次忍不住担忧起来，一边把手揣进袖口，一边出了院门。

沿着街道往家里走的时候，圆月把石板路照得很亮，不过因为这里并不是商业街，所以也不是到处都有挂上灯笼的，一路上偶尔会有黑暗的影子，却又会突然有一段儿亮得突兀。

吉次走在路边，让一些骑着自行车的青年丁零零地按着响铃从身边经过，听着这样的动静和自己的木屐在石板路上的嗒嗒声，越发觉得这条回家的路寂寞得有些可怜了。

不过就在吉次快要走到尽头的时候，他看见前方有两个人站在灯光与阴影的交界处，正在说着什么。尽管吉次的视力不太好，但因为那个男人站在灯光下，还是让吉次认出了他。

猫之瞳

良治少爷穿着今天早上出门时的那一身衣裳，正在和一个姑娘说话。

那是一个穿着绿色柳枝花纹的窄袖和服的女人，微微低着头，把身子缩在阴影里，灯光照在她的一半侧脸上，显露出白皙的肌肤和柔美的轮廓。就算看不完全，吉次也大概能觉察到那姑娘应该是一个美人，她的身姿就像是初春刚刚在枝头发出的樱花。

吉次有些拘谨地站住了，然后躲进了旁边的阴影里。即便是那么不通风情的吉次，也能够看出来良治少爷和那个姑娘的神情是对彼此恋恋不舍的，而两个人的脸上都有些哀伤。

在这样一个秋夜中，桂花和树叶、青草的味道弥漫在空气中，却也有暗处水沟中潮湿的臭味。吉次看着灯光中的良治少爷和那位姑娘，竟然在惊异之后有些理所当然的错觉——这情形与这样一个夜晚如此相称，仿佛是竹久梦二①画出的一样。

吉次把自己隐藏在黑暗之中，静静地等待着良治少爷和那个姑娘分开，两人背向而行，渐渐走远，他才走出来，看了看少爷回家的方向，又看了看那个姑娘在明暗之中模糊的背影。

带着一点酸涩的美好，只有那样的两个人才有资格拥有吧，其他人也只能像他这么站在阴影之中不出声地看着。吉次一边这样想，一边沿着姑娘离开的那条路，往自己家走去。

在路边丛生的野草中，有零星的萤火虫闪着晦暗的光，吉次看着它们，忍不住想起了阿春的眼睛。当那只猫蹲在角落里，歪着头看他的时候，就是这样……它如果回来，吉次就会觉得没有

---

① 竹久梦二：明治末年到大正时期著名的浪漫画家，特别擅长女性，所画的女性优美哀愁，被称为"梦二式美女"。

那么寂寞了。

三　恶意之花

可是，阿春并没有回来。

鱼头的腥味尽管已经充满了房间，并且招来许多苍蝇，但是那个铺着旧衣服的竹篮里还是空空的。

吉次都已经习惯失望了。他拿起那个鱼头，忽然觉得这腥味实在香得不得了，连他自己都想要吃，如果这样都吸引不到阿春，是不是就意味着它是真的不会回来了呢？吉次忍了好一会儿才遗憾地把那个鱼头扔掉。

不光是这件事情让他觉得心中不安。

良治少爷回来的第二天没有到店里，第三天也是这样，甚至在第四天的上午，吉次发现老板依然没有要带少爷来跟大家见面的意思。就仿佛少爷仍然在横滨念书，跟松夜堂的一切没有什么关系。

但是阴影却很明显地聚集在老板的脸上，在秋天也依然能感觉到夏季雷阵雨来临前的闷气。

不怎么经常走动的老板太太香织也出来了。

吉次上一次见她还是盂兰盆会的时候，她穿着黑底鹤纹的和服，足袋纤尘不染，黑发中虽然有些灰白的发丝，但依然是位美人，并且连微笑起来的唇边皱纹的弧度都像是装点。

每次良治少爷回来，香织太太总是换上她漂亮的和服，提着手袋，和少爷一起出去走走。对于身体常年虚弱的香织太太来说，能和儿子在商业街逛一逛，都是非常高兴的事情。

不过今天她出门的时候，少爷却不在身边，只有帮佣的下女阿千。

在从院子里走过的时候,吉次和其他工人都站起来向香织太太鞠躬,而她也向他们欠身回礼。

即使这时间很短,吉次也看到香织太太的双眼红肿,脸颊却深深凹陷下去了,看上去像是又病了。

是在担心少爷吗?吉次忍不住这样猜想。老板和太太最近都愁眉苦脸,能让他们这么忧心的也只有少爷了。能被人这么牵挂着,是一件多么幸运的事,吉次一面不安,一边又羡慕着。

香织太太出去了,少爷又在哪里呢?

吉次一直也没有看到少爷出现,大概是在家里吧,不过老板也没有出来,吉次忍不住会冒出一个念头:难道是老板在家里看着少爷吗?

越是这么想,越是担心。

中午吃过玲子送来的便当以后,吉次依然在原来的位置上工作,时不时地朝小楼的方向看去。但那里依然没有人出来,反而是上午出去的香织太太回来了。

她看上去好像更加糟糕的样子,双眼带着水光,并且用手帕捂着嘴,紧紧抓住手袋的苍白的手指仿佛就要断了一样。如果不是阿千搀扶着她,或许她会走得更加艰难。

香织太太的模样让其他粗心大意的工人都看得出来有些不对,好几个人停下了手里的活儿,目送她和阿千走进小楼。几乎只过了几分钟,良治少爷忽然又跑出来了,甚至连外套也没有穿,直接就出了门。

工人们都吃惊地看着这一幕,而只有吉次把目光移向了小楼——老板站在门边,脸色铁青地看着少爷的背影。

在这样的情况下继续工作实在太勉强了。

吉次虽然不多话,但他的确是待得最久的伙计,而且老板也让他管理一些作坊里的事情,因此他决定今天就让工人们都提前收工,如果再有什么不好的事情发生,也不会有奇怪的猜测出现。

在所有人都别别扭扭地低头说着"辛苦了""明天见",并走出去以后,吉次收拾好工具,走到了小洋楼的面前。

彩色玻璃镶嵌的木门上有一个摇铃索,只要拉住了晃一晃,阿千就会来开门。

吉次到现在为止,也只是进去过两次,都是因为老板叫他去说重要的事情,而吉次主动进入这幢房子,却是第一次。吉次总是觉得,他在门外看着就很好了,这幢楼,以及老板一家。

他深深地吸了口气,抓住绳子摇了两下,于是阿千出现在门背后,吉次拜托她通报,然后得到了老板的许可,走进了这幢房子。

"阿吉啊,有什么事情吗?"老板穿着西式的外套,坐在椅子上问道。

吉次垂着双手,向老板鞠躬,说:"真是失礼了,这么冒昧地来打搅,只是我实在太担心了。少爷回来以后,作坊里的事情好像进行得不太顺利。如果有什么是我能够帮得上忙的,请一定要吩咐我。"

老板沉默了片刻,站起来拍了拍吉次的肩膀:"阿吉呀,来,跟我到这边走走。"

在一楼的一面墙上,老板做了一个有很多格子的大木柜,每一个格子中都放着松夜堂的木器,有些已经是很早期的作品了,

猫之瞳

除了刷着漆的那些,有一部分的颜色已经变成了深棕色。不过,每一个木器都被擦拭得一尘不染,就仿佛静默在尘世之外。

"很美吧,阿吉……"老板说。

吉次"唔"了一声。

"这里面有我的曾祖父亲手打磨出来的木碗,还有我父亲的作品,也包括松夜堂历代师傅们的作品,比如你的师父,看这个勺子……还有这个茶碗。可惜,我的技艺却不够好,不能成为一个了不起的木工。不过啊,我的父亲说,其实也没有必要了,因为技巧这个东西,也是需要天赋的,只要能有擅长的人继续按照松夜堂的风格来做下去就好了。于是我辛苦地经营着这家店到现在,比我父亲在的时候生意还要好。如今我的儿子念的是商科,将来一定能比我经营得还要好,对吗?"

老板的话让吉次不住地点头:"您说得一点也没错,良治少爷那么聪明,又是高才生,一定可以很好地继承松夜堂的。"

然而老板发出了干涩的笑声:"那个孩子呀,却并不想要松夜堂……甚至连他现在有的一切,都不想要了。"

原来,良治在横滨念书的时候和同学一起去咖啡屋,认识了一个叫作泷川雪子的女侍,很快两个人都陷入了热恋。虽然泷川雪子很早就结过婚,但良治却依然为她着迷。这件不伦之事在学校里引起了很不好的闲话,甚至连良治的老师都出面劝导过他。良治却依然和泷川在一起。不过泷川的丈夫身体不好,不久就过世了。于是良治的同学们悄悄出面,让她离开了横滨。

没有想到良治竟然还是联系上了雪子,知道她竟然在东京继续当咖啡屋的女侍。

这一次良治甚至急匆匆地请了假，就赶回来，就是为了再次见到雪子。

良治的老师将他的担心写成了一封长信寄到家里，这样才让老板和太太知道了事情的原委。

劝诫当然是一定的，然而良治却不打算放弃那个女人。

"就像原本已经进入了最后抛光流程的最精美的杰作，却不小心被凿子划伤了，心中非常难过。"老板这么对吉次说，"良治他啊，就像完全换了个人一样，以前的那个孩子变成了个陌生人。"

少爷从来没有这么固执过，对一个出身寒微、而且工作也不能算光彩的女人，倾注了最为浓烈的感情。甚至连香织太太苦苦哀求，良治也没有松口。

"也许可以想办法让那个女人再离开。"老板说，"但不能让香织再去了，她太伤心了，这样身体会受不了的。"

吉次忽然想起了那天在路灯下看到的穿着绿色柳枝纹和服的女人，白樱一般的侧脸和画一般的轮廓，还有她和良治少爷站在一起的样子。那明暗不定的灯光，使得他脑中的景象就像是被雨水晕开的图画。

"也许我可以去见一见她，"吉次吞吞吐吐地说，"她不认识我，我也不会说出真名，这样会尽量不让少爷发现，您和太太也可以装作不知道。"

老板看向吉次的眼神有些熟悉，在当年安葬师父以后，老板跟自己谈话，也曾经这样看着他。吉次感觉到一阵暖意，胸膛也热起来了。

"多给她一点钱也没有关系，让她提要求吧，我们不是吝啬的人。"老板对吉次说,"只要是除了关于良治之外的条件,都可以商量。"

"是,我明白了。"

"那个女人现在工作的咖啡屋叫作'羽前亭',就在元町附近。也许还是比较容易找到的……"

这么说起来,倒是很明白。

吉次向老板告辞,走出了小楼。

他推开木栅栏门,往前走了几步,头发却像被什么钩住了一样,牵扯出隐约的疼痛。

吉次转过头来,看到刚刚关上的门又无声地开了,香织太太站在台阶上,穿着灰色的和服,就像是一段已经完全没有了水分的干燥木头。

她站在那里,慢慢地向吉次鞠躬。

吉次愣了一下,还了礼,便踩着不太平稳的步子,离开了这里。

现在是黄昏的时候,逢魔时刻。

吉次把双手揣在袖子里,走在元町的街道上。在他前方,晚霞的颜色正从金红变得越来越深。絮状的云彩已经像是凝结的血一般暗红,在更远处的地方,甚至是毫无杂质的黑色。

因为光线越来越暗,有些店便点亮了门口的灯笼,使得客人能够看清楚。吉次努力分辨着灯笼上面的汉字,想要寻找那个叫作"羽前亭"的地方。

虽然他的目光从这些店门前一一扫过,却并没有招待殷勤地上前来,大约是他寒酸的穿着一看就不是来照顾生意的吧。但吉次却看到一只黑色的猫在矮墙上坐着，用绿莹莹的眼睛直勾勾地看着他，尾巴盘在爪子上，在吉次走过它身边时，它优雅地转动着头颅，发出喵喵的叫声，视线一直跟随着他的动作。当吉次最后一次回头看它，它纵身一跃，跳进了草丛中。

这是预示着什么吗？吉次嘀咕着，又一次想起了阿春。

就在他还在思考那只猫到底要说什么的时候，在渐渐沉降的黑色天幕下，有两盏写着"羽前亭"的灯笼已经出现在了他眼前。

"原来它是要告诉我前面就是目的地了啊，猫真是一种神奇的动物。"

吉次来到那间咖啡屋前，和一旁残留着江户风格的店不同，这里木质房屋的门口安装的是有着雕花的彩色玻璃门，使得这间小店看上去有些格格不入的摩登感。而且挂着的灯笼也不是油纸糊的，是精致的洋灯。

吉次伸手拍了拍衣裳，便鼓起勇气推门进去了。

店里贴着英国式样的格子布装饰，还有一些西洋女人的装饰画，但房间并不太宽敞，但还是能看到四五张桌子，黄色的台灯放在每一张桌子上，照出一个圆圆的光斑，还有模糊不清的人脸。

"欢迎光临。"

一个穿着灰色条纹和服的女人上来招呼，夹杂着一股玫瑰的香气。

吉次局促地还了礼。

"您看着面生，是第一次光临吗？"那个女人笑盈盈地说，"我叫千代，让我带您去坐下吧。"她自然而然地便去挽吉次的手臂，吉次窘迫地退后了一步，忙乱地说："真是抱歉了，我……我过来是想找泷川雪子小姐。"

那个女人热情的笑脸顿时像是被揭去了一层，变得有些淡了。

"是这样啊，她在那边。"她用柔白的手指着店里的一个位置，"请来吧，我带您过去。"

两个人穿过桌子，往那个方向走，吉次有些惊讶地看着一些客人和女侍亲密地坐在桌前，她们熟练地泡咖啡，端给身边的男性。在飘着苦香味道的店里，还隐约夹杂着一些不同的香粉的味道，让吉次觉得很古怪。

少爷竟然也经常来这样的地方吗？

那个叫千代的女侍领着吉次来到店里深处的一个桌子前，穿着绯红色和服的泷川雪子正在调试着桌上的酒精炉，她的身边空荡荡的，还没有客人。

"雪子真是受欢迎啊，这位先生也是来找你的哦。"千代用做作的口气恭维道，又转头对吉次说，"那么我就不打搅了。"

吉次这次终于看清楚了泷川雪子的模样：

不论怎么看她都是一个美人，并且比他恍惚记得的样子更加美。她并不是艳丽而高雅的女性，甚至因为眉尾的下垂而显露出一些凄苦的感觉，但是却很有韵味，仿佛是有经历过许多的故事，总想让人跟她谈一谈。

"您好，"雪子向吉次鞠躬，"我叫泷川，以前没有见过您，请问——"

"我是松田家的人，"吉次打断了她的话，"对不起了，无论如何，我都要来见你。"

雪子露出惊讶的表情，随即又变得平静，她压低了声音："这样啊……在店里不太方便，可以请您和我一起出去走走吗？"

吉次愣了一下，点点头。

于是雪子便自然地伸过手来，挽住了吉次的胳膊，拽着僵硬的吉次向门口走去。

"我陪客人出去散步了。"她对千代躬身告别，后者体贴地叮嘱："天马上就要黑了，请不要让客人太累哦。"

"是，知道了。"

天果然已经黑了。最后一点红色都已经被吞噬，整条街上的灯笼都亮起来，客人们在各家店铺中进进出出，反而显得很热闹的样子。

吉次把胳膊从雪子手里拽出来，他对于女人如此亲近的姿态，实在非常不习惯，更何况这个还是少爷喜欢的女人。

"那……沿着这条街走就好了吧？"即便今天来是带着破坏的任务，吉次也没有办法做出凶神恶煞的样子。

雪子微笑着说了声"是"，她的声音比寻常的女性要沙哑一些，仿佛是喉咙坏了没有恢复好的样子。"那么，怎么称呼您呢？"她问道。

吉次给她说了自己的名字，就不知道该怎么开始完成老爷拜托的事情，直接说让她离开少爷吗？这样的要求恐怕香织太太早就提过了，只怕在横滨的时候，少爷的同学和老师都已经说过很多次了。

"冢本先生是来让我离开良治的吗？"反而是雪子很直接地问道。

她已经很亲密地称呼少爷了啊……

吉次点点头。

雪子低下头笑了笑:"其实我自己也知道了,对于良治来说,我这样的出身实在是配不上的。之前我已经试过跟他分手了,哪里知道良治是那种死脑筋的人,居然还是找到我了。我想,这或许就是缘分吧,也该试一试的。"

她原来是这么想的吗?吉次不安地扭动着双手:"但是,少爷本来就要毕业了……老爷说,少爷念了书回来,就可以放心地把松夜堂交给他了。少爷那么聪明能干,将来可以把松夜堂经营得更好的。"

雪子笑出声:"良治的确是聪明的人啊。不过,冢本先生有没有想过呢,万一他并不想要做木器店的生意呢?"

吉次愣了一下:不继承松夜堂?他可从来没有想过少爷不继承生意这件事,因为少爷是独子,并且老爷和太太两边都是人丁单薄,并没有能够帮上忙的亲戚,所以少爷必定是接手松夜堂的人。

雪子继续说道:"冢本先生知道我和良治是怎么认识的吗?我啊,原本是在横滨那边的咖啡馆工作的,因为做女侍陪一陪客人可以赚到不少的钱,所以我就打算多攒一点给丈夫治病。他的病可真麻烦,让我花了好多的时间和精力,可是没有办法啊。"

"听说他后来死了……"

"是呀,拖了那么久,也不容易。虽然不该这么想,可是如果他死得早一些,我就不用那么辛苦了啊。"她又用袖子掩着嘴笑起来,"真对不起,竟然说出这么可怕的话。"

吉次不知该说什么。

雪子又接着回忆："总之，就在我努力工作的时候，认识了良治。之前听人说，一个人在世界上是不完整的，总有一个最合适的人跟你在一起，你们两个人才会组合成一个圆，两个人都会感觉幸福。我想良治就是我的另外一半。"

"可……这也是会搞错的啊。"

"谁说不是呢！可万一对了，轻易地放弃不是太可惜了吗？而且……"雪子转过头，认真地看着吉次，"冢本先生，你有没有想过，良治他也许真的不想继承松夜堂。"

吉次的耳中有些轻微的轰鸣。

"这是不可能的。"

雪子的脸上又浮现出笑容，但吉次能从她的眼睛里看出胜利的神色。"我攒了一些钱，可以买那种很贵的远洋船的船票。我听说跨越大洋，能够到那个叫美利坚的国家去，是一个跟日本完全不同的地方。我原本是打算一个人去的，帮一个教授先生做下女，然后在美国生活。但是我跟良治说这个事情的时候，他跟我商量，既然要去那么远的地方，为什么不和他一起呢？要重新生活的话，肯定是两个人比较好啊。"

街道两边的灯光似乎都被搅动起来，胡乱交错着，如同一张大网向着吉次压了过来，它们让他眼前发花，简直要向后摔倒了。

他拼命地深呼吸，好不容易才保持住了平衡，但额头和后背却已经在出汗了。

"你说的这些，我都不相信。"吉次也发现自己的声音并没有那种威慑的气势，但是他依然要说下去，"少爷身上肩负着责任，他必须继承松夜堂，去美国什么的，那是抛弃家业和亲人的事情,他才不会这样的。是你自己的胡思乱想吧!你……你要去的话,老爷可以给你提供更多的资助,但是,请不要这样误导少爷!"

雪子安静地看着良治,过了一会儿,她才笑了笑:"之前松田家的太太也是这么说的,只要我再一次离开良治。她可以给我更多的钱。不过,我可没有跟她说起过去美国的打算。"

"那……那你为什么要告诉我?"

"那是因为你是冢本先生嘛。"雪子顿了一下,"良治说过他家里有个腿脚不太好的老工人,人也不太聪明,不过却是从小到大地陪伴他。你从来没有阻止他做任何事情,是个很好的人。不过,我想,冢本先生虽然很亲切,到底也是被雇的人,又有什么立场来阻止呢?说一说也没关系吧。"

血液都涌上了吉次的头和脸,但手脚却发冷。他终于明白为什么香织太太回去的时候会那么痛苦、狼狈。

他从来没有这样的感觉:仿佛被人用裹着棉花的木棍打在身上,然而接触到皮肤的时候,却感觉到木棍上的铁钉透出来,刺进了皮肤。

吉次不知道该怎么继续这场谈话,但他却很想很想见到少爷,因为他甚至有点害怕雪子了。就像阿春,每次在面对对面长屋养的那条恶狗时,都会弓着背,发出尖厉的叫声,仿佛是在召唤吉次,等着他来到她身边,抱起她,然后踢走恶狗。

良治少爷……

吉次默默地在心底说了一声,然后,听到了少爷的声音。

四　颠覆

"雪子……"

虽然是有些遥远的声音，并且夹杂在一些吆喝、噔噔噔的木屐声、自行车的响铃等中间，但吉次依然很容易地就分辨出了属于良治少爷的声音。

他回过头去，看见少爷依然穿着黑色的学生服，急匆匆地朝这边跑过来。他把帽子捏在手上，穿过人群，来到他们身边。在这样凉爽的夜风里，他的额头也有微微的汗水。

"少爷。"吉次向他欠身。

"阿吉。"少爷招呼了一句，便转向了雪子，"我刚才去店里找你，千代说你跟客人出来了，我以为是谁，原来是阿吉呀。"

"冢本先生特地来拜访，在店里不方便招呼的。"雪子笑眯眯地说，"不过这边随意走走还是不错的，要不我们一起坐下来吃点东西？"

吉次一点胃口也没有，少爷也露出为难的表情。

"不用了，"吉次首先说道，"我只是来看一看，不能久留。今天真是冒昧了。"

雪子向他深深地鞠躬："哪里，有劳您特地过来一趟。"

良治少爷的脸色不太好，但还是用寻常的口气对雪子说："你还要工作的话，就先回店里吧。我和阿吉还有话要说，等一下我去找你。"

雪子低下头应了一声，就像吉次第一次见到她时那样，微微地弯下脖子，美得就像一幅画。然后她绯红的身影就慢慢地走过了街道，消失在来的方向。

猫之瞳

"阿吉，"少爷目送她离开，才转头对吉次说，"跟我来。"

他们一前一后地走过元町的商店街，最终来到一株极大的榕树下，那里有一些石头的凳子，在树下围起来，勉强算是歇脚处的样子。少爷去旁边的店里买来了茶水，两人一起坐在冰凉的石凳上。

树下很暗，连星光与月光都被遮住了，但眼前的那些店里的灯光和路灯却把街道照得很亮。

吉次捧着玻璃水杯，看着来来去去的人，而少爷也没有开口。

过了好一会儿，吉次听到少爷说："阿吉，真是抱歉，害你没能喝到咖啡，不过，可能你也不会喜欢那个味道吧。"

吉次没有说话，只是回忆起灯下暧昧的苦味和香味，含含糊糊地"唔"了一声。

少爷看了他一眼："是父亲让你来的吗？"

吉次点点头。

"真是过分，为什么要让阿吉来做这种事。"少爷抱怨道，"母亲来就已经很过分了啊……"

吉次还没有听过少爷用这样的口气说话，以前的抱怨虽然也是抱怨，但似乎还有点撒娇，而现在，连迟钝的吉次都感觉到了怒气和不耐烦。

这大概是第一次，吉次觉得，说不定少爷真的有些变了。

他犹豫了一会儿，才开口说道："少爷……泷川小姐，对于煮咖啡很擅长吧？"

良治愣了一下，点点头："是啊，别人都很难像她那样把味道和温度拿捏得刚刚好。"

"可是……少爷以前在家里，从来都没有喝过咖啡啊，为什么就突然这么喜欢了呢？"

良治笑起来："阿吉，你真笨啊，难道我没有喝过，就代表我不喜欢吗？况且以前在家里的时候，父亲和母亲也只给我喝茶而已啊。"

"所以是喝到了咖啡才喜欢上的吗？"

"其实有时候啊，习惯了并不代表喜欢哦。我原来也一直以为自己喜欢喝茶呢。"

吉次抿紧了嘴唇："少爷发现自己真正喜欢喝的东西以后，还会继续喝茶吗？"

良治认真地思考了一下："这个可真不好说啊，我觉得，还是应该优先选择自己喜欢的东西吧。如果这辈子只能喝一样东西的话，我就只好选择咖啡了。"

吉次觉得即使用双手捂着，那杯茶也飞快地失去了温度。

"少爷，美国那个地方的人，是不是人人都喝咖啡，不喝茶呢？"

"原来她连这个都告诉你了啊……"良治慢悠悠地端起杯子喝了一口，叹气说："哎，我也不知道啊，听说是这样，不过也许去看看才知道真相的。就算是有人喝茶，也应该是英式红茶吧，不太会有日本的茶。"

吉次难过得连抬头都变得很吃力："可是，一直喝惯了的东西，突然就没有了，难道就不会想念吗？那些熟悉的一切，就突然割裂了，难道不会觉得太可惜，太残酷了吗？"

良治沉默了一会儿，忽然转头对吉次笑了笑："说这样的话……那我问你，连你养了那么多年的阿春不也是说走就走了吗？

时间其实并不能说明什么啊，有想要达成的愿望的话，猫和人也是一样的。"

吉次的心口感觉到一阵尖锐的刺痛，原本小小的一道划伤突然就被扯成了血液喷涌而出的大口子。

良治看着他的表情，微微地叹气："抱歉，阿吉，我知道你那么喜欢阿春。可是，阿春也好，我也好，其实都不会像从前想的那样一直不变啊。"

吉次的手已经冰凉了，简直无法再拿住那杯茶。他站起来，向着良治深深鞠躬："少爷，真是对不起，我想要回去了，这个茶杯，可以麻烦您还回去吗？"

良治接过他的杯子，却没有答应。

"阿吉，你为什么要来这里呢？"

吉次捏着拳头，没有说话。

良治继续说道："父亲他让你来很失策，我一点儿也不希望你搅到这件事情里。你一直那么死心眼，我知道你奉养师父的事，也知道你怎么看松夜堂。可是，我不是你，而且……我觉得你真是太笨了呀……"

吉次再也无法忍耐了，他急匆匆地向良治行了个礼，便头也不回地冲进了人群。

长屋的杂院里永远有吵闹的声音，古旧的房屋即便是房东翻新过几次，却依旧没有办法很好地隔音。

吉次坐在自己的房间里，伸直了隐隐作痛的左腿，感觉那疼痛从残疾的踝关节一直往上爬升，连他的整个身体甚至是皮肤都感觉到了，就仿佛他要从身体内部裂开一样。

作为单身汉，在长屋中拥有超过十叠的房间，这的确算得上宽敞了，然而此刻的宽敞却让吉次倍感寒冷。他想念阿春，从来没有觉得一只猫能够对自己那么重要，而它离开以后，自己竟然可以忍耐这么久。

仿佛是为了怀念，他用手指在榻榻米上划着，发出哧哧的声音，就好像阿春偶尔磨爪子。

这声音在室内分外明显，即便隔壁那位叫原纱的太太依然用尖厉的嗓子在跟先生抱怨，但吉次依然听得清这细微的声音。他是在安慰自己，不然的话，他也不知道应该怎么度过这个夜晚。

他离开元町之后，没有办法去面对老板和香织太太，只能回到家里，像是逃回到一个安全的囚笼中。他要怎么去回复老板呢？

请不要再寄希望于他了，少爷和那个女人已经商量好了可怕的事情，他们大概是要私奔了……

我无法说服他们，毕竟我只是个雇佣工，即便是一起生活，一起长大，却依然在少爷心里没有什么分量……

少爷，他其实不是我们以为的那样，大概我们并不了解他，他只是懒得再像从前一样让我们不担心而已……

……

吉次觉得手指下的榻榻米变得有些毛糙了，他收回手来，却依然没有找到一句更好的话能让老板和香织太太都稍觉安慰。

一想到自己注定会让老板夫妇失望，吉次就感觉到那要撑破皮肤一般的灼热更加猛烈地在体内燃烧起来了。

他缓慢地躺倒在地板上，看着唯一一盏昏黄的电灯，闭上了眼睛，连自己什么时候睡着的也不知道。

猫之瞳

这个晚上他梦见了许多东西,但他仿佛不是自己,而是一个陌生人。这个陌生人在他身边,看着他跟师父在一起挑选材料,凿木头,打磨那些木碗,他一瘸一拐地牵着幼儿时期的良治少爷,在小小的院落中玩一个木球。师父去世的时候,他作为徒弟和后人,向每一个来宾还礼,捧着遗骨在细雨中去寺庙。香织太太还是年轻的模样,男孩节的时候,牵着穿了可爱衣服的良治少爷,买回来一只五颜六色的风车。自己在木工房里看着母子两人出门,又一起回来。少爷看到吉次,主动走上前来,将手里的一只风车送给他。吉次多么喜欢那只风车啊,一直到后来被阿春翻出来抓坏了。

他还梦见少爷离开家去横滨的时候,老板和太太一直送他去火车站。吉次看到自己和掌柜的一起跟在后面,看着香织太太擦着泪水跟良治少爷告别,连以往不苟言笑的老板眼眶都有些湿润。

他们看着火车头冒出浓烟,汽笛呜呜地长鸣,渐渐开动。而站台上挥手的人都不见了,只剩下吉次和老板夫妇。那一列火车也仿佛是离开了铁轨,一下向着半空前进了。那里有一个大大的漩涡,中间是黑色的,火车开了进去,就彻底消失了。

老板夫妇却依然在站台上缓缓地挥手。

看着这个景象的吉次发现对面的"自己"也做着相同的动作,他焦急万分,想要大声地喊叫,发出警示。然而他却看不到自己的身体,也无法发出声音。

这到底是记忆中的真实,还是他用了别人的眼睛?

吉次挣扎着,图像就变得扭曲而模糊,他仿佛坠入了黑暗的深渊,又费尽力气爬了出来,终于睁开眼睛,看到了现实世界。

天已经亮了，但灯还没有关，吉次想要起身，却感觉一阵虚脱，眼前发黑。颅骨中仿佛被人灌进了烈酒，不但昏沉沉的，还有一种灼烧般的疼痛。

也许自己是着凉了，吉次想到，同时鼻端闻到更强烈的臭味。

晚上出了汗吧，还有好一阵子都没有清理下自己，连衣服都忘记换了。吉次吸吸鼻子，简直要为自己的邋遢而无地自容了。

他站起来的时候打了个趔趄，感觉到天旋地转，脑子像是被凿子狠狠敲了一样。

果然还是着凉了啊，吉次懊恼地想，昨天实在不该因为沮丧而那样毫无警惕地倒在地板上睡过去。但即便生病了，今天他也不能躺在家里，原本昨天就应该去见老板的，可是他实在没有办法面对老板和香织太太失望的眼神，所以今天，他无论如何也要再去店里。

吉次匆匆地去水井那边洗了脸，不太利索的动作让旁边提水的几个主妇发出了不满的抱怨。吉次甚至连"对不起"也只是含混地卷在舌头里，就回到房间换了身衣服。

不过，那刺鼻的臭味依然不散，吉次却没有时间去澡堂了。

他揣着双手，跌跌撞撞地走在路上，因为着凉引起的头疼更严重了，甚至连鼻子也塞住了。尽管这一路上仍然开满了桂花，吉次却什么也闻不到了。

这样也好，至少他同样闻不到自己身上的臭味了。

现在依然是早上，但吉次还是错过了开店的时间。

他从店里走到后面的时候，阿正和玲子都用担心的眼神看着他。

"阿吉大哥的脸色真糟糕啊,"玲子说,"如果病了的话,不如给掌柜的说一声,今天就好好休息吧。"

吉次勉强笑了笑:"但是还要见一见老板才行。"

"那在后面先坐一坐,让我给你端一杯热水来,"玲子体贴地说,"反正阿吉大哥现在去那里也见不到老板了。"

"哦?是出去了吗?香织太太在吗?"

"不是哦。"伙计阿正插嘴道,"今天一大早的就有客人来了,很年轻的男人呢,据说是少爷在横滨的同学,穿着西装,很时髦的样子,还提着皮箱。掌柜的就带他到老板那边去了。"

"是吗……"吉次含糊地说,同时推开后门来到院子里。虽然高桥他们几个都用惊讶的眼神看着吉次,但那个沉默寡言的男人却连看都没有看他们,径直就走向了老板家的小楼。

轻轻地拉动摇铃索,不一会儿阿千就来开门了。

"听说有客人,请问我可以在玄关那里等一等再进去吗?"吉次向阿千问道。

她偷偷地看了看客厅的方向,有些为难地嗫嚅了两声,最终还是点点头:"真对不起,冢本先生。不过那位客人好像是有重要的事情跟老爷和太太说呢。"

"那我就在这里等好了。"吉次又想了想,"少爷也在吗?"

阿千叹了口气:"少爷昨天晚上好像就没有回来,老爷和太太都挺生气的。"

吉次不说话了,阿千向他微微欠身,便去厨房里忙了。客厅的方向传来隐约的说话声,但吉次头疼得实在听不清。

他站得双腿发麻的时候,客厅那边好像是太太叫了一声,接着便有脚步声响起，阿千也赶紧从厨房里钻出来。

吉次看到老板和一个穿着灰色洋服、提着小皮箱的年轻人一起走出来，而太太却没有送客。那个年轻人向老板鞠躬告辞："请您留步，我就不打搅了。我大概要后天才回横滨，之前都住在前面的那个叫作'竹园'的旅馆里。"

老板还礼："真是太感谢了，福原君，麻烦你特地跑一趟。"

那个年轻人神色黯然："哪里……我也是希望尽快把这个事情告知您和夫人。如果需要，请一定要来找我。"

老板又再次感谢，把他送出了门。

这个时候老板看着站在一旁的吉次，苦笑道："阿吉来了，看上去脸色不太好啊。"

吉次发现老板的眼睛凹陷下去了，看上去非常憔悴。他们两个人看着对方都露出了苦笑。

老板让吉次进来，在客厅里坐下，吉次还在考虑怎么开口，老板却先说道："昨天跟那个女人谈话的结果不太好吧？"

吉次羞愧地低下头："让您失望了，真是对不起。"

老板叹气："哪里，本来让阿吉做这种事情就是不合适的，那个女人看起来出身不好，却很精明。如果是个容易打发的人，也就不会让我们这么烦恼了。"

吉次点点头："听说少爷昨天晚上没有回来……如果需要的话，我今天再去那家店里找找他……"

老板摇摇头："不必了，他还是要回来的。等他回来以后，我们会再劝说他离开那个女人的。良治只是被蒙蔽了，太年轻了，还不知道那个女人的真面目。但今天福原君赶来，就是来帮助我们的。"

吉次很想知道那位福原能帮什么忙，但老板却没有继续说下去了，只是安慰吉次不要过于愧疚，也不必太在意，今天就不必工作了，可以先回去休息。

吉次只好起身告辞，又担心地看了看楼梯的方向，老板却冲他笑了笑："香织没事，这么多天只有福原先生带来了好消息，她是有些太高兴了，不用担心。"

这样啊，吉次点点头。

老板拍了拍他的肩膀："阿吉，你很好，如果你是我们的孩子，那该多好。"

吉次感觉到老板拍打的颤动从肩膀一直传到全身。

吉次走出小楼的时候，好像头疼稍稍缓解了，但胸口乃至整个身体内部的灼热却没有消退，皮肤却冰凉又不停地出着冷汗。

高桥平三从作坊里走到他身边，很担心地询问，吉次含含糊糊地回答了几句，只说是自己生病了，来向老板请假。虽然这谎言有些蹩脚，高桥却也不好再追问什么，只是以少有的正经态度叮嘱吉次好好养病。

"那么，工作这边就要麻烦你了，请好好安排吧。"吉次对他说。

"是，交给我了！"高桥哈哈一笑，又大大咧咧地说道，"什么嘛，本来就是应该做的事情啊，吉次你说起来就像是交代后事一样！"

这么说完，他自己也变得尴尬起来！不好意思地抠了抠头皮。

吉次没有责怪他，再次告别以后走出了松夜堂。

五 毒之茧

今天仿佛是要下雨，空气变得阴冷，迎面吹来的风中带着水汽，还有一些说不明白的味道。

吉次的鼻子不灵光了，但他能感觉到皮肤上的寒冷，这种寒冷让他体内那不正常的灼热显得更加突兀，简直要把他从内到外点着了一样。

就这样回去休息一下吗？

吉次站在一个十字路口，茫然地看着来往的人。他们急匆匆地走过，躲避着寒风，对于这个头发蓬乱的男人并不在意。其实在以前，吉次也不太注意看路过他身边的人。

对于吉次来说，世界原本就只有两端，一个是长屋，一个便是松夜堂。缺少任何一端都是不行的。但现在，他就好像被卡在了世界的中央，无论是前进，还是后退，都会让整个世界崩塌。

或许，还有别的选择。

吉次抬起头，向平时几乎不会去的方向迈开了步子。

竹园在这条街的尽头，看上去并不太起眼，只是一个被竹篱笆围起来的三层楼，不过却很清净的样子，并没有太多的人进出，一个穿灰色和服的仆妇会偶尔出来打扫入口和大门，并且殷勤地招待上门的客人。

吉次说要找福原先生，这个仆妇也不多说话，径直带他去了二楼的一间客房。吉次压了压头发，敲开了房门。

"啊，您是松田家的……"那个叫福原的青年有些惊讶地看着吉次。

"是，敝姓冢本，冢本吉次，是松夜堂的木工，真是对不起，打搅您了。"吉次向他深深地鞠躬，"是关于少爷的事，冒昧地来向您请教。"

"啊，原来是冢本先生啊，松田先生倒是提过您的大名。"

"承蒙抬举了，我有些担心少爷，所以就来找您了。"

"哦……是这样。"福原迟疑了一下，还是让他进去了。

这个叫福原辛二郎的青年原来是少爷在横滨的同学，比少爷小一些，念的是医科。虽然两人所属的并不是一个班级，但关系很好，于是他们常常和另外一些人结伴而行。去咖啡馆中结交女侍，便是福原辛二郎和良治一起的。

"实在很抱歉啊，我也没有想到事情会变成这样。"福原辛二郎和吉次面对面地坐着，不住地道歉，"哎，因为横滨那个地方啊，确实比东京好玩，学校周围有几间咖啡屋，大家赶时髦都会去的。和女侍说说笑笑之类也免不了，但是大家都知道她们是什么女人，不会当真。我们都还没有发现的时候，良治就已经和雪子好上了，当时真是让人吃惊啊。"

吉次也连连点头："那位泷川小姐和少爷的事情的确是出乎意料，少爷原本是很有分寸的人。不过现在好像谁劝说他都已经没有作用了，想必您也劝过他很多次了吧?"

"啊，啊，是呀，不光是我呢，连老师都出马了。可是嘛，我觉得爱情这个东西实在是有了不起的魔力，让良治君变了一个人似的。无论我们怎么跟他说，他都还是迷恋着雪子，最后干脆从宿舍里搬走了，连我们都不见了。"

原来在横滨的时候就已经到这个地步了吗?

吉次的心又沉了一些下去，他强打起精神："那么，福原先生这次来是为了劝说少爷吗?"

辛二郎摸着头很不好意思地笑了笑:"那个……我始终有点放心不下,和同学想了想办法,主要还是希望雪子自己主动离开良治,最开始的时候还是起了一点作用。但良治比我们想的坚决呢。他离开横滨以后,我和其他人就去雪子工作的地方又做了点调查,然后我到这里来,就是想把调查的结果告诉他。"

"那么,我可以知道吗?"

"哦,这个是没有问题的。"辛二郎的脸色变得严肃起来,"不过,这个结果来得不太光彩,我和同学们是花了一点钱才让雪子家附近的邻居帮忙的,还去找了跟她一起工作的女侍,她们都不太愿意说真名。"

"请放心,这点我明白,我一定为您保守秘密。"

辛二郎点点头,压低了声音:"雪子说过她在咖啡屋工作主要是为丈夫挣一些医药费,她的丈夫病得很重了,我们也没有特别注意。跟良治在一起以后,良治付给她的钱其实蛮多的,应该买了不少好药,不过她丈夫的病情却反而恶化了,不久就去世了。然后雪子离开横滨,暂时地和良治分开。在良治追随她出走之后,我们不知道该怎么再去说服良治,中彦君,就是另外一个学医的同学了,他是觉得良治能找到雪子的下落应该不那么简单,于是就提议好好调查一下雪子住的地方。在这个时候,我们都觉得雪子的丈夫……也许并不是因为疾病而死亡的。"

吉次的耳朵里有点嗡嗡的声音,仿佛是头疼引起的耳鸣。

"我们偷偷地给邻居钱,他把我们带进了雪子租住的房间,我找到一些药瓶……"

吉次其实听得模模糊糊的,因为辛二郎说的那些西洋药品的名字实在太难明白了，尽管他很努力地想要听懂，但还是不太明白那些药品跟疾病的关系。大约是他辛苦的表情终于让医科生感觉到了，又用最简单的方式说了一遍。

"总之，就是雪子可能是换过了看起来更好一些的药，但是因为副作用的关系，她丈夫的病情反而更糟糕了。"

吉次的额头上渗出了冷汗："这么说起来，难道是泷川小姐故意让丈夫死亡的？这……实在太可怕了！"

福原辛二郎也脸色沉重："这种事情说起来也的确不可思议，实在不敢妄下结论，但是又太蹊跷。我们商量了一下，大家都觉得我过来把情况给松田家说一下比较好。"

"可是……"吉次迟疑地说，"就这样口头说一说，也没有什么用处吧，老板也许还比较冷静，但是少爷会相信吗？"

"是呀，我们的立场的确不太容易让良治接受，所以我们还是带来了点东西的。"辛二郎起身拿出他的旅行箱，然后取出一个牛皮纸袋。他小心地把纸袋里的两个棕色的玻璃瓶子拿出来，上面写着弯弯曲曲的洋文。吉次努力地想要看清楚玻璃瓶子上的字，除了他一个也不认识外，眼睛也像是被胸口的灼热熏疼了一样，只有模糊的一片。

"这个有用吗？"

"大概去告诉警察是没有用处的……不过，这也是应该告诉良治君的实情，我们请邻居做了证明，这个东西的确是在雪子离开后，在他们住的房间里找到的，而且还是在一堆扫起来的垃圾里面。没有办法证明雪子给她丈夫吃了多少，但这些药瓶出现在那里本身就是很奇怪的。"

"这样啊……"

"总之,我们都低估了那个女人。"辛二郎有些沮丧地说,"如果早知道会引来这么多麻烦的事情,我们才不会去咖啡屋呢!"

吉次苦笑起来:"可惜这个世界上没有办法预料很多事……"

辛二郎点点头:"原本想当面跟良治再谈谈,但他好像最近跟松田先生的关系也有点紧张。"

应该说是现在跟老板和太太都在赌气呢。

但良治没有跟辛二郎说起这样的事情,他问道:"福原先生是要等着见一见少爷吗?什么时候回横滨呢?"

"我大概明天一早就要赶火车,能见良治君一面当然是最好了,但估计他现在也不太愿意见到我。"辛二郎苦笑着摇摇头,"如果他真的躲着我,我就打算把这个药瓶留在松田先生那里,他一定能看懂这个药的。"

良治看着那两个棕色的小瓶子,像是两颗种子丢进了湿热的泥土中,它们很快就发芽了,然后慢慢地生长起来,让他的胸膛一下子变得胀鼓鼓的。

"我想……那个……我有个想法……"吉次结结巴巴地说,"我知道少爷在哪里,不如……我先去找少爷。他也许……还愿意跟我说话,我可以给他看看这个药瓶,他是能看懂的,对吗?"

辛二郎用犹豫的表情看着那两个药瓶,又看了看吉次,最后终于下定了决心。

"良治懂英文,他当然看得懂,冢本先生愿意试试倒也没有问题……请一定收好它们。"

"是,我明白了!"良治把药瓶子重新包好,放到胸口前襟里面,然后向辛二郎深深地弯下腰:"真是太感谢您了……无论如何我也会让少爷明白您的意思的。希望能够让少爷恢复理智。"

果然是深秋的天气了，额头的汗被风一吹，简直就像针扎一般地刺骨。

吉次一边这么想着，一边用最快的速度在街道上走。他走路的样子有些古怪，残疾的腿让每一步都像是被刀刮着了骨头。但他顾不上这个，疼痛反而成了一种驱动的力量，他不时地按一按胸口，那两个玻璃小瓶子硌着身体，好像碰到了骨头。

其实他的身体却感觉不到寒冷，反而有些奇异的灼热。

大概因为他突然就迫切地想要看到希望。

吉次来到"羽前亭"点名要见泷川雪子。这次他很快就如愿了，但是当他向雪子提出希望见一下少爷的时候，雪子却为难地用她的手指点着白皙的面颊。

"哎呀，他还在休息呢。"雪子说，"昨天晚上不知道为什么又在闹脾气，说是很不想再回家，我劝说了很久才勉强睡下了。应该是今天就会回去了吧……冢本先生来找我，还不如回松夜堂去等他就好了。"

虽然她说得这么温柔又殷勤，但吉次还是很努力地忍耐才没有抓住她的肩膀大吼大叫。他并不想多看这张脸，也说不清是因为憎恶还是畏惧。

他又摸了摸胸口，振作了一些，对雪子说："我……今天来找少爷并不是为老板，只是，想跟少爷说点其他的事情。我可以去哪里找他呢？"

雪子捂着嘴轻轻地笑起来："冢本先生这是在用其狡猾的方法问我的住处吗？"

吉次的喉咙口有些灼痛："哪里……这种事情……"

"好了，好了，"雪子似乎对他迟钝的反应已经厌倦，摆了摆手，"这样吧，不如等良治醒来以后直接去冢本先生您就好了。可以告诉我一个地址……"

吉次愣了一下。

在哪里找到自己呢？从小到大跟少爷所有的交往也无非是松夜堂的那些院落和从学校到松夜堂的道路，并不是一个可以真正谈话的地方。在这些地方，吉次只是跟树木和山石，或者是房屋一样的存在。

"那么，到我家可以吗？"他第一次冒出这样的念头，"我在家里等着少爷，无论他什么时候来，我都等着他。"

雪子的眉头皱了一下，然而吉次却更加急促地说了一遍，并且要来了纸和笔，用歪歪扭扭的字拼出了自己的地址。他一把将字条塞给了雪子，走出了羽前亭。雪子攥着字条，惊讶地看着脸上泛红的吉次，一时竟没有说话。吉次的目光从她的脸上滑过，然后快步离开了。

吉次能感觉到心脏在胸膛中剧烈地跳动，那强而有力的节拍一点点地从心口爬上了头，在额角仿佛要突破肉体一样，一股股的力量冲撞着脆弱的颅骨和皮肤。

也许，也许这是他能够改变的一些事情，能够挽回的一些事情。

吉次这样想着，全身都热起来了。

在吉次居住的长屋旁边，有一些新修的楼，所以对面工人就用灰砖垒砌起一道墙，把这个旧长屋院子和新的楼分隔开来。

猫之瞳

原本从吉次的窗户里能看到的风景，也从郁郁葱葱的黑松变成了灰色的砖墙。没过多久，爬山虎慢慢地在砖墙上生长起来，又有一些牵牛花混生在一起，才让这扇窗户变得没有那么无聊了。

不过，因为吉次在一楼的角落里，光线并不算好，所以只有在日光刚好从房子和墙的中间照进来的时候，才看到最美的一刻。那是每天傍晚的几分钟，只有吉次自己分享过。如果少爷能和他一起坐在窗户边上，就也可以看见了。

吉次怀着这样的憧憬，安静地等待着。但是见日光在灰墙和绿色叶片上涂抹了一层金红色的光辉，并慢慢消失之后，良治少爷也没有出现。窗外的景色渐渐浸入了黑暗中，吉次的身体也仿佛是在两极的温度中煎熬着。

他的皮肤冰凉，而体内却依然灼热，尽管良治少爷一直都没有出现，但是吉次却有一种奇异的预感和笃定——

他一定会来的。

外面传来邻居们回家的声音，说说笑笑和抱怨的，小孩子相互捉弄时偶尔发出的小小的尖叫，还有木屐和其他鞋子踩在砂砾上的声音。接着又有些米饭的香气传来，是寻常生活的味道。

渐渐地，这些声音变小了，食物的味道消散在清冷的空气中，嘈杂的人声也慢慢归于沉寂。

吉次依然坐在原地，在突然安静下来以后，他感觉到一种从未有过的安宁。他忽然又想到了阿春。

大概因为有阿春，他始终没有注意到自己住的地方跟别人家比起来实在太过冷清。当他把自己的米饭分一些出来给阿春做鱼肉拌饭，看着阿春吃得很香的样子，他就听不到那些让他感觉到孤单的声音。

而现在阿春走了,它离开这里没有再回来,或许是给他的一个暗示,就是不知道在暗示什么……是抛弃掉自己可以独自活下去的幻想,还是说,告诉吉次应该更积极地跟人建立起关系。

就这样胡思乱想的时候,竹拉门被叩响了,接着是良治的声音。

"阿吉在吗?"

六　猫变

"哎,真是的,为什么一定要我来呀。"吉次打开门的时候,良治就用抱怨的口吻说道。

他还是穿着那身学生制服,昏暗的路灯和暗淡的月色让他的脸模糊不清,这样看起来和明亮中的那个青年就像是两个人。

但是吉次满心欢喜,他竟然真的等到了良治少爷,这至少说明他对于少爷依然是一个可以交谈的对象。

"真是辛苦您了,请进来坐下吧,寒舍简陋,只有委屈您了。"吉次这才想到自己还没有开灯,连忙拉了一下墙边的灯绳。

昏黄的光线立刻铺满了整个屋子。

良治摘下帽子,走进了房间,他刚进入玄关准备脱鞋,就变了脸色。

"阿吉,你这里太臭了啊,就算是单身汉也太过分了!"

"啊,是吗?"吉次尴尬地笑起来,但是他自己并没有感觉到这么不可忍受,这种大杂院里,总是不可能跟小洋楼一样干净的。

"请坐到这边来吧,靠着窗户通风会好一点。"吉次把小方桌往窗户边上推了一些,良治皱着眉头在旁边坐下了。

吉次坐在他的对面,仔细地看着他的眼睛。

"今天……少爷还是没有回家吗?"吉次问道。

"嗯,父亲和母亲都在生气,这个时候回去也没有什么意义,不过是又吵一架罢了。"

"那么今天……都是在泷川小姐那里是吗?"

良治沉默了一会儿,才开口道:"你也不喜欢她吧,阿吉?"

吉次没有回答。良治反而笑了起来:"我知道呀,对于女人,阿吉是没有什么常识的,可能第一眼看上去是美女的,怎么也会喜欢吧?"

吉次低声问道:"少爷也是这样喜欢上泷川小姐的吗?"

良治笑起来:"她虽然是个美人,但并不是绝色美女。对于美人来说,没有灵魂的话,也不过是个漂亮的人偶罢了。"

"灵魂?"吉次忍不住抬起头,"少爷觉得泷川小姐的灵魂是什么样子的?"

良治眯起了眼睛:"我啊,曾经跟父亲一起去箱根那边去看木头,在路上走着的时候,看到有些荆棘长在路边,有一半已经枯死了,另外一半却还有点点绿色,甚至还在发出新的芽头,当时我就觉得,这种植物真是美得惊人啊。雪子她就是这样的,看起来似乎已经没有什么出路了,不过却还是有很强烈的欲望,想要过自己理想中的生活。她跟其他那些只有漂亮脸蛋的女人是完全不同的。"

"荆棘?"

"是啊!荆棘也是很美的!"

良治的眼神跟平时不一样，吉次从来没有见过他有那样的眼神。

"可是……"吉次说，"荆棘是有刺的啊！泷川小姐已经让那些爱着少爷您的人都感觉到疼痛了，老板和太太都很伤心啊……我也很难过。"

良治叹了口气："真笨啊，阿吉。原来不光你是笨蛋，连父亲和母亲也很笨。荆棘啊，从来不会主动伤人的，只有你们去想要碰她，想要把她连根铲除的时候，她才会刺破你们的手掌。"

少爷说的话依然很聪明，但吉次却感觉到不对，他用手掌在头上用力摩擦，使劲摇头："我们……是为了少爷啊，您原本……"

"你还是不懂。"良治皱着眉头打断了吉次的话，"我没有'原本'这种东西！雪子并不是原因，她啊，其实更像是我。"

"胡说！"

吉次猛地站起来，不知道是怒气还是别的什么，让他原本有些低烧的身体内又腾起了一蓬火苗，连眼睛都发红了。

"少爷，请、请不要说这样的话！"吉次紧紧地捏着拳头，说道，"今天少爷没有回去，知道福原君来拜访的事情吗？"

良治偏了下头："福原？是福原辛二郎吗？"

"正是那位福原先生，少爷您的同学。"

"那个家伙啊，"良治咕哝了一声，"他大概又是来多管闲事的吧？在横滨的时候，他们几个就像你一样，说着为我好为我好什么的，做了很多卑鄙的事情。如果他们不是他们的话，雪子也不会离开横滨了。真是个讨厌的家伙，居然还跟到这里……"

吉次的眼眶中涌上了一股热泪，他努力地压下喉部的哽咽，用颤抖的双手从怀里摸出那个包裹得严严实实的牛皮纸袋,然后将两个棕色的小玻璃瓶放在良治的面前。

"其实,荆棘什么的,咖啡什么的,都不重要,"吉次说,"可是少爷,泷川小姐是个可怕的女人。这是福原君在她的租住屋里找到的,他说,您一定能看懂这些英文。泷川小姐的丈夫,就是因为这些药才加重了病情。想要过自己憧憬的生活,这是很理所当然的事情,但为此会给自己的丈夫投毒,这不是鬼才会做的事情吗?"

吉次第一次用这样的口气跟良治说话,仿佛用尽了全身的力气,连汗水都从额角滴落下来。

良治慢慢地拿起那两个玻璃瓶,认真读上面的标签,面无表情。

"福原君说过,您可能并不会相信他,但这东西的确是从泷川小姐的房间里找到的。"吉次继续说下去,"哪怕没有办法证明泷川小姐喂她丈夫吃了这种药,但这个东西原本就不该出现在那里的,而且她丈夫很快就去世了——"

"是我给她这两瓶药的。"

吉次的声音一下子像被刀砍断了。

什么?

良治看着僵硬地站在面前的人,把两个药瓶子随意地抛在榻榻米上。"你真笨,阿吉。"他笑起来,这次的轻蔑袒露无遗。

"即便雪子是个聪明的女人,又怎么懂得去选择全是洋文的药呢?"良治说,"她连这种药的名字都念不出来。再说了,如果她早就知道这个药的效果,怎么会还把瓶子留在房间里让你们找到呢,肯定会扔得远远的嘛。"

良治的额头上长出了角，他的牙齿伸出了嘴唇。

"雪子想要自由，可是她的丈夫就像一副枷锁，把她牢牢地禁锢在地面上。我明白这种感受，她不得不做的事情，或者是别人希望她做的事情，都是让人厌恶的。"

吉次感觉到体内原本有些熄灭的火焰再次熊熊燃烧起来，他的双脚就像被炙烤的蜡烛一样，迅速地融化，整个人都慢慢地坐下来。

良治无聊地摆摆手："哎，那个男人已经没救了啊，早一点去死也是解脱。勉强活着不过是让自己痛苦，又拖累别人罢了。雪子本来就比他年轻很多，照顾了他那么多年，不管怎么看，也算是有情有义。她虽然没有讲出来，但说她还对那个半死不活的男人有爱情什么的，根本就是很荒谬的。我弄到这个药，也是帮忙……"

"她不知道这个药……"

"只需要告诉她这个是好药就行了，况且，本来就是好药啊。"良治的脸上浮现出不耐烦的表情，"总之本来没有什么要紧的，辛二郎那个家伙不要多事就好了。"

吉次眼前的人和事仿佛都开始旋转了，他不得不用手支撑着身体，但手也软得想要融化了。

良治用怜悯的眼神看着他："阿吉，真是对不起，这些事情本来一点也不想告诉你的。你肯定会觉得这不好，这不对，可是啊，你这个家伙从来没有想过，要是不积极地去争取，最后可就什么都得不到。"

他在说什么呀？吉次的脑子已经昏昏沉沉了。应该争取什么？像少爷一样的家人吗？英俊的相貌，智慧，幸运，还是自私的勇气……这些是我即便拼了命想要，也是争取不到的啊！

吉次急促地呼吸着，汗如雨下，胸口像是要爆炸一般地鼓胀起来，就像是有什么东西要破壳而出。

但良治却丝毫没有注意吉次的痛苦，他又看了看这个房间，鼻子皱了一下："哎，味道太难闻了，难怪连阿春也离开了，这都是你自己造成的，阿吉。知道吗，你老是在讨好它，老是在讨好每个人，可没人把你当回事……连只猫也——"

他的话突然被打断了，吉次猛地扑向他，带着一股可怕的力道将他撞倒在地，一只手掐住他的脖子，一只手捂住了他的嘴。

良治的眼神从震惊渐渐地变为了恐惧。

吉次身体中的火焰已经烧到了最高点，他的眼睛一片鲜红，皮肤裂开，毛茸茸的爪子从手部脱离出来，指甲变成尖锐的钢刺，就这样直直地刺入了良治英俊的面颊。

良治的惊叫都被压在了喉咙里，变成了可怜的"嘀嘀"声，身体剧烈地扭动。但他无法挣脱，只能看着吉次的脸不断变形，长出黑色的毛，而眼睛却在扩大，变成了绿色……那绿色在夜晚的房间里发出荧光。

血从他的脸和喉咙里涌出来，很快倒流进气管，他使出了最后的力气控制身体，双腿踢破了脆弱而受潮的墙面，似乎连身下老旧的榻榻米下都发出断裂的声音，接着他和那个原本是吉次的东西一起往下陷了一大截。

灰尘夹杂着更加强烈的臭味扑来，良治在最后的一刻，看到裂缝中一张肿胀腐烂的面孔，浑浊的眼睛一片灰白，蜷缩得如同初生的婴儿。

他流着眼泪，辨认出了吉次的脸。

"阿春……已经十三岁了啊……"

良治的脑子闪过这句话,然后血灌进了他的肺部……

夜风很凉,桂花很香。

吉次跃上围墙,舔着自己的前爪。他仔细清洁着每一根染血的毛发。当确保全身的黑色皮毛都再没有一丝鲜红色的时候,他回头看了看围墙下那个发出昏黄色灯光的窗口,好像忘记了自己为什么会从那里出来。

不过他很快就不再介意了,因为他的四只脚走起来很轻盈,很灵活。

他在月光下沿着那一道高高的灰砖墙向前走去,尾巴扬起来,清晰地从顶端开始分叉成了两条。

他什么也不想,唯一期待的,就是一条新鲜的鱼。

七 尾声

在大正十三年的秋天,东京有一桩很诡异的案子。

有名的木器商家"松夜堂"的独子松田良治在一个长屋的单间里遇害,尸体被吃掉了喉头和胸口的部分。而同时被发现的还有松夜堂的雇工冢本吉次的尸体,不过是被藏在靠墙根的榻榻米下面,也是喉咙被咬开,看上去已经死亡好几天了。

奇怪的是,无论是长屋的邻居还是松夜堂的伙计和掌柜,都证明在发现尸体的前一天,还跟冢本吉次打过照面。他看起来跟平常没有什么不同,依然是一个老好人的样子。而邻居们说,这几天冢本吉次唯一异常的地方,就是在为他的老猫走失了而心烦意乱。

"是一只黑色的母猫,叫阿春,好像已经有十三岁了吧?"长屋的一位邻居太太跟来写新闻的记者说,"哎,冢本先生很喜欢阿春,不过那猫太长寿了,有点吓人呢!说不定已经变成猫又了吧?发生那种可怕的事情,简直是妖怪才干得出来的。"

记者把邻居太太的话记下来,写进一些杂志故事里,有些人读到了,但松田家的人没有。他们没有读过任何一个关于这件案子的报道。大概在昭和四年的时候,松夜堂就转给了原本的掌柜稻叶五郎。

而那件案子的真凶一直没有找到,只有在旧杂志的篇章里保留着关于这个事情的描述:

"猫又可以变成人,也许还是主人的样子,按照主人的习惯生活,当然怀着跟主人一样的渴望。说不准那些日子周围的人看到的冢本,其实是猫又变的呢。"

这种说法,实在是太荒谬了。

红海日落[1]

每个人都是一个整体，本身就是一个世界……

——黑格尔《美学》

1. 孤单旅途

沙舟用勺子轻轻地在杯子里搅拌，热气裹挟着一股咖啡香味袅袅升起，萦绕在他的鼻端。

"中国人应该喝茶，"父亲曾经这么对他说，"虽然现在的茶叶是无土栽培，炒制和加工的方式也不同了，但是基本上香气还是可以保留得很好。你应该喝茶，儿子，我们社区的中国人都喝茶。"

当然了，当父亲这么说的时候，是很有根据的。沙舟住在地

---

[1] 发表于"豆瓣阅读"，2018年。

球联邦的第23号空间站,那里是位于火星附近的一个人造社区。即便是人类种族大融合的时代,民族文化被稀释到几乎难以辨认,但总还是会有些人因为古老的原因而汇集在一起。祖籍中国的亚裔族群在社区中有固定的聚会时间和场所,庆祝固定的节日。沙舟会参加,但并不代表他在生活的每个细节上都跟这个族群一致,尽管父亲努力地想让儿子融入他们。

归属感,这是父亲所给出的理由,同时对他忧心忡忡。"你必须融入人群,"父亲说,"现在这个世界,独自一个人活下去,会很难。"

沙舟知道父亲的担心,也认为他说的是对的,但是38年的人生中,他就像墙角的落叶,即便是风吹来也不过是独自在原地旋转几下,然后重新落到地上。

他放下勺子,端起咖啡喝了一口。苦涩的香气在口腔中打了几个来回。他并不讨厌茶,他只是喜欢咖啡而已。

面前的控制台上跳出了一个全息屏幕,先是出现了飞船的整体透视图,然后在其中一个部位套红,放大——那里是船员的生活区。

沙舟连忙放下杯子,调出监控:在生活区内,透明的茧形休眠舱已经打开了两个,一个身材瘦削的短发美女和一个高个子男人正缓缓坐起来。

沙舟放大图像,看到他们两个人正拿起休眠舱旁边的吸管喝下舒缓剂,以平复长时间休眠带来的不适反应,包括恶心和头晕等。他们身后的另外三个休眠舱正在逐渐亮起来,里面模糊的人影开始扭动。

那还得花一会儿工夫,沙舟想,他还有时间喝完这杯咖啡。

他算好了时间启动唤醒程序,所以他才会泡好咖啡。

他把屏幕移开,调出了船长日志,上面自动生成了两行记录。

N56型救援飞船"但丁号",航行第950天,公历2280年5月26日,荷载船员:6名

出发地:地球行政区阿尔维娜港

目的地:第206号殖民地行星"曼查克"

任务目标:调查殖民地,恢复联络

他用老旧的手动输入写下今天的内容:

"距离到达目的地还有7天,船员已经全部苏醒,需要进行两天的恢复性训练。迄今为止航行正常,按照预定路线行进。飞船搭载的AI'博士'持续向曼查克殖民地发送信息,依然没有收到任何反馈。我们会谨慎行事。"

"谨慎",在光键盘上打出这个词的时候,沙舟的心头有一点儿颤动。距离"塞壬号"的事故已经过去了4年,但沙舟知道对于他来说,那场坠毁的事故永远发生在昨天。他的每一篇飞行日志都是一次警示。

沙舟看着日志自动存档,然后将咖啡一饮而尽,穿上外套,离开了舰桥。

"要去看看他们吗?"博士的声音在舱门打开的时候响起来。这个AI的人格设定是一个30岁左右的稳重男性,所以有着令人舒服的清朗音色。

"是的,把灯都打开,温度升高一些。"沙舟命令道,"还有,食物可以开始解冻了。"

"好的,船长。"

博士贴心地将通道上的顶灯都点亮,甚至还放起了音乐。德沃夏克的《致新大陆》,沙舟觉得博士的品味还是很有意思的。

他穿过被隔热膜覆盖的水陆空穿梭机,来到了生活舱门前。开门的叮咚声让里面的人不约而同地回过头来看着他。

刚刚醒来的船员们脸上还带着兴奋的笑容,显然正为结束近三年的沉睡见到活生生的人类而开心。在之前的深度休眠中,他们连梦都没有做过,仿佛死去了一样。

看到沙舟走进来,原本还在互相开着玩笑的船员们都在一瞬间安静了。

"船长。"最先打招呼的人是大副,一个身躯庞大的黑人,他叫安杰洛·库克,缉私队飞行员退役。

沙舟向他点头。

他们不太喜欢他,沙舟很明白这一点,当然,他们也不讨厌他。自己对于船员们来说,是一杯可以礼貌地喝下去的茶。

这只是一次任务,为了这次任务临时组建了一支救援小队。船长和船员们都不太熟悉彼此,彬彬有礼,各自守住底线就是最好的。

"船长。"这次打招呼的是机械师木村鹤,一个娇小的日裔女性,染着银色的头发。她是一个性格活泼的人,跟传统日裔社区中生活的人比起来,多了一些朋克的味道。

"你好。"沙舟也向她问好。

尴尬的气氛被交谈冲淡了,他们纷纷向沙舟致意。除了大副和机械师,还有两名安保员琳达·霍尔顿和彼得·沃茨。琳达身材高大,也是退伍的士兵,对于女性来说她的肌肉和力量都有些超标了,但她并不粗鲁,甚至跟娇小的木村还有些投缘。

彼得是她的老搭档，长得不赖，甚至算得上帅气了。他现在正在跟短发的医疗官安娜·杨说话，她和沙舟是老乡，来自同一个空间站同一个社区，并且她有二分之一的中国血统，是这艘飞船上唯一能跟沙舟说汉语的人。

彼得跟安娜聊得很开心，他对她有意思，瞎子都能看得出来。但按规定，执行救援任务的时候是不能谈恋爱的。所以沙舟也不能肯定彼得是纯粹撩拨一下，还是打算在这次任务结束后来真的。

安娜看到沙舟过来，礼貌地跟彼得结束了聊天。她给了沙舟一个拥抱，甚至拍了拍他的背部。这姑娘有着父亲高加索人的巨大骨架，但却没有足够的肌肉和脂肪，这让她看起来很瘦削，但她继承自母亲的黑眼睛却充满了活力，看着别人的时候专注而友善。她能在中国人的社区里受到欢迎，在其他的地方也如鱼得水，她总是能很容易地跟人交上朋友，人人都爱她。

"感觉怎么样？"沙舟也无法抵挡她的亲和力，在这艘船上就属安娜能够跟自己亲近一些。

"还不赖，"医务官伸出舌头做了个鬼脸，她的舌尖被舒缓剂染成了蓝色，"但是我讨厌这玩意儿的味道，我给救援总署提过意见，换成YVC公司的舒缓剂会好一些，至少他们的东西还知道添加点儿甜味素，但头儿们依然冥顽不灵。回去以后我打算再继续投诉。"

"是的，你可以。"

她就是个永远不知道放弃的姑娘，沙舟笑了笑，转身对其他人说："好了，先生们，女士们，你们有两个小时的沐浴和进餐时间，之后我会在舰桥等你们。我们要再熟悉一下任务内容和步骤。"

队员们点头答应着,目送沙舟离开生活舱,在舱门关闭前,他听到零星的笑声。他们把他当成长官,这倒是很明显。

206号殖民地曼查克,是位于半人马座的一颗行星。第一批到达那里的移民共有375人,在没有光速飞船的年代,他们以五分之一光速航行了30年才抵达那里。作为最远的开拓团,他们在曼查克星球上建立了一个庞大的据点,并且定时传回建设进展。

但是大约在6年前,来自曼查克的消息中断了,按照当时他们携带的通信设备估计,他们在到达后的第12年就没有传送过信息了。

而这个时候从地球联邦开始的技术革新已经可以制造接近光速的飞船和超远距离量子通信设备。因此地球联邦的灾难救援署决定向曼查克派遣一支先遣救援队,了解行星上的移民们发生了什么事。沙舟所领导的这个小队,将抵达曼查克进行调查,如果需要增援再发出信息。

他们得到关于那个殖民地的一切材料,包括星球概况和移民成员介绍。在出发前每个船员都需要仔细研读,然后跟救援署的专家们进行了三次会议磋商。按照目前掌握的资料,专家们会给出几种可能性,然后制订相应的救援计划。每个船员都知道这个计划,但最后决定如何实施的,还是船长。

他们都是专业人员,沙舟看过小队里每个人的履历,各种精彩的人生和丰富的生活并不是简短的履历能够概括的,但它能勾勒出每个人的大致面貌。沙舟相信船员们对自己的了解程度也差不多。也许在任务结束后，他们会更亲近一些。

　　沙舟在船长的个人休息室里待了一会儿，再次浏览曼查克的资料和救援计划，当博士提醒他时间差不多了的时候，他才慢悠悠地向舰桥走去。

　　船员们都到齐了，聚集在船长座位旁边的一个会议桌旁，那也是一个多功能投影装置。船员们咯咯地笑着，互相打趣，分享咖啡和博士准备好的热菜，就好像他们已经不是第一次一起出任务了。

　　"……然后听说'塞壬号'就这么一屁股栽下去了，活着的只有他一个。"木村鹤说完这句话的时候，船员中间发出一阵叹息的声音，还夹杂着一些议论。

　　"他事后被审查的事情是真的咯？"琳达·霍尔顿的声音，"不过'塞壬号'的最终事故鉴定并没有他的责任。"

　　"我是听一个朋友说的，她以前跟'塞壬号'船长的妻子关系挺好，他们都认为他撒谎了。"彼得·沃茨接着说，"当然，他是唯一的幸存者，他说的证词只能被采用。谁也不会知道那是不是真相，不过船长的妻子觉得丈夫不可能在操作中犯那样的低级错误。她的抚恤金都因为责任认定被削减了一部分，这可让她气坏了。"

　　"这么说起来也的确是有些道理，"琳达说，"我很好奇为什么还会委派他当船长，要知道这履历不太光彩。"

　　"他还是不错的，"为他辩护的是安娜，"要知道除了'塞壬号'的事故，其他的飞行记录都是优秀，而且他现在既然是船长，就会对我们负责的。他跟我们可在一条船上，这就够了，是吧，伙计们？"

"但愿如此,"彼得对她说,"希望你对他的信心没错。"

"咱们是个团队,彼得。"

沙舟知道他们在说谁,他听过更难听的,而且是当面——现在这些还不至于让他难受,但他的心中确实如同被突然挠了一把,轻微地肿痛起来。

他深深地吸了口气,故意重重地踏过舰桥的门,船员中有人咳嗽了一声,所有人都安静下来,只有木村鹤转头看见他,有些尴尬地笑了笑。

沙舟也向她微笑,他向所有人微笑。

"恢复得怎么样,各位,"他说,"我想现在应该说说我们接下来的工作了。"

船员们都在点头,安娜·杨走过来,给他递上一杯咖啡:"当然,我们都准备好了,巴克①。"

沙舟挑高眉。

"我告诉他们你中文名字的意思。"安娜压低了声音说,"说英文对他们来说更容易也更亲切。"

"哦,"沙舟点点头,"也许你是对的,但这个时候还是应该称呼我船长。"

安娜点点头:"当然了,船长。"

投影仪开启以后安杰洛·库克调出记录,在休眠的旅程中,博士依然不停地向曼查克发送信息,也依然没有收到过回应,不过曼查克上也没有异常的能量波动,排除了发生大的自然灾变的可能性。大副将殖民地的资料分门别类地悬挂起来,让船员们再次熟悉:

---

① barque,舟的意思。

"伙计们，曼查克不是个让人愉快的星球，虽然它的确具备生存的必要条件——它有跟地球相近的重力，公转周期是450天，自转周期是30小时，平均温度在30到40摄氏度之间，但是地表几乎被原始沼泽和雨林覆盖，除了两极陆地外，整个星球干燥的地方很少。这大概也是它得名的原因。[①]而且它的大气中含有太多的甲烷、硫化氢和二氧化碳，就算经过改造依然很刺鼻，所以我再次提醒你们，如果呼吸系统敏感最好还是戴上氧气面罩。"

安杰洛用手指在全息地图上画了两下，圈出两个红点："移民们在曼查克上建立了两个定居点，一个叫作'红海'，一个叫作'巴比伦'，它们相距不到两公里，面积和居民人数大体相当。不过红海主要是进行行星改造，而巴比伦更多是开拓性质的生产基地。跟联邦保持着联系的通信设备主要是在红海，巴比伦也有备份，按照计划，我们应该先进入红海。那里有一个专供大型飞船降落的人工平台——事实上，这两个定居点几乎都是建造在人工平台上的，因为移民们虽然选择了最适宜的居住地，但是依然是讨厌的沼泽环境。"

"那就是说，会看到鳄鱼啰？"

彼得·沃茨轻佻地说，他一直在擦拭手里的枪，同时装备了动能武器和能量武器的新玩意儿。

"哦，比鳄鱼可怕多了！"木村鹤把手肘支在平台上，做出夸张的表情，"我听说他们刚开始降落的时候就有动物从泥地里冒出来，把一个机械专家的腿给咬掉了！"

"他死了？"彼得冷冰冰地问。

[①] 曼查克，美国新奥尔良附近有名的魔鬼沼泽，发生过杀人案，并且景色恐怖。

"死了，"木村鹤叹了口气，"但并不是因为伤势过重，而是因为创面感染了微生物。"

"谢谢，木村小姐。"发现正在跑题，沙舟站起来，船员们收敛起笑容，把注意力放在他身上。

沙舟将资料收拢，调出3份计划表：

"我们将选择在白天降落，那时候刚好没有雾气。标准步骤大家都知道了。库克先生留守飞船，其余的人都按照队形前进，确认安全以后库克先生可以选择下船或者继续留守。我们这次的主要任务是弄清楚移民们的联系为什么中断。如果有危险我们将放弃救援，直接悬停在曼查克的空间轨道上等待进一步的指令。"沙舟又顿了一下，"我会履行我的职责，尽我所能让大家平安回去，希望各位能相信这一点。"

船员们安静了片刻，安娜首先提高了声音："当然了，长官——船长。"

"谢谢，开始工作吧，各位。"沙舟敲了敲平台的边缘，就转身向船长的位置走去，其他人也同样，只有安娜没去医疗舱，反而跟上了沙舟。

"对不起，巴克，我知道你听见了。"她压低了声音对沙舟说，"木村不该提那件事。"

船长的位置并没有在舰桥正中央，而是在斜上方略高一点的平台上，不但有一个独立的全景观察孔，并且只需要旋转座椅，就能将整个舰桥收入眼中。沙舟坐到自己的位置上，安娜挡住了大副的位置，但作为安保员之一的彼得可以来回巡视，所以还是能看到他们两个人，也许只是听不见对话。

"你生气了吗？"安娜有些小心翼翼地看着沙舟，"木村没有恶意，她也只是看到救援署内部的通报而已。"

"没有，安娜，我不能阻止你们想什么，但我会做好我的工作。"

"我们是一个团队，"安娜说，"别分你我什么的。"

沙舟笑了笑："去工作吧，每个人都要完成限时复健计划，请确保体能没问题。"

安娜抿了抿嘴唇，离开了舰桥。

沙舟在座位上旋转了一下椅子："先生们，我想放点音乐，你们不介意吧？"

船员们相互看了看，彼得点点头："当然，长官，现在就缺这个。"

沙舟对博士说了他的愿望，于是《带我飞向月球》的旋律就在远离地球的地方响了起来。

2. 幽灵基地

沙舟并不是一开始就想成为飞船船长的。他学的是机械专业，原本是想在成为机械师以后多干十年，再去大型星际飞船上做轮机长，但阴差阳错地当了大副，然后就升到了现在的位置。他学的专业对此倒很有帮助，因为他很熟悉飞船的构造，很容易掌握那些不同飞船的结构和飞行要点。

"但丁号"是他飞过的相对小巧的一艘船，以氘-氚同位素为燃料，跟普通的货运和客运飞船相比，燃料箱要少4个，但加速时间要快一倍。依然采用传统的轴对称重力发生器，龙骨两侧均匀分布着各个舱室。在飞船的下腹部有两架小型水陆空三用穿梭机,也是逃生设备,刚好能容纳6个人。

作为救援署的标配飞船,即便以前从来没有操作过,沙舟也很熟悉这艘船,他知道这个型号的飞船在降落时减震总是不太好,因此需要船员们在收到降落指令以后在各自的座位上系好安全带。

他打算在10分钟后就发布这个指令。

库克大副向他汇报了遥感测试,确认了降落方位。那是"红海"基地所在的地方,位于曼查克北半球中纬度地区,云雾相对较少,算是一个比较安全的飞行区域。在进入大气层以前他们再次向移民基地发送消息,依然没有收到任何回复。

"那里肯定出事了,船长。"安杰洛·库克对他说,"按照标准程序他们应该给咱们坐标,通报降落条件,而且必须是人工答复。现在我们发出的每条信息都像是刀子切进黄油里一样,半点声音都没有。"

"我们自行降落,"沙舟对博士说,"倒计时开始。"

"好的,船长。"博士把沙舟的指令传达到整个"但丁号"。在所有的安全带固定信息返回到博士的处理器以后,降落程序正式被执行。

"但丁号"如同一只夹紧了翅膀的大鸟,缓缓地进入了曼查克的大气层。从稀薄的外层空间,到黏稠的大气层,飞船外表的隔热层从铁灰色慢慢地变成了浅棕色,然后转变为深红色。气流的震动很剧烈,沙舟用手抓住座椅的扶手——无论多少次,他都很难适应这种带着失重感的抖动,这让他的胃部翻腾。而救援船原本就糟糕的减震功能让他更是从心底产生了一点点恐惧——也许他们会坠毁,至少仿佛会有一种即将坠毁的错觉,这让他不得不强迫自己面对糟糕的回忆。

他紧紧闭着嘴，绷着脸，不希望有任何人发现船长居然在降落的时候有些紧张。这是他必须隐藏的秘密，比很多秘密都重要。

好在这过程持续得并不长，大约在五分钟后，他们就已经穿越了云层，接近了降落点。而这个时候，飞船窗户外的保护罩重新收起，外部的景色顿时一览无遗。

曼查克，这个魔鬼沼泽星球，他们看过它的许多资料图，然而都比不上亲眼看到的那么震撼——

它是个美人，尽管还那么粗野，但仿佛高更笔下的塔希提女人，有着原始的魅力。从舷窗望出去，这片大地上没有起伏的高山，到处都是绿色、墨蓝色和黑色的斑块。那些都是深浅不同的沼泽洼地，长着奇形怪状的植物。跟地球上的沼泽相比，它们的面积大得惊人，有些可以轻易装下大洋洲，甚至整个非洲。

"但丁号"越接近地面，船员们就越能感受到这些沼泽的奇诡，从巨大的植物群到淡绿色的薄雾，再加上时不时在水面冒出的不明生物，就好像旧日小说里那些毫无科学根据的奇幻世界。现在遥远的恒星正在地平线上落下，因为大气层的关系显露出一种泛着灰的红色，这个世界正在进入夜晚，这仿佛让它更加不可知。

现在的光线还算合适，在他们降低到合适的飞行高度以后，很快就看到了移民们在曼查克建立的基地"红海"。那是一个有着巨大玻璃平顶的建筑，看上去是一个圆柱形，顶层有太阳能电池板和伸出去的平台，下方的地基深入沼泽，一直打入了坚固的地壳。在围绕建筑的那一圈亲水平台上，有一块特别大的扇形区域，上面用黄色的信标注明了停机位置。

但丁号准确地落在上面，轰隆隆的巨响让周围浅水中一大片阔叶植物摇曳起来。

"戴好面罩，伙计们。"库克在收集舱外数据的同时，安娜开始检查他们的装备，履行她的职责：得确保每个船员都带上维生设备。

大家鱼贯出舱，琳达·霍尔顿打头，而彼得·沃茨给每个人分发了武器，负责殿后。

"回头见，库克先生！"沙舟在通信网里对大副说，"请留意我们的信号。"

那个高大的黑人在舷窗处向他们挥挥手："注意安全，船长。"

沙舟点点头，五个人组成菱形的队列向基地走去。

因为戴着氧气面罩，沙舟感受不到这里刺鼻的空气，但略大于地球的重力让他觉得走起来脚步迟滞。这个停机坪上没有别的飞行器，周围也没有人，甚至连信号灯也没有，一些沼泽蔓藤爬上了停机坪的边缘，结出墨绿的小浆果。

一行人小心地来到基地的入口，两扇自动门紧闭着，上面有些绿色的苔藓植物。琳达确认了安全，稍稍闪开，让沙舟撬开了门边的控制台，输入了几个代码，但是没有任何动静。他只能想别的办法。

"博士，能连接上基地的电脑吗？"

"我尽力，船长。"

AI安静了几分钟，接着控制台里的显示屏闪烁了几下，门打开了。里面黑洞洞的，什么也看不清。

"谢谢，博士。"沙舟调亮了面罩顶上的射灯，"走吧，各位。"

就在他们要进入基地的时候，在队伍中间的安娜发出一声短促的惊呼。

沙舟回过头："怎么了？"

"哦……"安娜用惊喜的口吻说，"我知道他们为什么要把这个基地取名为'红海'了。"

她指着远处——

恒星的余晖投射在这片沼泽上，在水生的高大植物之间，也许是水质的关系，也许是长满了藻类，总之那被风微微吹皱的波纹是如血一般鲜艳的红色……

"红海"作为曼查克的行星改造的起点，最开始的设计就将移民飞船囊括在内的。当飞船抵达这个行星时，移民们勘探过预选的几个定居点，最后落脚在此。飞船先降落下来，变身为挖掘机械和工作平台，然后移民们以此为基础开始修筑基地。等到基地完工的时候，原先的移民飞船也包含在其中，并且被改造成为基地备用部分，成了保险设施。

因此，当博士被送入基地系统之后，很快就重新在里面建立了联系，沙舟他们一边往里走，博士就一边修复系统上的故障。

"我觉得你该首先恢复照明的电力，"木村鹤在通信系统中对博士说，"现在咱们全靠头盔上的灯光呢。"

"你说的有道理，木村小姐，但是我认为首先还是恢复空气过滤系统比较好。"博士用轻快的语气说，"你们的氧气面罩还可以支撑1小时35分钟，而我会在5分钟后恢复空气过滤系统，但是基地内的空气适应你们的呼吸需要1个小时。我相当在意工作的轻重缓急。"

"好吧，"木村鹤耸耸肩，"你赢了。"

通信网络中响起了其他人的笑声，但沙舟笑不出来。现在他们按照资料中的地图从停机坪入口往中心控制室走，沿途竟然没有发现任何人类的踪迹。从他们试图联络这里开始，就像往深潭里扔石头，完全听不到任何回响。就算像资料上写的那样，"红海"中的人数少于"巴比伦"，可一路上别说半个人，甚至连具尸体都没发现，太诡异了。

没错，在进来以前，沙舟就做好了看到满地尸体的准备，然而真的深入基地才发现，除了潮湿的痕迹之外，这地方很干净，没有什么被破坏的痕迹。

可是，按照博士的说法，基地里的空气已经不适合人类正常呼吸，那么这里的移民是全部撤离了，还是已经都死了呢？

就好像是感应到沙舟的猜测，博士对他说："船长，这里没有探测到人类活体的踪迹，安全系统也没有被破坏，但是与另一基地巴比伦的联络中断了，我正在尝试恢复。"

"很好，博士，继续干你的活儿吧。"

沙舟低头看了一眼手腕上弹出的地图影像。因为电梯全废了，他们现在沿着安全通道向基地的控制中心前进——是建成后设立的那一个，而非原本飞船中保留的备用设备。

他们的鞋子在硬橡胶的台阶上发出轻微的摩擦声，因为排风扇没有动，这一点点声音显得很巨大，在空荡荡的楼梯间回荡着。空调系统也停止了，虽然隔着防护服无法感知温度，但他们都能从面罩上凝结的水汽知道外头肯定潮湿又闷热。

"我真的不喜欢这地方，"木村鹤嘀咕道，"我可没有勇气让自己的余生都在这大沼泽里度过，我敢说这里的蚊子个头都比地球上的大几倍。"

"是啊，说得没错，"安娜附和她，"我也觉得还是自己家里最好，当开拓者得承担多大的风险啊。"

"他们到底发生了什么事？"木村鹤又说道，"这里不像是发生过什么大灾难的样子，设备都保留得很好嘛。"

"谁知道呢，在陌生的地方什么意外都可能发生，何况是一个刚开始移民的星球。"

"我觉得他们大概都死了。"

"哦，木村……"

"抱歉，这太冷酷了，"日裔女性耸耸肩，"不过我真的有这样的预感。"

沙舟想要阻止这两位女士聊天，但那会显得不近人情，现在他没有宣布紧急状态，没有任何条例规定船员在安全的环境里不能聊天。他只是不喜欢木村的口吻，那种太过于置身事外的口吻。她没有真的接触过死亡。对于死亡，任何人都应该带有一份敬意。

"空气过滤系统恢复。"博士适时地打断了他们的对话，"再向各位报告一个好消息，我能够提前恢复电力系统。"

"干得不错。"

"谢谢，船长。"

沙舟知道对AI提出表扬其实是将他当做了人类，对于人类来说是情感，而AI的感谢只是一种情绪反射，它并不会因为这表扬而提高效率，也不会因为斥责而消极怠工。沙舟最喜欢博士的这一点。

"另外,船长,我想提醒你们,现在按照地图,你们应该接近中央控制室了,抵达以后请不要着急调试开关进门,按照我的计算,你们只需要在原地等待两分钟,电力系统就能恢复,我会把门打开的。"

这建议每个人都乐于接受。他们爬上了台阶的顶部,推开安全通道的门,进入了一个更加宽敞的通道。沙舟转头打量着周围,射灯的光把中央控制室的大门照亮了,全金属的门还锃亮锃亮的,也显得完好无缺。

"这里也没有人。"琳达迅速地扫了一遍周围的情况,"现在我们可以贴在门两侧的墙上,别正对它,我可不想一开门就迎面撞上什么倒霉事。"

四个人听从了安保员的安排,但要整个人贴到墙上还是很难的,隔离服让他们都胖大了一圈。木村发出咯咯的笑声,抱怨这衣服本来就不是她该穿的码。

她真是个活泼的姑娘,沙舟想,也许感知力稍微迟钝一点也是件好事。

很快,通信网络里就不再有人说话了,就像突然有天使飞过,也有可能就是在这样的地方并不能一直若无其事地聊天,总之,沙舟只听见隐约的呼吸声。他并不能肯定这声音来自哪个人。

黑暗和寂静让时间变得特别漫长,沙舟仿佛听见了一种细微而隐秘的沙沙声,在这墙壁之中游移。他转头看了看他的船员,他们神色如常,似乎没有听到任何动静。

也许是错觉,有时候气压变化会让他出现幻听。

沙舟回过头，但那声音依然清晰，就在他烦躁地想要站直了身体甩甩头时，博士的声音响了起来：

"电力恢复。"

就像普罗米修斯点燃了第一支火把，基地中所有的照明系统都陆陆续续地启动，发光的天花板和角灯顿时让这幢建筑里亮如白昼。

"万岁，博士！"木村欢呼道。

沙舟抬起头，耳朵里的声音也消失了。光明对人类来说真重要，他想，这简直是救赎。

"打开中央控制室大门，博士。"沙舟命令道。

"是，船长。"

彼得和琳达飞快地分列到大门两边，端着枪，做好了准备。只听见一阵轻微的气压声，两扇厚重的金属门缓缓打开。

3. 无迹可寻

沙舟在调查结束之后，从来没有跟人说起过那次事故。"塞壬号"的坠毁最终被定性为一起意外。他作为大副，在执行命令的流程上无可指责，让飞船处于险境的是已经丧生在火海中的船长。但那位船长无论是活着还是死去，都有一些相信他的人，他们认为事实并非如此，沙舟既然是唯一的幸存者，那么有些责任当然容易撇清。于是报告上难以经由第三方查证的部分成了沙舟的罪证。

但他并不想辩白，因为他在汇报飞行情况的时候的确没有告诉船长他心中有不祥的预感。

他曾经在那一瞬间感觉熟悉的舰桥很陌生,灯光都变得暗淡,同事们的脸模糊不清,而船长说"打开6号发动机"的命令就仿佛来自飞船外黑洞洞的宇宙。

他无法准确地表述这件事,那或许是直觉,在他检查过发动机之后总觉得有些不对劲,但他还是执行了命令。他应该相信直觉,因为在飞行的职业里,迷信其实是个概率问题——或者是发现问题的前奏。

现在,他的心头又一次掠过了那种感觉,就在他看见红海基地的中央控制室后。

跟外面的整洁平静不同,这间宽敞的控制室就仿佛一座垃圾场——

门刚一打开,他们就看到满屋子的狼藉,除了最重要的中央控制台被固定住,其他设备都被推到了角落里,地上满是腐烂的食品残渣和污渍,还有各种被拆卸的零件。

"我的天啊!"木村惊呼道,"这里简直像下水道,耗子才喜欢这儿。"

他们陆续走进去,同时庆幸穿着严密的隔离服——光看这情形就知道味儿有多可怕。

"空气过滤系统会优先处理这个房间,"博士说,"刚才检测过,除了腐败过后的细菌超标,没有其他问题。还有就是这里检测到本地生物的DNA。"

"谢谢,我看见了。"沙舟回答道,他朝一个方向指了指,"应该就是那个吧。"

在一面墙下,有一张小桌子,上头摆着两个透明瓶子,里面的液体中漂浮着两个形状怪模怪样的藻类植物。而在旁边,有一个同样的瓶子已经碎掉了，看上去似乎是用力丢在墙壁上打碎的，白色的吸音材质上留下了变色的污秽痕迹，而那一团藻类也粘在墙壁上枯萎掉了。

彼得蹲下来翻了翻那些垃圾。"都是日用消耗品，还有一些应急物资。"他说，"有谁在这里住了很长时间吗？"

"那现在去哪儿了？"安娜问，"看垃圾的分量，估计住的时间还挺长。"

"也许是红海先出了事故，他们被困在这里了，如果故障排除，他们可能撤退到了巴比伦。"木村耸耸肩，"也许他们都死了。"

"可是没有尸体，"安娜打量着四周，"这是最奇怪的。"

沙舟来到主控制台前。在博士恢复电力以后，原本沉寂的控制台又亮起了信号灯，然而系统还是瘫痪的，下方甚至还有小火花和电流的呲呲声。

"木村，你能修好这玩意儿吗？"他对队伍里的机械专家说。

那位女士走上来摆弄了几下台面，又趴下去看了看："也许你可以给我半个小时，另外我得到处找找需要的材料。"

"很好，开始吧。"沙舟说，"另外，沃茨先生和霍尔顿小姐，我希望你们能在基地里巡查一下，看看有没有什么发现。安娜，我们两个再调查一下这堆垃圾里有什么线索。等博士宣布他的工作结束，我们就可以联系库克先生了。"

沙舟从来没有遇到过这样的救援场景——没有可以救援的对象。

其实以往的救援也并没有太多鲜血淋漓的惊险场面，因为能支撑到救援小组到来,那就证明受困者们其实还具有生存的基础条件。当然他也见过一些发出了救援信号以后,已经根本没有生还希望的人。比如因为气压稳定装置故障,整艘太空船变成真空状态,船员们的尸体飘浮在各个岗位上,还有他们赶到以后空间站已经在熊熊燃烧……

但无论如何,他们都能看到那些需要帮助的人。

"这里真的有些诡异。"木村一边修理控制台,一边嘀咕。

这次她倒是说出了自己的感受。沙舟却没有接话,博士正将红海基地中的储存资料读取到他的个人终端上。这有些困难,因为博士说基地中原本搭载的 AI "母亲"似乎完全被清洗掉了——完全地、无声无息、毫无痕迹。

"我想它是死了。"博士这么说,显得有点冷酷和荒谬。

于是它尽可能多地抢救"母亲"的遗物。这几乎都是残缺的信息,包括红海中的一些日程,移民们在曼查克考察和改造星球的记录,还有移民们各自的信息。

在基地中有专门的书记员汇总各个资料,名字叫"卢克·安吉",看资料是一位红头发的女性,她的信息签名随处可见。资料归档得非常好,所以调阅起来简单而清晰。但系统的损坏使得记录并不完整。

从这些残缺的记录中能看出来,移民抵达的时候,这座沼泽行星就跟预料的一样让人不太舒服,所以飞船降落后的两个月中,大部分移民都在进行行星改造工作,同时也练习适应环境。

重力方面还好,主要是改造大气。他们在全球的几个关键地点上安装了反应装置,然后释放中和剂。于是大气中的氧气浓度开始增加,有些地方的反应装置还出现过故障,发生了爆炸,引发过大面积燃烧。不过总体上还算顺利,在经过了一年后,尽管味道难闻,但曼查克的大气总算是能让人呼吸了。

当然大气的改变也让这星球上的很多植物濒临死亡,所以移民们事先采集了不少样本,进行基因改造,在大气改造完成以后重新将它们放回到自然界中。

不过他们做的并没有太大意义,因为这个星球上的植物似乎有很强的适应能力。在大气的成分被改造以后,它们也相应地发生了变化,重新生长起来。反倒是那些被人类改造过的植株在外面又统统死亡了。

"那么这就应该是移民们改造植物后的样品了?"安娜指着那些透明玻璃瓶子说,"也有可能是他们采集的原始标本。"

"我们可以让博士分析一下,"沙舟并不太关心那个,"这星球上好像没有进化出高等动物?"

"的确没有发现,船长,"博士回答道,"目前读取到的记录结合前期资料表明,曼查克上的动物很多属于原生动物,还有个别软体动物和虫类,而且数量稀少。有趣的是,它们具有一些植物的特征,大概是生态环境所决定的。"

这个时候控制台上的缝隙里闪动了几下,一个全息显示屏从那里弹出来,木村高兴地拍了拍手,从下面钻出来。

"好了!"她欢快地叫道,"至少好了百分之九十,船长。这个控制室现在可以被我们接管了。"

这位机械师提前修好了中央控制台,使沙舟可以不完全依靠博士来操纵整个基地。他称赞了木村,而对方只是摆摆手,表示这毫无难度。

沙舟分不清她是在客套还是在说实话,但无论如何她都不太像自己在社区中见到的日裔。

他试着调取实时监控画面，有些还是黑屏，但不少都可以看见了——依然没有人，无论是在堆满物资的仓库，还是关键的通道交汇处。

沙舟在通信网络中呼叫两个巡视的安保员。

"我们在地下一层，"琳达回复他，"这里应该是移民飞船的部分了，跟上面比起来不太干净。"

沙舟从个人终端里看到了琳达传回的画面：湿漉漉的地面，有些浸水的墙体，有些设备表面变色了，这可不太像一个按要求维护的飞船。

"我们没有找到任何生还者或者遇难者。"琳达说，"或许还应该往下走，那就会直接到飞船的底舱了。"

"人都去哪儿了？"安娜说，"难道真的全部转移去了巴比伦？可这基地看起来没有发生任何需要撤退的事故啊。"

"这事儿邪门。"木村坐在控制台边缘，像古代忍者整理武器一样，把她的便携工具放回到身上。

是挺邪门的，但沙舟并不能公开附和她。

"去吧，"沙舟对琳达说，"我会开着监视器，你继续向我们传回实时画面。"

"好的，长官。"

也许基地最下方的信号受到了干扰，传回的画面偶尔会出现黑屏和扭曲，不过大体上还是能反映现在的状况。沙舟将琳达的画面单独提出来放在左上角，然后继续把其他的界面排列在下方，读取各种记录。

记录果然中断在12年前，那时候移民们已经习惯了曼查克的历法，记录上显示的是第9年5月11日。

记录员安吉·卢克最后的信息签名是"今天是个好天气，红海的水面泛着金光。——A·L"

没有任何异常。

沙舟想起了他们进入基地前那一片水生植物中间波光粼粼的沼泽，那在光线下变化起伏的红色海洋，似乎的确可以算是异星的美景。但现在沙舟觉得那种血一样的颜色让他有些不好的感觉——这感觉他还没有来得及抓住，通信网络里就传来了琳达的叫声："船长，我们好像看到人了！"

4. 猝不及防

从有干扰的画面中能看见两个安保员已经站到底舱的台阶上，琳达口气激动，指着一个黑漆漆的通道说："在那里，就在刚才，我看到有个人跑过去了，速度很快！非常快！"

"博士，能回放一下刚才的画面吗？请把它放大处理。"

AI温柔地答应了，于是将琳达拍摄的图像最大化地投放在屏幕上。博士放慢了播放速度，于是他们能看到一个模糊的影子从画面中掠过，那的确是个人无疑，但诡异的是……

"他干吗光着身子？"木村纳闷地说，"而且，他刚在沼泽里游泳了吗？"

没错，看体型那是一个成年男性，但全身赤裸，光着头，身上似乎湿漉漉的，还挂着一点植物的样子。

"这是他刚才留下的东西。"琳达把镜头对准了刚才那个人跑过的地方：有湿漉漉的脚印，证明她并没有看到鬼魂。

"好像黏糊糊的。"她用手指沾了沾那液体,牵出一条丝线。

"我们得找到他。"沙舟说,"也许这是基地里难得的幸存者。霍尔顿小姐,沃茨先生,把那位移民带来,看看他发生了什么事。"

"注意安全。"安娜在旁边补了一句,又转头看看沙舟,"我有不祥的预感,长官。"

"别乱猜,杨小姐,"沙舟安抚道,"别说出来,再等等。"

琳达他们已经来到了底舱,两个人背靠背地移动着,典型的防御模式。即便是恢复了电力,底舱也是漆黑一片,很明显飞船电力跟基地是分离的。安保员头上的灯光照亮了这片区域:显然,这里已经被污染了,舱壁上满是苔藓一样的植物,它们带来的汁液流下来,在地上积累出蜡状的东西,有些地方似乎夹杂着别的植物种类,仿佛是蔓藤,还有些开着拇指大小的圆形冠状物。

"看,"琳达指着地板上说,"是脚印吗?"

看起来的确是脚印,在蜡状的地面上有一串清晰的人类脚印,而且没有凝固的部分还在以肉眼可见的速度复原。

他们继续朝里面移动,很快,更多的苔藓和蔓藤出现了,它们越来越多,将飞船底舱填充得如同一个洞穴。

"天啊……"通信网络里传来琳达和彼得的惊呼。

在那些层层叠叠的植物中间,有一个人正镶嵌在里面,他不停地蠕动着,仿佛在母亲子宫中活动的胎儿,而那些植物也拥抱着他,缓慢地将他覆盖。

"把他拉出来!"琳达叫道,于是彼得走上前去,伸手将那个人拽了出来。对方没有发出任何声音,只是不停地挣扎,扭动。

当他被拽出植物的"巢穴"时,大家终于看清楚了他的脸,但所有人都发出了尖叫——

那几乎不能称之为脸,只是一个平滑的肉球,在原本拥有五官的地方,什么都没有,没有眼睛、鼻子和眉毛,甚至没有嘴,只是在嘴的位置有一个裂口,仿佛一个吸盘。

这玩意儿真的是"人"吗?

木村把脸转开,发出一阵呕吐的声音。

沙舟的心跳如同擂鼓,他咽了口唾沫,迅速地让自己镇定下来:"霍尔顿小姐,请将这个……这个生物,带到中央控制室,我们会准备好隔离装置,你们也需要消毒检疫,另外暂时封闭底舱,我再重复一遍,你们出来以后立即封闭底舱。"

"好的,长官!"琳达回复道,他们两个人都去抓那个还在乱动的"东西",通信网络里传来他们的抱怨。

"我的天啊,他身上可真滑……"

"用自动束缚带,快!"

"你按住他……"

画面乱晃,接着又有干扰,更看不清了。

沙舟将画面缩小,放到右下角,坐下来长长地出了口气。

"发生了什么事?"通信网络里传来库克大副的声音,他没有看到实时画面,但他也能够切入这个网络。

沙舟很难用一两句说清楚他们现在遇到的状况,他调整了下呼吸,尽量保持镇定:"准备好消毒隔离舱,库克先生,你暂时不能进来,但霍尔顿小姐会将一个……一个生物送回去。"

良好的职业素养让大副意识到事情的严重性,他简短地答应了。

沙舟转向安娜："你也得跟他们回去，杨小姐。等霍尔顿小姐到了，你和她押送这东西回去，好好弄清楚它到底是什么。沃茨先生留下。"

"是，船长。"

室内暂时没有人说话，刚才那画面的冲击让气氛瞬间凝重起来。过了一会儿，木村语气干涩地问道："他们发现的那个，就是在底舱的那个，是个人吗？"

"我无法确定。"安娜说，"必须检查过后，最好是测定DNA。"

"这里发生了可怕的事情。"木村抱紧双臂，"我感觉那是个人，我猜它是……曾经是……"

"请别胡乱猜测。"沙舟严厉地对木村说，"在没有得到检查结果的时候，不能下任何结论。还有，从现在开始你们的防卫系统必须开启，就算空气过滤完成也不能脱下隔离服。"

两个人都答应了，她们在个人终端上输入了命令，于是全身的隔离服稍微变色，如果遭到攻击，会发出一次强电流。

"我最好带点样品回去。"也许是受不了现在这诡异的寂静，安娜转身从背包里拿出采样盒，小心翼翼地将玻璃瓶子中的植物夹取出来。

沙舟则继续在控制台上摸索，重点寻找关于底舱的记录。

他跳过了好几个损坏的文件，终于发现了一个视频日记的文件夹，上面同样有A·L的信息签名。安吉·卢克的个人日记，没有标记工作的标签。

沙舟打开了最早的一个，那位脸上有些微雀斑的活泼女性看起来不超过30岁，她刚刚从冷冻沉睡中醒来，脸色并不太好，但到达新殖民地的兴奋使得她的语速很快,她介绍了飞船降落的情况和各方面档案汇集的情况,表示自己已经到岗。作为档案管理员,她每日将各个部门的档案汇总,阅读以后再分类存放,并且会将有必要提出的信息特别汇报给基地负责人,他们称之为"总统"。同时她自己也会从档案中总结当天的情况,留下个人化的东西。

听起来就仿佛是一个特别助理,也是最快最简单的信息来源。

沙舟特别留意了她最后一个视频日记,但日期却并不是之前看到的曼查克历第九年的五月,而是写着"M·09年06月19日"。

他打开了日记,然而画面中并没有人。忽然,一只手攀上桌子,接着安吉·卢克艰难地从地上爬起来,原本鲜亮的红发已经完全脱落了,只剩下几缕还挂在两侧。她的皮肤看上去异常光滑,简直如同婴儿一般,甚至还微微发亮。她的表情扭曲,双眼通红,仿佛在抵抗什么痛苦。

"沼泽……天啊,沼泽……"她的声音也变得古怪难听,"他们都融化了,他们还在,但是……哦,我知道,我知道,我知道它在想什么。或许这样也好……可是,人类……是一个一个的……不该来这里,不该来这里。"

接着,她重新摔倒在地上,发出痛苦的呻吟。接着又有一阵窸窸窣窣的声音传进来,但图像中什么也看不到。过了很久,视频自动关闭了。

沙舟聚精会神地将这个视频反复观看,安吉·卢克的痛苦表情几乎要刻进他的脑子里。

然而他并没有弄懂视频中到底发生了什么。

传染病，入侵生物，还是其他什么灾变？这统统不得而知。他不知道安吉·卢克最后说的是什么意思："他们"是谁？"它"又是什么？为什么要说"人类是一个个的"？

"长官？"木村在一旁打断了他的思索，他转头看着她，日裔机械师满脸紧张，"为什么琳达他们还没有赶到？已经过了快半小时了，他们之前下去的时候走得很慢，但回来应该是直达通道吧。"

这提醒了沙舟，他在通信网络中呼唤两个安保员，询问他们的位置。

但这次，没有任何回答。

木村的呼吸变得急促起来，安娜也停下了手中的动作，转头望着沙舟。

"霍尔顿小姐，沃茨先生，告诉我你们的方位，"沙舟顿了一下，再次重复，"我们需要知道你们的方位，霍尔顿小姐？沃茨先生？"

通信网络中依然一片寂静，偶尔蹦出的只有一点点干扰杂音。

沙舟觉得手心有些出汗，他对博士命令道："监测他们的位置。"

"是，船长。"AI回应道，"根据定位器，我发现霍尔顿小姐的信号停留在基地底舱没有移动，但是沃茨先生的信号正在朝中央控制室移动。"

"他们发生了什么——"木村的话还没有问完，控制室的门口就出现了一个人。

5.消失

那是彼得·沃茨,他跑了上来,气喘吁吁,这健壮的男人此刻仿佛一条老狗。

他的隔离服面罩里是张满是汗水的脸,还带着毫无掩饰的惊恐。

木村想要跑过去,但被沙舟一把拽住。"冷静点,"沙舟低声说,"保持距离。"

彼得·沃茨看着他们,走进房间,一屁股坐在椅子上,脸色发白。

安娜也走过来,站在沙舟旁边,他们两个一起慢慢地靠近他。

"发生了什么事?"沙舟打量着这个安保员,"你的武器呢?霍尔顿小姐在哪里?"

彼得抬起头来,冲着沙舟发出了一阵神经质的笑声。"我们被袭击了……"他的声音竟然完全不像本人了,"那个怪物,它缠住了琳达。它是个怪物,是个魔鬼。"

安娜抓住彼得的左手,看了看上面显示的身体数据,赶紧从急救包里找出一支针剂为他注射下去。彼得大口大口地呼吸着,似乎稍微恢复了平静。

"说清楚些,"沙舟催促道,"到底发生了什么事?"

彼得咽了口唾沫:"就是那个东西……那个看起来像人的东西,我们找到了它,把它捆住,然后拖向电梯的时候,它似乎在融化,体形缩小。于是琳达赶紧查看,但是它……它的手从网格里钻出来,那个吸盘……或许是它的嘴什么的,缠住了琳达的手……我没看清楚隔离服怎么破的,反正它弄破了……琳达的血被它吸走了,不,是所有体液……她瞬间就干瘪了。"

她死了么?沙舟想要这样问。

但这比死亡还恐怖。

"吸血鬼!"木村尖叫起来。

"安静!"沙舟生气地命令道,他对于这非理性的猜测有些无法容忍。

"那现在怎么样?"安娜焦急地问道,"你的枪呢?"

彼得摇摇头:"我冲那个东西开枪,但似乎毫无用处,它的身体不是人……我是说,虽然看起来是人的形状,但并不是肌肉组织,无论是电枪还是子弹枪,对它都毫无效果。它的黏液绝缘了,而子弹撕开的口子瞬间就愈合了。"

"琳达呢?"沙舟也追问道,"如果没有办法击退那个怪物,你就逃走了?"

彼得瞪大了眼睛,看起来一副深受侮辱的样子:"我打光了子弹,长官!但我没法救出她,她在防护服里就干瘪了,我看见的!而那个怪物显然没有吃饱!"

沙舟知道自己或许询问的方式有些不恰当:"抱歉,沃茨先生,你那是遵从应变守则的,我没有任何批评的意思,我只是必须确认琳达是不是还活着。"

彼得垂下头,轻微地摇了摇:"它把她拖走了,至少在电梯门关闭前,我看到是这样的。"

沙舟的心沉下去了,他对博士说:"把刚才的情况告诉库克先生,记录一名船员死亡。"

"是,船长。"博士轻轻地回答,然后又补充道,"请节哀。"

"一个 AI 被设计得充满了人情味儿,沙舟想,而自己并没有时间来难过。

"融化",他想,刚才在安吉·卢克的视频日记里也提到了这个词儿,难道他们和基地中的人遇到了同样的怪物?

"现在怎么办?"木村抱着双臂,紧张地问,"我们接受的是普通救援任务,也是前期查探,火力可没有那么强大。"

"可武器伤不了它,"安娜说,"至少我们携带的这两种武器暂时无效。"

"那怎么办?"木村神经质地咬着嘴唇,"能回'但丁号'吗?这事儿我们得告诉上面。"

"不……"沙舟说,"遇到一个怪物就这么稀里糊涂地回去,这并不能算是完成任务,我们需要再搞清楚一点。"

"我不会下去的!"木村拼命摇头,"我是机械师,我只跟机器打交道。"

"放心,木村小姐,我也没有打算派你去。"沙舟说,"你就守在这里保持跟'但丁号'的联络就好。杨小姐也留下,我和沃茨先生再去一次。"

他对彼得说:"至少上次你们用的自动束缚带可以暂时困住它,对吗?"

"是的,船长。"彼得回答,他的情绪镇定下来了,但看上去非常沮丧。

"很好,如果没法杀死它,那么暂时困住它也是好的。"沙舟拍拍彼得的肩膀,"希望你还能打起精神,沃茨先生,这次我们有备无患。"

他的鼓励大概有点作用,彼得开始为之前表露的惊慌而羞愧。他起身整理剩下的武器，包括沙舟他们所携带的，然后重新装配。

安娜则小心翼翼地检查他的防护服，将那些黏液和鞋底踩到的植物取样，放进她的样本瓶中。

"让博士封闭这个中央控制室的门。"沙舟对安娜说，"我们会跟你们保持联络。如果再次出现意外，我们没法回来，你们就撤回'但丁号'，立刻升空，让救援署重新布置任务。库克先生会成为临时船长，负责后续的一切。"

"好的，船长，"安娜又担心地说，"我会立刻分析这些东西，小心点，巴克。"

沙舟冲她点点头，又瞥了一眼木村："保持镇定，女士们，千万要保持镇定。"

"我会的。"安娜又看看另外一位女士，"木村也没问题。"

但愿如此。

沙舟和彼得重新开始往下走，他们这次换乘了另外的电梯。

通信网络里没有人说话，只能听见呼气的声音。

"红海基地所有位置的空气过滤已经完成。"博士的声音打破了尴尬的沉默，"另外此次意外事故已经通报库克先生，他想要跟您通话，船长，但是现在进入底舱，信号干扰严重，我无法准确定位你们。"

"你可以代为保持联络，"沙舟说，"现在我们得聚精会神，事后再跟他说吧。现在首先请想办法修复基地系统中那些损毁的记录，尽量修复，博士，那对我们很重要。"

AI乖巧地答应了，又贴心地将热力感应监控传导在隔离服的可视头盔上。

"到了。"彼得说,然后电梯叮的一声响,随着轻微的震动,门打开了。

从之前的监控中可以看出,琳达和彼得是慢慢地从楼梯上搜寻下去的,并没有使用电梯,而彼得逃命的时候,则选了这条捷径。电梯外还保留着他之前的鞋印,上面全是植物和黏液的痕迹。

底舱的电力只能支撑几个长明的应急灯,它们已经昏暗得如同雾气中的蜡烛,只能勉强助人辨认出方位。这里黑乎乎的环境仿佛是已经被遗弃了好多年,船体满是锈蚀的痕迹,有些角落生出了霉斑,而再往前,就能看见地上、墙上生长的植物。

"这些是曼查克的植物吧?"沙舟说,"它们是怎么进入飞船内部的,按理说这里应该跟外界隔绝了。"

"也许有违规操作什么的,"彼得回应道,"它们让我恶心,长官,并不是害怕,而是恶心。"

"我懂你的意思,沃茨先生。现在带我去你们发现那东西的地方。"

"简直是个地狱,船长。"

他们继续往前走,通信网络里传来安娜的声音:"我刚才分析了一些样本,船长,就是彼得鞋上和衣服上沾到的东西。那的确是曼查克的生物,应该是植物,虽然跟地球上的植物细胞区别很明显,但其中含有不少叶绿素,也有细胞壁,是一种自养生物。"

"你指的是那些绿色的苔藓吗?"

安娜在通信网络里深吸了口气:"问题就在这里,那些苔藓样本和黏液样本在细胞层面的差别并不大。它们可以说是一样的。"

沙舟停下了脚步："你的意思是，那东西身上的黏液是属于植物？它也是植物吗？"

"至少细胞分析是这样的。"

这可真是太诡异了！

"DNA呢？"

"正在进一步分析，船长。"安娜说，"还有三分钟。"

"随时告诉我进度。"

"好的。"

沙舟听到一些杂音，这应该是底舱环境的干扰。他感觉到脚下有些湿滑，低头发现自己踏住了几块苔藓，而其中还有更多的脚印和拖拽的痕迹。

"要到了，船长。"彼得说，"离我们发现那玩意儿的地方越来越近了。"

他的口气中有无法掩饰的紧张，这原本应该不会出现在一个常年处于战备状态的人身上。他被吓得不轻，沙舟觉得，也许是之前发生的事情太过于诡异的缘故。

他们拐进了一个通道，地板和舱壁上开始出现更多苔藓，而被拖拽的痕迹也很明显。沙舟从苔藓的空隙中辨认出这里应该是飞船原本放置救援舱和陆行车的地方。

也许是从外部回来的时候被污染了？他猜测到。

就在这样的念头闪现之后，隔离服头盔上的灯光照到了最里面的地方，沙舟倒吸了一口气：这里已经被植物填满了，除了苔藓和蔓藤，竟然还有一些带着荧光的零星"小花朵"。在被灯光扫到以后，它们迅速地缩回了苔藓和蔓藤下。

然而在这些植物中间，能明显地看到一个人形的空白，那里被堆积的植物簇拥着，苔藓和黏液如同床一般，就好像缺少了躺在上面的人而变得不完整。

"我觉得……船长，这就像一个子宫，或者说，孵化器。"彼得突然说道。

"这形容很妙。"沙舟说，"但如果它在室外或许会让我们放心点儿。"

接着，他端起枪，调到了火焰喷射的位置，朝着那一大片"植物子宫"走过去，压缩燃料变成红色的火舌扑向苔藓和蔓藤。荧光花朵瞬间枯萎了，植物们燃烧着发出吱吱的声音。

"监测到火警，重复，监测到火警。"

博士的声音在通信网络里响起来。

"不用担心，"沙舟对他说，"只是清理一下角落，这些东西烧不了多久。"

火势没有蔓延，只是那些植物成了焦炭。不一会儿，那个"子宫"就完全消失了，残渣掉到地上，积成了黑乎乎的一团。

"看，"彼得指着植物脱落后的地方，"那是什么？"

沙舟也发现了，在火焰燃烧完之后，他从灰烬中捡起了一块东西：看上去像是一件隔离服，因为防火的特性还保持基本的形状，只不过头盔已经碎了，上面也有些破口。他把那件隔离服拖出来，感觉有些沉重。它之前被植物覆盖，表面上的图案和文字都有些模糊了，但还是可以从左胸上看到"曙光号，N89区，妮娜·伊万诺夫娜博士"的字样。

沙舟想了想："博士，在记录中查询一下，妮娜·伊万诺夫娜博士的信息。"

AI很快接受了命令,但回复的语音中干扰更加厉害了,沙舟只能断断续续地从中分辨出,这个人是俄裔生物学家,在移民中担任生物考察和鉴定的工作。个人日志中断的时间是在曼查克历第九年的四月底。

这早于移民基地记录中断的时间。

"难道她在外出考察的时候带回来了什么入侵物种?"彼得在旁边猜测道。

"或许对于曼查克来说,人类才是入侵物种。"沙舟一边说,一边打开了隔离服。然而刚解开,他就吓得手抖了一下——

原来这衣服沉重的原因并非老旧的材质,而是在里面竟然还包裹着一具尸体,只是因为漫长的时间,这尸体已经完全腐烂、干枯,几乎只剩下了骨架。

"天啊……"彼得·沃茨呻吟道,"她还在里面。"

是的,毫无疑问这就是伊万诺夫娜博士。

沙舟心中有个判断,那就是这个移民应该是在基地出现问题之前就死亡了,如果她的尸体一直被丢在这里,那么就意味着基地在瞬间出现了大灾变,没有人顾得上给她收尸,所以连记录都没有。

那得是多严重的灾难呢?

但是基地大部分地方都整洁如新。

整件事越来越诡异了。

沙舟继续剥离着尸体上的隔离服,想要知道这位遇难者的死亡真相。很快,他发现在尸体腹部的位置有一个大洞,整个腹腔都没有了内脏,而隔离服上相同的位置也有这么一个破洞。

"有什么掏空了她的肚子?"彼得·沃茨猜测。

沙舟摇摇头:"或许,但尸体上其他地方似乎没有明显损伤。看她的手,没有蜷缩起来,身体也是舒展的,死的时候应该不会太痛苦。"

"我们应该把她带给安娜。"

"没错,先让她留在这里。"沙舟同意,他们在搜索到失踪的琳达以后的确应该将找到的唯一一个"移民"带给医务官。他在通信网络里呼唤安娜,简单说明他们的发现,然后询问安娜在DNA分析方面有没有什么发现。

但通信网络里一片沉默……

对面的人没有任何应答。

沙舟心中一沉,又再次呼叫,过了一分钟,依然没有人答复。

"博士,调出中央控制室的画面。"沙舟果断下命令。

AI用断断续续的声音表示回应,然后一个不断闪烁的画面出现在了头盔上:

凌乱的中央控制室内空无一人,原本站在控制台前的木村和安娜都不见了。

6. 幸存者

沙舟感觉汗毛倒竖。

原本在工作的两个人竟然就这样毫无征兆地突然消失了,没有给他留下任何消息。

"他们去哪了?"彼得的话音中藏着一丝颤抖。

"把之前的监控画面调出来。"沙舟对博士说。

他很快就看见几分钟前发生的变故：木村和安娜都聚拢在控制台前，安娜正在用便携显微镜观察样本，而木村正跟她说什么。

忽然，她们不约而同地抬起头来，向着门边望去，表情似乎很惊讶。

接着木村走了过去，安娜紧跟在她身后——但是她还记得带上了武器。

"把门口的监控画面也调出来。"

AI听从命令照做了，但那画面上黑乎乎的，似乎有什么东西黏在了镜头上。

"该死的！"沙舟朝空中挥了一下拳头，紧接着命令博士，"定位木村鹤和安娜·杨。"

每个船员的隔离服上都有定位装置，除了在底舱无法准确定位，别的地方似乎没有问题。博士很快显示出这个基地的三维空间地图，然后在其中亮起了两个红点——它们在不停地移动，但并没在一起，而是分离得很快。

"她俩分开了。"彼得·沃茨说，"为什么会这样？我们需不需要回去？"

沙舟也想知道原因，但现在回去的话，先找哪个呢？而且在下面的那个怪物的威胁也没有消失。

"她们遇到了危险吗，博士？"

"生理数据显示没有，"AI继续说，"心跳和血压略有上升，但还在正常的范围内。"

"有任何监控拍到她们，请立刻将画面传过来。"

"好的，船长。"

沙舟转向彼得："暂时不上去，她们可能是发现了什么，正在调查，我们继续当前的任务。"

"如果她们也遇到了怪物呢？"

"那你觉得我们现在上去来得及吗？"

彼得不再反驳，他看着沙舟的表情还是有些不赞同的样子，但服从了命令。沙舟将伊万诺夫娜博士的尸体拍照并取样，然后和彼得继续在底舱搜索。

虽然他们烧毁了一个"子宫"，但是底舱里还有很多植物在蔓生。在其中寻找拖拽的痕迹并不困难，他们发现这痕迹朝着原本运送移民的休眠舱去了。

按照移民飞船的设计，休眠舱可以同时容纳400人，在抵达以后会修改成医疗基地。因此，在他们进入的时候，看到了一大片从个体休眠舱改造而成的病床，它们的玻璃罩全部打开了，就仿佛一个个没有盖上的棺材。随着他们的进入，灯光亮起来——但并不是全部，有些地方显然是坏了，光线神经质地跳动着。

这里也满是植物，地面上蔓延着苔藓和蔓藤，它们甚至长满了休眠舱，如同粗糙的大型盆景，彼得忽然指着一个角落里的休眠舱叫道："看那儿，船长！"

跟别的地方不同，那个休眠舱被植物簇拥着，苔藓和蔓藤层层叠叠地从地上堆积上去，一蓬蓬地围绕在基座和舱面上，就像是在池塘里所有的鱼都在争夺的那一块饵料。但即便它们长得如此茂盛，还是可以从缝隙中看到些微的蓝光——那是休眠舱在工作的信号。

沙舟赶紧跑过去，掏出腿上携带的战术刀，将那些覆盖的植

物全部砍断、拨开,看到了休眠舱里的情况:

那里面睡着一个人,很年轻的女性,是个黑人,大概只有二十五六岁。她显然还活着,导管接在手腕上,胸膛在微微起伏。她穿着一套干净的简易隔离服,上面标记着"红海号"的徽章。

"是一个幸存者!"彼得惊讶地说。

"她也许知道这里发生了什么。"沙舟说,"我来唤醒她,你查看这周围还有没有别的幸存者。"

彼得点点头,端着枪向别处走去。

沙舟拂去操作面上的苔藓,选择了舱内唤醒模式。

只见导管自动将药剂注射到女人的身体里,接着她慢慢扭头,逐渐醒过来。她的眼神茫然,大脑显然还有些迟钝,但她缓慢地眨眼,一次比一次清醒,当她转头发现舱外的人,脸上流露出惊讶的表情。

沙舟按下面板上的通话按钮,对她说:"你好,我是'但丁号'救援飞船的船长,你可以叫我沙舟。因为还搞不清楚这里的情况,我启用了舱内唤醒模式。"

那姑娘凝视着他,显然还在理解他的话。

"你叫什么?"沙舟又问道。

女人张了张嘴,终于找回了自己的声音。"奥拉,"她说,"我叫奥拉·温斯顿。我丈夫德雷克·温斯顿是这个基地的医生。"

沙舟知道此时需要让这姑娘感觉到安全:"很好,奥拉,显然你清醒得很快也很顺利。现在我们手里有武器,外面还有一艘飞船,我们会把你留在舱内,直接运送到上面去。目前除了你,我们没有找到任何幸存者,而我的队员之前遭到了袭击,很可能遇难了,也许你可以告诉我这里到底发生了什么事。"

奥拉专注地听着他的话,又朝周围看了看,脸上流露出恐惧。

"你们得赶紧离开!"她说,"带上我,赶紧离开!"

"奥拉,我们会的,但我们的队员还没有找到,重要的是,这基地里似乎有个奇怪的生物,它有点像人,但又不是人。"

"快点走吧,现在就走!"这女人摇摇头,"你的队员已经死了,他就算没死,也不是他自己了!趁现在他们还没有来,我们必须立刻走!"

"他们是谁?"沙舟觉得这女人的情绪正变得激动,这时候彼得回来了,他朝沙舟摇摇头。

"没有其他人了,"他低声说,"那痕迹也突然消失了,就在那个地方。"

他指着这个舱室的中间部分——原本有的拖拽印记在那里突然就断掉了,就好像有人画了一条线,但在中途突然拿开了笔。沙舟抬头看看,那正上方是一个通气管,里面黑漆漆的,原本的过滤网格已经被弄坏了。

"现在怎么办?"彼得问。

"放弃,"沙舟说,"有了幸存者以后,保证她的安全变成了首要任务。我们要把温斯顿夫人带走,联系上木村和安娜以后就立刻返回'但丁号'。"

沙舟向博士传达了新的命令,然后两个人蹲下来开始拆解休眠舱——按照原本的设计,每个休眠舱都可以独立运送,就好像是带滚轮的病床。不过封闭状态在拆卸以后只能保持几个小时。

"你们要带我去哪儿?"

"离开这里啊,"沙舟对她说,"你不是这么建议的吗?等确认了你没有携带传染物以后,我们就会把你从这里放出来了。"

奥拉看起来并没有安心,她追问道:"现在就走吗?你们的飞船在哪儿?你们有几个人?他们都在船上,还是来基地了?"

她看上去非常焦虑,不知道她经历了什么。沙舟回答了她的问题,只是略过了之前木村和安娜发生的事。

奥拉并没有得到安慰,她想要坐起来,甚至忘记了自己还躺在休眠舱里,额头一下子碰到玻璃盖上,发出响亮的声音。

她捂着额头呻吟道:"别管他们了,救救自己吧,快离开这里!离开曼查克!"

"我们会离开的,"沙舟说,"但现在需要完成一些事情,我们很快就走。为什么不把你知道的先告诉我们?就在我们带你去飞船的路上。"

他们现在的确是往电梯走去,休眠舱的滚轮在潮湿的苔藓上不断打滑。

奥拉蜷缩在里面,似乎平静了一些。

"我不知道……"她喃喃地说,"他们都变了,他们离开了基地。他们希望我也这样,可我不愿意。"

"你是说这里的其他人到外面去了,没有回来?他们为什么这么做?"

"曼查克欢迎我们。"奥拉继续说道,"它欢迎所有入侵者,这本身就很怪,可没有人注意到。"

彼得向沙舟使了个眼色,他偷偷地在通信网络中对沙舟说:"幸存者精神状态不太稳定,也许我们等她镇定下来再继续比较好。"

他的建议没有错，沙舟觉得只能这样。他在休眠舱盖上拍了拍："我们可以等会儿再谈这件事，现在先去我们的飞船。"

女人没有理会他，只是捂着脸低声啜泣起来。

他们已经快到电梯了，信号又增强了一些，沙舟和彼得的面罩上忽然闪现出几个画面，与此同时博士的声音响起来："船长，发现了木村小姐和杨小姐的踪迹。"

7. 变化中

这是两个监控分别拍摄到的画面。

一个是木村鹤，她在一条走廊上奔跑着，仿佛有什么东西在追逐她，但是在画面上什么也看不到。她很快地跑过这条走廊，消失在了画面外。

而安娜·杨则先是奔跑了一阵，接着放慢脚步，走下了几级台阶，手里还提着枪，像是要慢慢地靠近什么。但是她突然被抓住，一下子拉出了画面。

沙舟和彼得都看得很清楚，那是一只手——人类的手。

"她们被袭击了？"彼得说，"我们得找到她们，现在监控器的定位在东翼5A区和4A区，我们先到哪一边？"

沙舟没有回答他，而是偏偏头，继续将休眠舱推进电梯里，同时联系了大副安杰洛·库克，向他通报发现幸存者一事。"我们马上回飞船，请你和博士按流程准备好标准隔离程序。"

"好的，船长，"大副在通信网络里回应，他的声音也不清晰，"你们四个人也需要按照检验程序走。"

"不是四个人。"沙舟说，"只有我和彼得·沃茨先生，另外两人目前无法联络。"

大副在对面沉默了很久,才缓慢地说:"明白了,船长,我会随时等待您的下一步指令。"

彼得在旁边绷着脸,他看沙舟的眼神有些尖锐:"你要丢下她们吗,船长?"

"按照救援船的法则,一切以救助对象的安全为先。我们现在最重要的事情是把她送回'但丁号'。"

但彼得有些抵触:"安娜被袭击了,你看见的。"

"送她去'但丁号',如果没有问题,我们可以回来寻找木村和杨。"

"我想你可以送她回去,船长,你履行职责,而我的职责是保护你们所有人的安全。"彼得敲了敲手里的武器,"琳达是我最大的失误,而我不会让它发生第二次。"

沙舟按下的是通往平台那一层的按钮,他摇摇头,试图劝说这个安保员:"这基地里有不明生物,我们已经被盯上了,我们不能再单独行动。"

"或者你可以先去中央控制室,那里是安全的,重新关上门,等到我带回木村和安娜,我们再一起回船上。"

"你知道这是不行的,沃茨先生。"

就在他们的争论中,电梯门打开了,他们能看见通往平台的通道。沙舟推着休眠舱往外走,而彼得则用手按住控制面板,试图按下向上的按钮。

"你在违抗命令!"沙舟心中渐渐有了怒气,"我希望你清楚自己的位置,沃茨先生,你需要知道自己在做什么。"

"我知道你放弃了队员,船长,"那个男人说,"你放弃了一次，就可以放弃第二次，你甚至都不尝试去挽救她们。"

沙舟脸色发青，他在一瞬间仿佛又回到了那个听证会，那个被所有人盯着，仿佛所有人都在指责他的现场，指责他的冷血和怯懦，指责他独自偷生，指责他导致了"塞壬号"的坠毁。他想要为自己辩白，但没有人认真听。

"不要感情用事……"他努力控制着怒气，想要跟彼得讲道理。

但就在他们僵持的时候，奥拉偷偷按动了休眠舱的开启按钮。舱盖猛地掉落，她像条鱼一样弹起来，跳到地上。虽然肌肉的无力让她瞬间跪倒在地，但她很快爬起来，一瘸一拐地向着通道外跑去。

"拦住她！"沙舟大叫道。

彼得也顾不上跟他争吵，他们赶上了那个女人，不费吹灰之力重新控制住她。女人浑身发抖，几乎陷入了绝望。她歇斯底里地大吼大叫，仿佛一只垂死挣扎的老鼠。

"安静！安静！"沙舟一边扼住她的双手，一边从大腿侧面的急救袋里摸出一小管镇静剂，注射进女人的胳膊。

奥拉安静下来，神情变得有些呆滞。她转向沙舟："你们会后悔的……"

"好了，"沙舟抱着奥拉，"她被污染了，必须尽快隔离观察。我得带她回去，沃茨先生，虽然你不相信，但我并没有抛下过任何人。"

他将女人背在背上，向不远处的大门走去，而彼得站在原地，有些不知所措地看着他的背影。

沙舟打开了大门，从这里一眼就可以看到停泊在平台上的

"但丁号"。

然而他在见到飞船的那一刻,却四肢冰冷,连一步都迈不出去了。

"船长……"身后传来彼得的声音。

沙舟没有回答,他转头向安保员招招手,对方一脸疑惑地走过来。但是当他看到飞船的时候,同样瞠目结舌,半天说不出话来。

"但丁号"停在原地没有动,但从起落架到机身的下腹部密密麻麻地爬满了蔓藤,那些是从水中长出来的,呈现出墨绿色,没有叶片,就好像无数条蝮蛇。

这时候奥拉发出剧烈的咳嗽,呼吸急促。她刚刚从纯净的环境中冲出来,吸入了大量刺激性的空气,而且还没有饮用舒缓剂,身体有些承受不了。沙舟连忙掏出随身的一次性过滤口罩给她戴上。

"这个东西只能让你暂时好受点,"他说,"试着平静下来,千万别大口大口呼气,虽然这里的空气不至于致命,但始终会刺激你的肺部。"

奥拉乏力地坐下来,垂头丧气。

彼得指着但丁号:"那是怎么回事?这里的植物生长竟然这么快?"

沙舟没有回应他,只是赶紧在通信网络里呼叫大副。

安杰洛·库克的声音响起来,似乎还很平静:"我在这里,船长,隔离舱已经准备好了。"

"飞船一切正常吗,库克先生?"

"一切正常,船长,我这里显示没有异常。"

"你有没有启动过外层安全感应监测？"

"从你们离开以后就开着，没有发现异样。"

沙舟顿了一下，跟彼得互相看了一眼。

"我希望你让博士扫描一遍机身，库克先生。"沙舟说，"我看到外层有些东西缠住了但丁号。"

通信网络里传来沙沙的杂音，大副的声音被干扰了一些，但他回复了沙舟的命令，向博士下达了扫描命令。

"有一些附着物，"他对沙舟说，"但是没有威胁，我们起飞的时候它们会被剥离，加速时会烧毁。"

"可是……"彼得忍不住在旁边说，"现在的问题是它们堵住了入口，我们没法回到但丁号了。"

"也许你需要想想办法，库克先生。"

通信网络里又传来了沙沙的杂音，大副有一阵没回话，过了好一会儿他们才听到他的回应："我可以让但丁号来一次加速飞行，到大气层外再回来，清除那些附着物，这时间大概需要15分钟。"

"可以，库克先生。"沙舟说，"请尽快回来，我们会在原地等你。"

他和彼得将奥拉拖进了基地，关上门，避免起飞时的气浪吹进来。

外头响起了巨大的轰鸣，"但丁号"正在离开这个基地。

奥拉抬起头，满脸的泪水。"它不会回来了……"女人哽咽着说，"你的船，它已经完了。"

"别胡说！"彼得有些生气，对女士也不客气，"等会儿你乖乖到船上去，我们还有更重要的事儿呢！"

这个大个子士兵即便是在救援队里待着也不习惯当保姆，况且他现在还正在气头上。

奥拉脸上的过滤口罩随着她的呼吸轻微起伏着，她又转头看着沙舟："你去了巴比伦吗？"

"还没有，那里还有人吗？"

奥拉摇摇头："也许，有些人去了那边，但如果他们没去，可能还好些。"

"什么意思？"沙舟追问道，"这座基地到底发生了什么？人都到哪儿去了？"

奥拉渐渐地停止了哭泣，神色变得有些木然："人们都在这座基地里，那些没有逃走的人，都在这里。"

"可我们没有看到一个人，除了你。还有一位妮娜·伊万诺夫娜博士的尸体，其他人……他们还活着吗？"

"伊万诺夫娜博士……"奥拉的脸上显露出复杂的神色，"一切都是她开始的，她原本会生下在曼查克上的第一个本土人类。"

"什么意思？"

奥拉低着头："我丈夫警告过她，但他在这里是个异类……议会通过了伊万诺夫娜博士的实验申请，她简直是个疯子……"

这姑娘说话颠三倒四的，显然脑子不太清醒，还处于混乱之中。沙舟蹲在她身边，用温和的语气说："好好想一下，奥拉，想一想从哪里开始不对劲的，按照顺序告诉我们。或者我问你什么，你来回答我。"

女人吞了口唾沫，点点头。

"你刚才说到你丈夫和伊万诺夫娜博士，是怎么回事？"

"我丈夫德雷克是生物化学家，他在这里工作。伊万诺夫娜博士是他的同事,我丈夫有医学背景,所以也当医生。他们主要的工作是改造曼查克的植物。我原本在巴比伦生活,后来不想再跟丈夫两地分居,就来到了红海。大气改造工程让这里的许多植物死亡,我曾经从窗户里看到大片大片的沼泽变成黑色。但是……它们……很快又变成了绿色。"

"是适应了新的大气环境?"

"是的,德雷克说这里的藻类植物、灌木还有乔木一类的,都有很强的适应性。"奥拉说,"但人类却不行,曼查克很容易适应了人类给予的改变,但人类却难以适应曼查克,改造还要进行许多年。伊万诺夫娜博士后来就主要去研究人类适应环境的工作。"

"你说她是个疯子,是什么意思?"

"她的实验。"奥拉说,"她觉得曼查克生长的植物能够迅速改变自己的结构,进化速度很快,所以想要提取一些基因跟人类结合。她为此申请使用一些冷冻的受精卵。"

"你丈夫反对这种实验?"

"他们两个在实验室里争论过,我听见了。伊万诺夫娜博士说这可以让人类迅速地适应曼查克,加快改造的进程,效果也会更好。但德雷克觉得这是强行融入星球环境,没有遵循自然演化规律,有很多不可控的风险。但基地议会都觉得伊万诺夫娜博士的实验很有价值,他们希望改造尽快完成,大家都不喜欢一直被关在这样的铁房子里。"

"这个实验失败了么?"

"有一些受精卵死了,还有一些产生了畸形胚胎,据说再也没有志愿者,所以伊万诺夫娜博士用自己的身体做了代孕体。"

沙舟顿时想到那个在底舱里的遗体,腹部的大洞似乎预示着不祥的结果。

"基地发生的变故跟这些实验有关系吗?"

奥拉低下头:"那些基因结合的胚胎,原本是应该烧掉的……我丈夫发现,它们都被伊万诺夫娜博士偷偷地用各种方式放进了植物的培养器中。她制造了怪物……她……都是因为她……"

"怪物?发生了什么事?培养结果如何?"

女人的呼吸变得急促起来,她抱着双臂,摇摇头:"我不知道,是德雷克发现不对劲的,他发现了基地里的人越来越少,因为他经常待在医务区,并没有经常到上面去,我也在那里!直到有一天,一个人来问诊,说是身体里好像有东西——"

她的话尾突然断掉了,直勾勾地盯着不远处。

8.异化重生

沙舟和彼得·沃茨顺着她的目光转头望去,只见在灯光明亮的通道那一头,有一个人蹒跚着走过来。隔离服还穿着,但是头盔已经没有了。

"好像是木村。"彼得眯着眼睛辨认了一会儿,又高声叫她的名字。

但是对方没有回应,沙舟发现她的身体似乎有些笨重,即便是穿着隔离服也看得出臃肿,这跟木村鹤原本瘦小的体形不太符合。

"小心点。"他提醒彼得,同时掏出武器,挡在了奥拉身前。

那个人慢慢地越来越近了,果然是木村,但又不只是木村。在这个日裔女性的身后,还背负着另外一个人,她俩紧紧地贴着,好像一对连体婴——那就是一对连体婴。

因为他们清楚地看到,木村裸露在外的头和脖子,已经跟身后背着的人长在了一起,两个人的皮肤都变成了淡绿色。而那个附着在她头部的另外一颗头颅,上面有张彼得熟悉的脸。

"琳达!"他叫起来,"你……没死?"

"彼得!"木村鹤跟琳达·霍尔顿一起开口说,"是的,我没死。"

这情形比她死了还可怕。

沙舟向她们举起了枪:"站在那里,别再往前走了。"

"船长,"两颗头一起开口说,"我没事了,现在我感觉比以前更好。"

"你怎么了?"彼得问道,"你跟木村……"

"我找到的木村。"这次是琳达的头说话,木村的脸上带着微笑,"当我醒过来,感觉很舒服,我觉得应该把这好消息告诉你们,所以我就回去了。当我来到中央控制室,却看到只有木村和安娜在那里。"

原来她们当时在监控中看到的是复活后的琳达,怪不得她们会主动走出去。

那么在琳达·霍尔顿身上又发生了什么?

"我看到你被那怪物拖走了,它……它吸干了你!"彼得叫道,"你……你为什么会变成这样?"

"我在分享一个奇迹!"琳达欢乐地说,"我从来没有这种感觉,我能真正跟人交流,我能跟你们合为一体。原本木村和安娜都不愿意，可是看看现在，木村跟我感觉一样了。"

"没错，"机械师的口吻简直跟琳达一模一样，"我们现在想的一样了，感觉也一样，船长，彼得，你们应该加入我们，要知道，这感觉棒极了！"

彼得和沙舟迅速地交换了一下眼色。

"不，"沙舟对她们说，"我并不太想体会你们的感觉，但我觉得你们现在应该跟我回但丁号去，那里应该有设备可以帮助你们。"

"我们不会再回去了！"两颗头颅说，"曼查克很好，我们喜欢这里，我们会到外面去，外面的世界更大。你们也该留下来，跟我们一起，不会有任何危险。"

"我可不喜欢这里！"彼得在口袋里摸索着，将麻醉弹填充进了武器里，"我会让你们睡一觉，姑娘们，也许醒来的时候噩梦就结束了。"

两张淡绿色的脸变得有些阴沉了。

"你们真傻，"连体婴说，"我们是在帮你们适应环境，如果不融入环境，作为一个异类是永远都要被排斥，被消灭的。"

"就算在这样的环境中是个异类，也有存在的资格。"沙舟说，"安静，姑娘们，很快就好。"

他们同时向这变异的两人开枪了。

两颗麻醉弹同时击中了她们的脖子，细小的子弹会立刻在身体中融化。但能够放倒两个成年人的剂量这次却仿佛突然失效了。木村和琳达的融合体依然站在那里。她们发出笑声——并不是冷笑，而是一种发自肺腑的欢乐。

"没有作用的，船长，"她们对沙舟说，"我们现在比人类还要高级了,我们可以做到的事情超过了你们的想象。现在就算你们拖走我们,但只要有一根头发掉落在地上,我们还是可以重新生长。"

她们说的词儿是"生长"。这让沙舟的背后冒出冷汗。

他似乎猜到了什么。

而木村和琳达又向他俩移动过来。

"用束缚网。"他对彼得说,"就现在!"

彼得没有迟疑,立刻按动开关,一张大网飞速张开,扑向那个融合体。

她俩被网扑倒在地,发出尖锐的号叫,但是这张网显然也控制不住她们,一些细小的根须正在从她们裸露的皮肤上长出来,缠绕着网格线,然后分泌出液体,那个地方就会升起细小的烟雾。

沙舟开枪了,向着这两个曾经是他同伴的面孔。他用的是爆裂弹,子弹打进那个融合体的身体,发出微小的爆破声,接着便炸开一个拳头大小的洞,但是并没有鲜血流出来,甚至也不像是肌肉,只是一团团白色的,仿佛纤维化的东西和黏液。

"快走!"拉住他的是躲在身后的奥拉,"你们没有办法消灭她们,我和德雷克都试过。快走!"

她又拽了一下沙舟的衣裳,就掉头往电梯那边跑去:"去中央控制室,我丈夫曾经躲在那里,关上门它们就进不来。"

眼看融合体快要突破经过纤维强化的水凝胶束缚网,沙舟再无选择,他向彼得递了一个眼色,两人一起跟着女人进了电梯。在门关上的那一刻,他看见融合体从网中爬起来,脱去了隔离服,原本姣好的女性躯体已经变成畸形的怪物,无数的根须从硬化的皮肤上长了出来,而同时她们两个似乎更进一步地变成了一个整体。

三个人在电梯里寂静无声,只有奥拉不时地咳嗽。

沙舟看着彼得,那个男人的脸上带着汗水和恐惧,他相信自己也一样,但他必须将这样的表情隐藏起来。

"还有安娜,"彼得喃喃地说,"她会变成那个模样吗?"

沙舟想起了那个女人和善的面孔,再想想下面的两个变异生物——哦,不对,应该是一个变异生物——就不由得一阵恶心。

"也许她避开了,"沙舟尽量往好处想,"我们在监控器里不是看到她跑开了么?她说不定就是发现危险才远离木村的。"

只能说但愿如此了。然而他们两个人心中都知道,他俩只是抱着侥幸心理。

沙舟试着在通信网络里呼唤库克,但没有回音,甚至连博士也没有应答。他抬起手腕看了看遵循地球时间的计时器,按照二十四小时制现在过了不到十分钟。

"但丁号"一定正在冲出曼查克的大气层,所以通信暂时中断了。

现在只能靠自己,沙舟明白,他又检查了一下武器的情况:子弹剩下的不多,打完以后火焰喷射器还能继续抵挡一阵。

电梯门开了,他们架着女人,端着枪,全身戒备地回到了中央控制室,在确认安全以后,关上了大门。

9. 适者生存

沙舟和彼得全身乏力地坐下来,隔离服的温度调节装置作用不大，他们依然感觉又热又闷，可取下头盔又有风险——他们不确定到底是什么在这座基地里起作用。

沙舟站起来，来到安娜留下的显微镜旁——上面的分析停留在最后的一步，DNA鉴别。大大的红色警示灯在闪烁，机器上显示了一系列无法识别的标记。

奥拉进入中央控制室以后，熟练地跑到安全区，将完好的氧气面罩拿出来给自己戴上，然后又到处东翻西找，从一个箱子里扒拉出一管针剂，如获至宝地注射进自己体内。

"那是什么？"沙舟问，"你给自己打了药吗？"

"一种毒素的补充剂，"她回答，"这是我能活下来的关键。德雷克把植物病毒做成对人类低毒的注射液，可以暂时让它们离我远点。但是这东西有什么副作用他也不知道，所以原本是想让我在休眠舱里躲着，等一切解决以后再……"

她又摇摇头："不会再有人能解决了，所以就算不变成怪物，最后也会因为这种毒素死掉。"

沙舟翻看着他找出来的那个盒子，里面原本整齐地排列着两支一次性注射器，现在其中有一支已经被奥拉用了，只剩下了唯一的那支孤零零地放在里面。

"现在可以告诉我们这个基地到底发生了什么吗？"沙舟问，"为什么我们的人会变成那个鬼样子？是有生物感染？"

奥拉的神智经过这一段时间的恢复好像正常了许多，说话也变得越来越有逻辑了。她告诉沙舟，其实她也不知道具体的原因是什么，总之就是从伊万诺夫娜博士的实验之后这里变得奇怪起来的。一切变化都是静悄悄的，没有激烈的手段，开始每个人都照常生活。但是有一天伊万诺夫娜博士失踪了，在基地里出现了一些曼查克的植物，接着就是基地里的人失踪了。

"他们到哪儿去了？"彼得·沃茨追问。

"外面。"奥拉说，"他们陆陆续续地去了外面。那时候大气改造已经完成了，但还需要一段时间的过渡，但他们就这么走出去了。他们跳进水里，很快就变得奇形怪状。议会派出过武装部门阻止，但那些人也变成了怪物。最后有些没有变异的人留在基地里，以为可以活下来，然而曼查克并不会放过他们。只有德雷克做出的临时针剂让我可以逃过一劫，那些怪物不想碰我，它们唯独不需要的就是病毒。"

"听起来像是一次大规模的感染，"沙舟看着那盒子里的注射器，"你是说这个针剂可以暂时预防变异？"

"是的。"奥拉点点头，"我丈夫在医院里做了五支，那时候红海基地里已经没有几个正常人了，他给我注射过，让我在下面休眠——就是你们找到我的地方。然后他给自己注射了，说是要到中央控制室里，只要能守住这里，他可以想办法联络上巴比伦，然后把怪物隔绝在那个基地之外。"

原来这是奥拉的丈夫最后生活的地方，他躲避在这里，也许进行过研究，但显然他并没有办法改变基地的现状，因为他连奥拉都没有救出来。让妻子偷偷地休眠，直到救援队到来，这是他能想出的唯一的办法。

"我们来的时候，没有看到任何人。"沙舟对奥拉说，"没有看到人类的尸体，但是也没有看到任何变异的迹象，也许他已经逃到巴比伦了。"

奥拉抬起头来，眼睛发红："也许他已经死了。"

安慰女人并不是沙舟的长项，他显然也不打算把时间浪费在这上头。"从这里有什么道路可以重新回到停机坪吗?"他问奥拉,"现在我们不能待在基地里,等飞船回来以后,我们就赶紧离开。"

"安娜怎么办?"彼得问,"她还没有找到。"

"她也有变异的危险。"沙舟说,"如果是有感染的可能,按照紧急任务的轻重顺序,我们应该先将温斯顿夫人带回去。"

彼得脸绷得紧紧的,他看着那个盒子里的针剂。"给我打一针,"他对沙舟说,"如果这东西真的有作用,那就给我打一针,我留在这里寻找安娜。"

沙舟把盒子关上:"不,沃茨先生,还不到那个地步。我们先把温斯顿夫人送上飞船,才能考虑安娜的事情。我不会放弃船员,以前没有,现在也不会——如果你认为遵守规则,优先救援受困者就叫放弃的话,我建议你重新审视一下自己的职业。"

沙舟又顿了一下:"如果植物病毒真的有效,在'但丁号'上配备有一些原本祛除有毒植物的枯萎剂,说不定我们可以拿来试一试。"

他最后的这句话让彼得有些松动了,他沉默了一会儿,才对沙舟说:"她是个不错的姑娘,我原本想要等这次任务结束后约她出去。"

"说不定还有机会。"沙舟只能这样说,他又转向奥拉,"我们必须得返回停机坪。"

女人叹了口气:"我死也不会再下去的,你们的那两个成员在下面已经堵死了进出口,她们知道你们想要做什么。除非你们能让飞船降落在基地屋顶,那里有一个备用停机坪,本来就是留给紧急救援船的。但是……"

"但是什么?"

"我并不觉得你们的飞船还能回来。"

真是一个悲观的女人,似乎求生的意志都很薄弱。但沙舟并不想放弃,他将那个注射器放进了口袋里,把奥拉拉起来说:"走吧,无论如何也不能在这个房间里活活困死。"

他们走出了中央控制室,在奥拉的带领下,乘坐电梯往顶层。但最后通往外部的电梯是锁死的,必须有安保人员的指纹密码才能打开,于是最后三层他们必须从安全通道走。

在这一路上,沙舟不断地试着联系"但丁号",此刻飞船也应该从大气层外返回了。那些摩擦而生出的火焰能够将外面该死的附着植物统统烧成灰烬。

其实除了德雷克·温斯顿所制造的植物病毒,火焰也能消灭变异,但那太极端了——火焰本来就可以消灭一切。

在尝试了无数次后,原本寂静无声的通信网络里终于有了一点儿杂音传回来,那是博士重新上线,电磁干扰让它说起来不再像个人,而是如同金属一般的电子声。

"返航,返航……定位……"

"博士,你们还好吗?"

"好……长官……我们很好。"

"请重新校准降落地点,按照我们的随身定位器寻找红海基地的备用停机坪。"

"校准,校准困难,校准……"电子声里传来博士重复命令的声音。

"你们进入大气层了吧?"沙舟说,"听起来干扰很严重,请确保定位准确。"

"定位……校准定位……"博士依然用难听的声音在回复,但很快又出来咔嗒的声音,接着信号被切断了,安杰洛·库克的声音传来,这次就变得很清晰。

"系统有些问题,船长,现在我直接跟你对话,"大副在通信网络中说,"我们已经进入了大气层,你们的定位准确,我们很快就到。"

沙舟放下心来:"很好,库克先生,我们现在还有五分钟就会抵达。"

"明白。"

现在他们已经来到了屋顶安全通道的第一层,金属阶梯直接通往紧急停机坪,墙上画着相应的指示标记。

"快到了,"他对身后的奥拉和彼得说,"'但丁号'正在过来降落,我们很快就会离开这里。"

"但还会回来的。"彼得补充道。

沙舟点点头:"嗯,在确保奥拉安全以后。"

然而那个女人脸上并没有欣喜的表情。

他们继续往上走,咚咚的脚步声并不太快,沙舟在前,奥拉在中间,而彼得是倒退着上楼的。沙舟在踏上又一级台阶时,突然停住了,他轻轻地"咦"了一声,奥拉差点撞到他背上。

"停下!"他说,"有些不对劲。"

即便是隔离服的靴子很厚,沙舟还是感觉台阶滑腻腻的,他低下头就看到一团亮晶晶的黏液,它们从这一级台阶开始,一直往上延伸。

"它在这里!"彼得咬牙切齿地说,"很好,这次我可以把它烤熟了！"

沙舟做了个噤声的动作，抬起头慢慢地观察周围。

这个安全通道中除了每层楼的防火门，没有别的出口，只有通向顶楼的阶梯盘旋上升。从金属阶梯的缝隙里能够看到昏暗的灯光在闪动。那些黏液反射出零星的光泽，在灰色的金属上很显眼。

沙舟打了个手势，他们继续往上移动。这次的脚步放得很轻，枪口时刻指向前方。三个人都屏住呼吸，预备着突然出现的袭击。

当他们拐过弯道时，听见了滴滴答答的声音。

但他们并没有看到准备烧死的怪物，只有一个身穿隔离服的人坐在那里，低垂着头，黏液沾满了全身，并且滴落在台阶上。

彼得睁大了眼睛："安娜……"

10. 失踪的人

的确，这是安娜，她的隔离服看起来还是完好的，头盔也没有碎。

"还有生命迹象，"沙舟看着隔离服胸前的微型显示屏，上面的绿灯还在闪烁，"沃茨先生，你注意警戒，我去看看。"

虽然彼得不想这么做，但他还是服从了命令。

沙舟慢慢地靠近了安娜，小心地观察。压力系统没有故障显示，这证明隔离服真的完好。她或许只是昏过去了。然而当沙舟走到她面前，她却抬起头来，脸色看上去如常。

"船长，是我。"她说，"巴克，我没事。"

看起来是真的,然而语气太过于平静了。

"你怎么会到这里来?"沙舟问道,"刚才你和木村分开了,消失在监控之外,而且……你身上这些东西是怎么回事?"

"啊,是的,"安娜叹了口气,"在你和彼得走后——嗨,彼得,真高兴看到你——你们离开中央控制室,我和木村留在那里继续研究样本。这个时候我看到琳达来了,她的头盔碎了,走路一瘸一拐的,仿佛需要帮助。我和木村就去扶着她……"

果然是这样。

"她已经变异了,"沙舟说,"是她袭击了木村吗?"

"袭击算不上,"安娜说,"她活下来了,并且适应了这里的环境,她本意是来帮助我们。"

"怎么帮助?"

"她拥抱了木村,我看见了,木村想要拒绝,但是她的力气很大,轻轻松松地捏碎了木村的面罩。"

"你当时就逃走了?"

"武器伤不了她。"安娜说,"我只能一直跑一直跑,你俩又联系不上,我得躲着她。"

"所以你就逃到这里了吗?"沙舟指了指她的身上,"你没有碰到什么可怕的东西吗?"

安娜低头看了看隔离服上的黏液,忽然轻轻地笑了一声:"你是说它?哦,是的,像个人却没有嘴,它藏在走廊上,像是等着我,它让我自己取下了头盔。刚开始我也觉得可怕极了,但真的取下头盔以后,它就让我意识到我们犯了一个错误。"

"你这是什么意思?"

安娜甩了甩头:"我们来到曼查克,就应该适应这里的环境,它们是来帮助我们的,而我们却在拒绝。"

"安娜!"

"它们比你想象的还多,船长,"她又放软了声音,"巴克,相信我,我们是逃不出去的,为什么不加入它们。"

沙舟朝后面退了几步,枪口指向她:"你怎么了,安娜?"

女医务官站起来,伸手在颈后摸索了一下,随着轻轻的气压声,头盔被她取了下来。

"我只是明白了一件事,巴克,"她轻柔地说,"我们无法离开。"

她的话音未落,一滴黏液便滴在她的脸颊上,沙舟抬起头,看见在上一层金属台阶处,如同人形的怪物正蹲在那里,没有五官的脸朝向他们,那张吸盘嘴仿佛灵巧的狗鼻子,一直在翕动,而黏液不断地从那里掉落下来!

沙舟立刻举起枪朝它喷出火焰,那怪物飞快地躲开了。

"快!"沙舟说,"快离开这里!"

他三步并作两步去追击那个怪物,而安娜在他身后大叫:"没用的,船长!你应该认清现实!"

见鬼的现实!沙舟恶狠狠地骂道。

奥拉和彼得擦过安娜身边,她毫无动作,而彼得停下来看着她:"跟我们走,安娜,飞船上有设备可以治好你。"

安娜露出微笑:"哦,彼得,亲爱的彼得,我不需要治疗。你们应该听我的。很快你们就会明白我的选择是正确的。"

彼得抓住她的手:"走吧,飞船马上就来了!"

她没有拒绝,顺从地让他拉走了自己。

沙舟没有空去管彼得,他紧紧盯住那个怪物逃走的方向,同时保护着紧跟在身后的奥拉。那个怪物没有袭击他们，只是往顶楼奔跑。它留下的黏液清楚地表明了它的足迹。沙舟听到上面传来了一阵沉重的撞击声，仿佛是门开了又关上。

"它逃到外面去了！"沙舟说，"希望别撞上'但丁号'。"

他们到了顶楼，那个通向停机坪的应急通道直接连着一扇金属门，开关控制已经被击碎了，上面也残留着黏液。沙舟喘着粗气，向门口走了几步，这时候，他发现在微微打开的门缝处，有几根爬进来的蔓藤。

他的心跳声在耳朵里大如擂鼓，一种不祥的预感像潮水般淹没了他。

但他别无退路。

沙舟示意奥拉留在原地，自己慢慢地靠近那扇门，然后一手端着武器，一手推开了门——

死亡之海。

这是沙舟打开门以后的第一印象。在这片平台上，满是苔藓与蔓藤，还有一些奇形怪状的灌木。这密密麻麻的植物中间，还有很多如同块状根茎一样的东西，它们虽然已经完全融入了这片植物丛，但是残留的头、手和躯干仍然能让沙舟他们一眼看出它们曾经是人类。

而更可怕的是，这些已经变成植物一部分的"人类"，依然会微微地活动，如同死而不僵的昆虫。它们在蔓藤之间隐藏着，也不知道有多少。

"他们都融化了""他们还在"……沙舟想起安吉·卢克的视频日记里说的，瞬间明白了——这就是那些失踪的移民，他们的确像是没有融化完的蜡像。

所有人都在这儿了吗?

"那是什么?"彼得的情绪有些崩溃,他作为战士,见识过鲜血和尸体,却对这场景产生了不可抑制的恐惧。

"他们适应了这个星球,"身后的安娜说,"你以为他们很痛苦?不,其实他们比刚刚到来的时候更加舒服,因为他们已经完全融入了这个世界。只有把自己交给这个世界,才会真正地扎下根来。成为这个星球的一部分后,才不会有格格不入的尴尬和痛苦。"

"但他们已经不是自己了。"沙舟冷冷地说,"作为有思想的个体,存在就会有痛苦。他们可以选择的话,还是宁愿痛苦地维持自我意识吧。"

安娜顿了一下,随即又微笑道:"别把个体意识看得那么重要,巴克,其实一个人在想什么,对于整个群体没什么大不了的。生存,整个生物群落的生存才是最重要的。"

沙舟转头看着她:"你在室外不戴防护设备也没有咳嗽,你已经开始变异了吧?"

安娜没有回答,但彼得脸色刷白地看着她。

安娜偏了偏头:"啊,还没有多久,当它追上我的时候。除了刚刚咬我那一口比较疼以外,后头的感觉都舒服极了。"

她指着远处,那个人形的怪物正蹲在一大团蔓藤下,一些蔓藤像虫一样在它的身上轻轻抚弄。

"它是什么?"奥拉问,"并不是直接变异的人类吧?我认不出它。"

"也许是最后一个从伊万诺夫娜博士子宫里出来的胚胎,一个半人半植物的东西。"沙舟猜测道,他们唯一发现的人类"尸体"就是那位博士，她空空的腹腔和覆盖在她尸体上的"孵化器"都仿佛印证着这个可怕的猜测。

"它的确像人，"安娜说，"但它也是这个星球的一部分，它不会说话，然而它的嘴接触到我的时候，已经让我完全明白了该怎么选择。它完成了它母亲的期许，它让人类学会适应这个星球。"

已经无药可救了。

沙舟端起武器，指着安娜："我不想杀你，就算你现在已经开始变异。但别拦着我们，'但丁号'要降落，我们必须得清理出这个平台。"

"我的天啊，"安娜大笑起来，"你真的以为你们还可以离开吗？"

"试试吧。"沙舟说，"很抱歉我现在跟你有不同的意见，这就是我最珍贵的东西了！"

他向着这片植物之海按动了开关，于是一条火焰直线射入其中，很快就点燃了不远处的那一片蔓藤。安娜发出了一声惊叫。

11. 最后的希望

火焰枪的威力不小，植物在燃烧中很快炭化，散发出焦臭味。那些人类的变异躯体也在火焰中扭动，无声地挣扎，就好像被烧着的是一群活人。

"你杀人了！"安娜说，"他们还活着！"

"思想消失以后他们就已经死了。"沙舟冲她吼道，"你也要死了，并且还会高高兴兴地去死！"

安娜朝后退了几步,她的脸在火光中很可怕,泛出了青色,似乎有些根须正从隔离服里面爬出来。

"我是想帮你们的!"她说,"我一直为了你好,巴克!你在船上是个孤僻的人,我一直在努力让你跟大家亲近一点,你应该融入大家。"

"也许你没有想过,我其实并不需要!"沙舟继续向另外的方向点火,同时冲彼得叫道,"别愣着,沃茨先生,'但丁号'很快就要来了!"

一直用不可置信的眼神盯着安娜的彼得·沃茨似乎这才稍稍回过神。他正想要冲着蔓藤点火,一个身影突然从火光中冲出来,重重地将他撞倒在地。

是那个"混血儿",它可以移动,身上的黏液也让火焰暂时无法灼伤它。

它将彼得压倒,吸盘嘴想要探进隔离服去。

"天啊!"

彼得大叫道,飞快地抽出匕首,在它身上重重地划了一刀,怪物身上有些淡绿色的液体流出来,它迅速躲到一边,那伤口就以肉眼可见的速度复原了。

"好吧,"彼得狠狠地吐了口唾沫,"那就让我看看如果割下你的头,你还能不能这么活蹦乱跳。"

火焰更快速地蔓延开来,安娜难耐地脱下隔离服,她的躯体暴露出来,原本纤瘦的身体正长出一个个的隆起,看上去仿佛皮肤下满是肿瘤,那些根须飞快地变长,垂落下来,跟脚下的蔓藤融为一体。

"现在这一整片的植物群都是我,"她对沙舟说,"你要怎么杀死一整片的我?"

"你如果不试着把我拉入伙,我就不会伤害你。"沙舟说,"我们只是要离开。"

"是人类先动手的,巴克,是人类原本想要把这个星球融入他们的世界。"

一个无解的矛盾。

沙舟开枪了,这次是爆裂弹。安娜的腰侧爆出一个小洞,人类的血液混合着变异的黏液流出来。她倒退了一步,却露出微笑。

"知道吗,船长?"她说,"我从没有感觉自己如此强大。"

沙舟心底发颤,身后忽然传来一阵密集的枪声。他转过头,看见躲在身后的奥拉正捡起彼得撞落的武器,向平台的边缘开枪——

在那里冒出了一个巨大的身影,融合在一起的头颅上五官已经移位了,阻碍生长的衣服已经脱去,四肢正变得如蜘蛛一样颀长而坚硬。木村和琳达的融合体从基地的外壁爬了上来,虎视眈眈地看着他们。

沙舟在通信网络中呼叫博士,干扰依然存在,但库克回答了。

"离降落还有两分钟,"他说,"我很快就能加入你们了,船长!"

他这句话让沙舟突然有种奇怪的感觉,但他很快将其抛到脑后,将之归结为这一连串遭遇导致的胡思乱想。

"用火焰喷射器,奥拉!"他对那个女人说,"最下方的红色按钮,对准了它们就行!"

融合体向这边爬过来，它显然还残留着人类的记忆与智慧，知道躲避奥拉的枪口。但火焰的速度还是胜过了它，一点点尾焰点着了它，立刻就爬上了它的身体。

那个曾经是木村和琳达的东西发出悲惨的嘶嘶声，倒在蔓藤上打滚。那些植物却并没有躲开，反而是一层层地缠绕了上去，将这个火球压在下面。

它们是有意识的，既保护同类，也保护自己。

沙舟知道安娜的意思了，他们三个的确无法将这片植物全部消灭。他们只能尽力让自己活下去，然后逃走。

"背靠着我！"沙舟对奥拉说，然后把她拉过来，"注意后面！"他们背靠背站着，或许是因为端着喷火的玩意儿，这些蔓藤始终有些畏惧地跟他们保持着距离，窸窸窣窣地在地上摩擦着。

沙舟终于向着安娜喷出了火焰——他一直抗拒这么做，就算是那个女人已经变成了怪物，可他还是人，他很难焚毁曾经对他释放过善意的面孔。

安娜跟前的蔓藤迅速地拱起来，粗壮的部分层层叠叠地阻挡着火焰，一时间没有办法将它们完全烧透。但沙舟不能再胡乱从旁边喷射了，因为火焰正在这片停机坪上蔓延，很快他们自己都将陷入火海和浓烟之中。

只要支撑到"但丁号"降落即可……沙舟不断地在脑子里回想这句话。

这时他听到旁边的彼得传来一声惨叫，他转过头，看见那个大个子安保员已经将混血怪物的头切了下来，绿色的液体沾满了他的隔离服和两只手。但那具没有了头的躯体并没有死亡，蔓藤迅速伸进了脖腔内，迫不及待地将它纳入自己的一部分。而同时，好几根粗大的蔓藤则缠住了彼得，越勒越紧。

"你看着这边！"沙舟匆匆地交代奥拉，然后来到彼得身边，掏出自己的战术刀去割那些枝条。但这毫无用处，这蔓藤韧性很强，而且每次割断一条，旁边就蔓生出更多。它们已经裹住了彼得的双腿，又缠住了他的手！

"救救我！"这个男人对沙舟喊道，"我不想变成那样，我不想——"

他的声音突然断了，一根带着尖刺的蔓藤刺进了他的喉咙，接着更多的蔓藤朝着他的眼睛、鼻子、嘴巴和耳朵里钻去。彼得喉咙里发出咔咔的声音，鲜血从五官中冒出来，四肢也软了，沙舟绝望地松开他，看着他被拖进了蔓藤丛中。

对于强硬拒绝被融合的人，这些植物有自己的处置办法，它们需要的又不是人类的大脑，只是身体而已。

沙舟退回到奥拉身边，从口袋里摸出仅剩的那一支针剂，脱下手套，将它注射到自己的体内。

"就剩我俩了！"他对奥拉说，"现在我们对于这个世界来说，是有毒的。"

女人满是汗珠的黑皮肤上亮晶晶的，但眼神却比之前还要柔和："至少不是孤单一个人。"

沙舟笑了笑，没错，就算是异类，也希望能有同伴。

奥拉的火焰喷射口渐渐地暗淡了，燃料已经耗尽，而沙舟手中的武器，也闪烁着红灯开始报警。周围的火焰正在熄灭，他们支撑不了多久。

这时天空中传来了轰鸣，他抬起头来，看见"但丁号"正快速地向着这个方向飞来。它就像一只钢铁猛禽,在空中减速,慢慢降落。大风吹得火焰几乎要完全熄灭了,植物的叶片和燃烧的灰烬在空中乱飞,不时打在沙舟他们身上。

他一边注意着飞船,一边留心变异的安娜。

为她抵挡火焰的蔓藤已经被烧得差不多了,她现在除了头颅,身体已经完全异化,就像无数的管线和模块供养着这颗头颅,让她可以活着说话。

现在她似乎也不在意沙舟和奥拉了,而是目不转睛地看着降落的"但丁号",脸上的神情很奇怪!

飞船伴随着巨大的噪声沉重地落在平台上,未能清理掉的植物使得它的降落并不顺利,整个机身都有些歪斜,但它毕竟降落下来了,就像是带着希望的信鸽。

沙舟在网络中呼唤博士和大副,让他们打开舱门,自己和奥拉将要直接进入隔离舱。

通信网络中依然有杂音,博士和大副都没有回话,沙舟拉着奥拉向飞船那边走去,同时继续呼叫着。他心中异样的感觉越来越强烈,几乎让他想要扭头逃走。

但当他在但丁号前站住的时候,那种荒谬的念头又全部都消失了——

他是这艘船的船长,无论怎样他都不能抛下它,他从没有放弃过自己的船,还有船上的人。在"塞壬号"上的记忆向他袭来,他的胸口突然膨胀——他没错,他没有放弃过,他一定不会再失去控制权。

警报声响起,气压舱门缓缓地打开了,安杰洛·库克从飞船上走下来,没有穿隔离服。

12. 告别

沙舟的内心一片冰凉,即便是大副兴高采烈地向他问好,也仿佛是来自地狱的问候。

"船长,让你久等了。"安杰洛的黑色皮肤上有一些泛白的地方,就好像他突然得了白化病,"我开始有点难受,后来觉得得尽快回来,毕竟你们都在这里,我不能一个人独立在外。"

他究竟是什么时候被感染异化的?沙舟百思不得其解,安杰洛不是一直待在"但丁号"里吗?

"没用的,"身旁的奥拉仿佛发觉了沙舟的疑惑,对他说,"你们停留在下面的时候,打开舱门,就可能有些孢子,或者种子进入了机舱,它们无处不在,这是它们的星球啊。"

所以现在,其实"正常"的反而是这一片植物和那些已经被植物同化的外来者,注射了病毒的两个人成为格格不入的"局外人"。

他一时间呆立在原地没有动,或者说,他竟不知道接下来该怎么办。

但安杰洛知道,当他走到他们俩面前的时候,停下了脚步,脸上浮现出戒备和厌恶的神色。"你们……"他停顿了一下,"你有股恶心的味道……"

"是的,库克。"沙舟说,"所以你最好别碰我们。告诉我,你把博士怎么了?"

"我们不需要它了,船长,"安杰洛说,"这里不需要钢铁,也不需要AI,你只需要听从这个星球的安排就好。"

是的，无知无觉地活着，只是活着。

他向安杰洛举起了武器："你有两个选择，库克先生，要么是跟我们上船，自己进入隔离箱，要么我冲你开枪，打断你的腿，把你强制带回去。"

"回去？"大副笑起来，"你是说回地球？不，船长，现在曼查克就是我们的故乡，是你要把我劫持走才对。"

已经没有办法了，沙舟觉得，现在他需要对着自己的大副开枪。

这时候安娜向他们移动过来——没错，移动，那些蔓藤顶着她唯一还像个人类的头颅，传递到三个人身边。安杰洛看清她的脸，有些吃惊，但并没有害怕。

"别担心，"安娜对她的新同伴微笑道，口气一如既往地温柔，"这过程很舒服。"她又回头对沙舟说："你没法飞走，巴克，而且我们也不会让你走，你活着离开会让人类知道这个地方的秘密，他们说不定会干出点儿疯狂的事。"

"然而我也不可能留下来，"沙舟看了看安杰洛脸上的厌恶，"我和奥拉身上有你们不喜欢的东西，现在该怎么办？"

"哦……"安娜长长地做了个呼吸的动作，真的只是一个动作。

她的声音变得冰凉而冷酷，"还有很多办法。"她说，"真的还有很多办法……"

沙舟全神贯注地盯着她的动作，当她头颅下的第一根蔓藤开始动作的时候，安杰洛也动了，但沙舟抢先向他猛撞过去，一下子将他撞倒在地。

"跑！"沙舟对奥拉说，"快，进飞船！关上舱门！"

还没有回过神的女人愣了一秒钟,这才转身往"但丁号"打开的机舱跑去。身后的蔓藤起伏,想要去追逐她。沙舟抬起武器,把仅剩的燃烧弹和爆裂弹都打在那些蔓藤上,它们立刻在火海中断裂扭曲。

安杰洛发出怪叫,向沙舟扑过来,一拳打在他的肚子上。

沙舟感觉到胃部剧痛,库克的厉害他是知道,但现在他必须拖住他,让奥拉能有时间逃走。

然而只剩下头的安娜却比安杰洛更加难以对付,她没加入战团,却能绕过那片燃烧的火焰,把自己送到舱门外,然后无数条细小的蔓藤从她头部下飞出来,快速地抓住了奥拉——那女人几乎就要进入飞船了。

奥拉拼命地抵抗着安娜的进攻,安娜则想要勒死她。那些蔓藤正锲而不舍地向女人的脖子上缠绕。

沙舟想要过去帮助她,但安杰洛缠得他无法动弹,他的枪里已经没有任何子弹,他拔出刀来,刺向大副。然而冷兵器已经无法对变异中的生命产生伤害,安杰洛竟然毫不防备地任由他在自己身上刺了好几刀,汩汩流出的鲜血中混杂着白浆。

"安娜说对了一件事,"他向沙舟露出白森森的牙齿,"现在我真的很舒服。"

沙舟为他感到难过,他甚至没有时间为自己难过。

"你正在死去,安杰洛·库克这个人,正在我眼前死亡。"

"你错了,船长,"大副说,"我正迎来新生。"

安杰洛向他伸出手,他原本黑色、宽厚的大手正变成白色,并且覆盖上一层坚硬的、白色的东西。沙舟将短刀举到面前,做出防御的姿态。

此刻安娜的头颅突然发出惨叫，支撑她的蔓藤仿佛一下子失去了力量，剧烈地收缩着。那颗头滚落在地，仿佛失去了水分一样枯萎，脸颊上残留着一道血迹。

"血……"奥拉对沙舟叫道，"我们的血……"她举起手，上面有一道血肉模糊的口子，似乎是无意中擦破的。

是了，血带着病毒。

沙舟没有犹豫，他握住刀刃使劲划了一下，鲜血滴落下去。当血粘在植物上的时候，那一节蔓藤立刻就干瘪下去。

这是病毒的作用，还是它们自己主动在阻断感染呢？

沙舟却没有时间多想，他猛地一扬手，将几滴血抛洒在了对面的安杰洛·库克脸上。那个大汉发出小女孩儿一样的尖叫，抱着脸跪下去了。

沙舟瞅准机会，冲向机舱，他几刀砍断奥拉身上的蔓藤，拖着这女人的衣领把他拽上去，然后关上了舱门。

嗡嗡的轰鸣和气压的声音让他暂时感到安心，他按住流血的伤口，往驾驶室狂奔，奥拉跌跌撞撞地跟在他身后。

原来安杰洛·库克在开始变异以后就有意识地开始屏蔽和清除博士，当沙舟来到自己的位置时，看到那一串的红色警告和删除痕迹。

他迅速地从系统中把博士的备份调出来，重新激活它，而此时奥拉指着驾驶室的玻璃窗大叫："它们又来了！"

植物把所有的力量都用来挽留这架飞船，它们爬上了玻璃，试图遮蔽一切。

沙舟启动了除冰程序，飞船的几个发热点立刻散发出高温，一些蔓藤似乎感觉到了威胁，缩了回去。

"很高兴见到您,船长,有什么能为您效劳的?"博士的声音在机舱里响起来,"我检测到飞船外部有些附着物。"

"起飞,最大速度。"沙舟坐下来,同时调出了紧急控制系统——原本需要分工合作的飞船操作可以在短期内由他在博士的辅助下一个人独立完成。

"好的,船长。"博士说,"需要最大升力吗?"

"最大,是的,马上。"

"明白了!"博士话音刚落,"但丁号"内部传来了轰鸣声,升空命令使得两个备用喷气口也打开了,强大的气流将飞船身下的植物吹得四处飞散,断裂的枝条和叶片如同尸体的碎片。

随着"但丁号"爬升,那些蔓藤都统统被拽断了,沙舟和奥拉来到观察窗,看见停机坪上一片纷繁复杂的绿色中有许多火焰燃烧的橙色和红色,而在安娜和大副原本站立的地方,有一大片黑色的圆形,似乎那里的植物已经全部枯萎了。

"它们被抛弃了,因为沾染上了病毒。"奥拉说,"德雷克说过,它们会避开威胁的,这是一种本能,为了整个种群能活下去。"

是的,这很合理,沙舟心想,他们都已经没有了自己,他们只是这个种群的一部分。

他想起了"塞壬号",在最后也是同样,都只剩下了他一个人。而从一开始,他并不想放弃任何一个人——他到最后都没有放弃任何人,包括自己。尽管"塞壬号"上的人没有一个跟他是朋友,但他也相信他应该那么做,他也想过要拯救,可惜他的努力却没有成功,反而变成了永远跟随他的污迹。

他一直是个特例,他从来没有想过要融入什么,但也从来没有主动排斥过什么，但即便如此，他还是那个被隔绝在群落之外的人。

这仿佛是一种魔咒，连沙舟自己都很迷惑：究竟是他有问题，还是生存的法则本身就不公平。

他们已经远离了红海基地，观察窗外的建筑已经变成了绿色世界中一个难以分辨的小点儿。奥拉把目光从窗外收回来，摘下了过滤口罩，一小股血从她的鼻腔和嘴巴里流出来。

"你怎么了？"沙舟连忙半蹲下来，检查奥拉的身体，"受伤了吗？"

对方摇摇头，乏力地坐下来，用袖子擦擦口鼻。"我肯定快要死了。"她说，"病毒正在我的身体里扩散。"

沙舟握住她的手，这姑娘的指尖冰凉。

"我的丈夫，也应该在下面吧……"她朝观察窗偏了偏头，"他不会让自己变成那种模样，他跟你很像，船长，你们两个都不会放弃。他也给自己注射了病毒，但没有休眠，他就会死去。他可能就躺在红海基地的某个角落里……"

奥拉难受地咳起来。

沙舟用力地握住她的手："别乱想，你说过这是一种合成的植物病毒。"

"德雷克是这么说的，但他也说只有休眠才能保证安全，因为他也不知道会有什么副作用。我想，现在就是副作用出来了，也许它也能摧毁我们的身体……"

她又用力咳嗽起来。

"这飞船上有休眠舱。快来！"沙舟把奥拉背起来，一边跑，一边让博士接管"但丁号"，同时启动一个休眠舱。

多么奇怪啊,沙舟看到那一排空荡荡的白色休眠舱时,有一种难以描述的感觉——安杰洛·库克、木村鹤、琳达·霍尔顿、彼得·沃茨,还有安娜,他们是自己亲手唤醒的。他们醒来的场面此刻沙舟还能清楚地回忆起来,他记得他们每一个人的脸,而此刻所有人已经消失了。

彻彻底底地消失,从精神到肉体,再没有任何痕迹。

而讽刺的是,他们一直想要沙舟变成群落中的一员,跟他们一样,但正因为没有成功,沙舟这个异类的记忆,是他们曾经存在的唯一活证。

沙舟让奥拉躺进原本属于安娜的那个休眠舱,拍了拍她的肩膀:"你会死,但那将是很多年后。"

"你呢?"奥拉抓住他的手,"你也注射了病毒。"

"哦,你看见了,"沙舟安慰她,"这里并不只有一个休眠舱。"

"你会去巴比伦吗?"奥拉盯着沙舟,"你会试图联络那个基地吗?"

"也许……"沙舟安模棱两可地回答,"也许我会让博士返航。"

奥拉迟疑了一下:"我想,也许无论去巴比伦还是回地球,都不是什么好的选择。"

"但至少还是自己的选择。"沙舟按下了休眠舱的启动开关,"睡吧,奥拉,你应该接着睡。"

13. 尾声

"您要休眠吗,船长?"博士的声音在空荡荡的驾驶室里回荡着。

沙舟看了看手中的显示器,医务室的血液分析结果正在被传送过来。病毒正在迅速地扩散,吞噬着健康细胞,它们生命力旺盛,就如同这个星球。

"博士,你接入过救援总署的中央控制系统吗?"

"当然,船长。"AI 回答,"每次任务结束我都会进入中央系统,进行测试和数据备份。"

"有多少个'博士'呢?"

"就我一个,船长。当然每艘船的 AI 都有自己不同的名字,据我所知,别的救援船搭载的 AI 没跟我重名的。就像没有别的船长叫沙舟。"

沙舟放下显示器,哈哈大笑起来。

"您的生理监控不太乐观,但您的情绪指数很好,船长,我有点困惑。"博士说。

沙舟渐渐地止住了笑:"别在意这些,博士,我们的燃料足够回到地球基地吗?"

"可以的,船长。"博士回答,"需要校准航线返回吗?"

"不,"沙舟说,"去巴比伦,启用一个水陆空穿梭机,我开下去。然后你就把'但丁号'悬停在曼查克的空间轨道上,把我的报告传回救援总署,告诉他们奥拉·温斯顿夫人在这里。接触'但丁号'需要最高等级的隔离和净化措施。"

"巴比伦基地现在没有任何信号回复,船长,"博士说,"我建议放弃搜救，而且您现在的身体监控情况也不适合继续执行任务。"

"请照我说的做，"沙舟拒绝了AI的建议，"知道吗，博士，我并不想第二次成为'唯一的幸存者'。"

"明白了。"AI的回复只是字面上的，但沙舟并不介意。

他不想再去应付那些烦琐的盘问，再去证明自己的问心无愧，他不该经受那些。他只想做自己该做的事情，管他的呢，反正他还是自己的主人。

"但丁号"缓缓启动，飞向第二个目标。恒星的光芒正在远处的地平线上升起，两颗灰色的卫星残留在天空中。这是在经历了一整夜混乱之后的曼查克的日出，沼泽的水面上泛着最新的点点微光，从高空看下去，如同缀满了银星的舞裙。

这个世界还是很美的，沙舟想，可惜他并不喜欢。

这班不上也罢[1]

NO.1 突如其来的职业倦怠

我今天醒来的时候不太想去上班。

这很罕见，因为我一贯爱岗敬业，是个合格的边检员，连续三次拿到了"年度最具责任心基层公务员"的头衔——黄金五星还在进门的那面墙上闪闪发亮，我每天都要擦一遍，尽管我的宿舍里没有什么灰尘，甚至连整个十字星空间城都没有什么灰尘，可这动作让我安心，提醒我过着自己梦想中的生活有多么令人愉快。

然而今天早上这情绪来得太快，太猛烈，让我猝不及防。我从水里冒出头来的时候打了个哆嗦，头上的顶触须摆动了两下，喷出小股的水流。

天啊，竟然呛水了。我就知道不该连续两天睡水床的。

---

[1] 发表于《科幻世界》2024年11月刊。

我爬出这个两米深的大水床,带着咸味的滋养水滴滴答答,但很快就被地面吸收了。

我勉强支棱起三条粗大的底触须,把自己挪到浴室,打开了喷头。净化水冲干净了剩余的滋养水,我用浴室的烘干机把自己烤了一遍,再找出润肤乳擦遍全身。

按理说,我其实可以分泌一些黏液来保护皮肤,但坐我旁边工位的何珊迪——她是一个纯种的地球人——说我们奈科斯星人的黏液有股怪味儿。"就像坏了的酱肉包子,"她这么描述,"闻着挺香,但仔细分辨,能闻到酸味,混合起来就有点恶心了,你知道,咱俩是搭档,还得在密闭空间里工作……"

她这形容让我伤心,可也有道理,毕竟我俩搭档了三年了,平时很默契。为了让她跟我愉快地工作,我能克服这一点小小的生理需求。我甚至按照她的喜好选了海洋香氛的——我都不知道地球上的海洋居然还有专属的香味儿。

要知道,奈科斯星的海洋可黏糊糊的,我老有一种错觉——因为奈科斯星人口爆炸,光是黏液已经让海水浓度超标。

不光我这么想,我在老家的时候听好些人这么说过。后来这说法被我们星球的权威媒体评为十年来最蠢谣言之一,并专门请了一位科学家就海水成分百分比和原住民体表黏液分泌浓度及分泌量进行了一通计算,过程让人昏昏欲睡,但结尾激动人心——奈科斯星起码得再繁殖两亿人,才有可能造成海水浓度升高一个百分点的影响。

成吧,反正他没否认人口飙升的问题。

这也是我离开故乡来应聘空间城公务员的原因——找个稳定又有意义的工作太难了,在劳动力过剩而且经济不景气的地方尤其如此。我的父亲和母亲们——我有三个母亲，跟普通的奈科斯星人比起来这并不多——希望我留在家乡继续捕鱼，作为一个著名捕手的第十二个孩子，他们觉得我的日常触须非常发达且强壮，同时控制弹力网的20条动力开关绝对没问题，最狡猾的六翅飞鱼也难逃脱。"我们一年抓个几百条，跟地球人好好做买卖就能发大财，"父亲跟我说，"只需要十年，我们就能攒够钱，你可以找到三个……不对，甚至可以找到五个理想的繁殖对象。"

他未免太乐观了。

虽然自从地球人来到奈科斯星外围轨道后，原本被视为垃圾的六翅飞鱼就变成了他们中意的理想食材。精明的商人们借口这玩意儿难抓而哄抬价格，从地球人那里赚了不少钱。可我知道地球人跟我的一些同胞已经开始合作尝试人工养殖了，捕鱼业的荣光将会渐渐褪色，那时候还是得面临就业问题。

一个奈科斯星人至少能活180岁，我不想前80年都在捕鱼，而后面得靠救济过100年。我努力学习，特别对星际联盟通用课程感兴趣，虽然我觉得地球人的胃口太偏好垃圾食物，但他们确实在教育和制度化管理这块做得不错，我通过网络课程完成了他们主导的公共科目，然后又申请到了星际联盟多种族人才培养计划的参与资格，进入了公务员预科培训学校，并顺利毕业，拿到了待岗考试资格，最后以第一名的成绩分配到了这里——十字星城空间城，联盟最大的人造天体，银河系的航路枢纽，拥有3500个固定港口，780多万常驻居民和每日进出近200万的流动人口。

这可是我迄今为止做得最成功的事情，甚至连我的父母都很自豪，虽然我父亲说要是我能在"这个地球人掌权的怪模怪样的地方找到五个妻子"，那可就太完美了。我告诉他十字星城目前只有我一个奈科斯星人的时候，他扁平而英俊的脸上浮现出一股灰绿色，这颜色让我知道他的失望。

"过几年再回老家相亲结婚吧。"他说，"不着急，孩子，你才三十岁，而且说不定有机会跟其他的小伙子一起找到最棒的一个新娘。"

因为我们的基因补完需要，一妻多夫和一夫多妻并不奇怪，我父亲从期待我可以主导配对，到觉得有人需要我配对就行，已经是最大的退步和宽容了，我知道他还是为我骄傲的。

现在，我站在十字星城的海关边检员宿舍中，涂着海洋香氛的润肤乳，把为我特制的边检服分成两块裹在身上，让底触须从三根裤管中伸出来，让有深红色性征带的中间躯体被暗黄色的布料遮盖起来——哎，在人类主导的空间城就是得遵守人类的法律，他们都把第一性征给遮起来，令我非常费解，可我还是毫无怨言地接受了他们的规矩。我仔细看了看在360°的投射镜中的自己，确保"上衣"完全遮住了我该遮住的部分，然后用20条日常触须把布料同时拉平，确保没有皱褶，戴上制式帽子，把顶触须都缩进去，再挂上一个闪亮亮的吊牌——一张集合了我的身份信息和安全信息的工作证，打算出门了。

往常我都充满了干劲儿，会在镜子面前把自己的肤色调整至最明亮的蓝绿色，然后吞下我最喜欢的奈科斯星进口的海藻酱罐头，再出门搭通勤车，快快乐乐地奔赴自己的工位，开始一天的工作。

我总是第一个到岗，擦干净我的桌子，打开所有的仪器，甚至帮我的搭档何珊迪调试她的仪器。我俩是联合工位，我负责审

这班不上也罢

查入境人员的身份,她负责检查他们随身携带的物品。

以往我是多么期待见到那些来十字星城的人啊,经商的、探亲的、旅游的,还有逃犯——是的,每个月都有那么几个,他们可有趣了,用各种方法伪造身份,然后我非常自豪能够把他们给认出来。

可今天,我到了工位上,连着叹了三口气。

"见鬼了!"何珊迪嘴里叼着半个包子,目瞪口呆地看着我,"奶奶,你咋了?"

"奶奶"是她对我的昵称,来源于"奈科斯星"的发音"奈奈",她是地球人东亚人种里的华裔,说她的母语发音中这词儿的意思是她爸爸的妈妈。我压根不在乎,反正地球人的发声系统就决定了他们根本没办法准确地叫出我的名字,我入乡随俗地借用他们的发音系统给自己取了个好记的——"哈斯塔"。①

"奶奶,到底怎么了?"何珊迪吞下她最爱的酱肉包子,然后把半袋豆制品的"尸水"——她给我说过那液体的正确学名但我忘记了——倒进嘴巴里,然后灌下几口水,喷了点除味剂,才凑过来跟我谈。

我感激她为我敏锐的嗅觉而做的一系列动作,用日常触须拍拍她的肩膀,说:"可能低潮期到了,我的情绪不太好。"

空间城的主体种族是地球人,所以重力基本上是按照9.8牛顿(一个地球人的名字做单位,真奇怪),而奈克斯星球的重力是9.2牛顿(这是地球人按照他们的标准测算出的结果,对我们来说意义不大),我在空间城里总觉得身子笨重,长期在这样的重力下,我的体细胞承受了它们原本不必承受的,所以让我感觉

---

① 克苏鲁神话中的黄衣王,巨大的章鱼一样的旧日支配者,有许多的触须。

疲惫。解决办法就是定期睡一睡水床，但如果睡得太多了，又会让体细胞掉以轻心，就像飘得高高的又一下子摔下来——这两种不适，都被定义为奈克斯星人的低潮期。

何珊迪表示她特别理解我，因为她每个月有也会有几天脾气暴躁。

我深表同情，肉身无法解脱，就这么难受，我有时候会羡慕申请了"数字化生命模式"的人，但申请条件严格，比如未达到平均寿命而得了不可治愈的绝症。

但我没有跟何珊迪说的就是：我在低潮期从来没有对工作产生过厌倦的情绪。

这着实有点奇怪，仿佛预示着什么。奈科斯星人在漫长的海洋进化过程中，对于密度较大的环境形成了一种奇怪的危机直觉，在水里往往会很容易觉察不祥的事情，但我不明白为啥我在干燥的空间站里也这么不爽。

NO.2 一言难尽的旅客

我跟何珊迪短暂地聊过以后，头顶的指示灯就开始闪烁，这提示我们马上到了工作时间，海关就要开了。与此同时后头的门咔嗒一声关上了，至少在工作时间内，它开启的次数只有五次，每次只有15分钟，并且只能允许一个人进出。

曾经有边检员抗议这休息制度非常不人道，甚至联合署名要求整改。但最终被总署以工作的特殊性给否决掉了。

"3500个固定港口中除开货运飞船的专用停泊位之外，有2000个是客运和客货两用的停泊位，而每个港口所配备的边检舱是5~8个，也就是说，每天你们每个舱位的边检员平均检查的出入境人员是125个。按照每个做身份审核跟随身检查5分钟来计算，你们的工作时间也得10个多小时了。而我们的规章制度是需要至少两个边检员同时许可才能算过关。在这种情况下，任何多余的休息都只会延长大家的工作时间。"

埃里克署长就是这么解释的。

当大家反问为什么不多增加边检舱和边检员的时候，埃里克署长耸耸肩，指着他窗外那壮丽的、祛除了大气层罩的景象——

十字星空间城的左臂延伸在漆黑的太空之中，灯光仿佛璀璨的钻石，而每个港口的引导灯带像发亮的丝线飘浮着，无数细小的飞船正在这些引导灯带之间穿进穿出。

"多像腐败的六鳃鱼吸引成群的迷蝇啊！"当时作为边检员代表的我这样感叹道，结果埃里克署长瞪大了眼睛看着我。我不得不解释在奈科斯星球上六鳃鱼腐败过后身体中的氨气会中和掉苦味，变得香甜，然后闪着红色荧光的可爱迷蝇就赶来，绕着尸体上下翻飞，那样子可漂亮了，我们很喜欢看一看再吃。

于是他不想再跟我纠结这个比喻的问题，而非常严肃地说："总之，我们的空间城已经到了建设的极限，港口是绝对不可能再新增了，同样的，边检舱的设置也达到了港口能承载的限度。各位，除了提高效率，我们别无选择。要知道，繁忙的背后是繁荣，繁荣的背后是税收，税收的背后，是公务员待遇的提高，各位的薪水就来源于此，希望大家都有所觉悟！"

既然提到了钱，那么大家就妥协了，最终署长给出的让步是——把午餐时间延长十分钟，并且将咖啡设置为无限续杯。

事情就这样定了。

而大家也接受了工作的枯燥和繁忙。

我觉得这是一个双赢的结果，虽然还是有不少人不这么想，地球人之间的差异是很巨大的，远远超过了奈科斯星人。大概是因为我的故乡星球上智慧生命都是在赤道海洋地带进化出来的，据说地球人却跑遍了能下脚的地方。

总之，我们的工作时间很紧张，可经不起一点儿浪费。当工作的信号发出以后，我们就得争分夺秒。

边检舱的申报门打开了，第一个进来的是一个地球人，很年轻，头发五颜六色，穿着宽大的外套，脚上是一双尖头的靴子，看起来非常兴奋。他顺着通道走到我的面前，隔着我的工作台看着我，眼睛闪闪发亮。

"哦，我的天哪！"他喃喃自语，"奈科斯星人，我还是在上宇宙生命课程的时候见过，那些3D模型真的太……嘿，你的头上有顶触须对吗？帽子盖住了？你一般不需要坐是吗？你的下半身是底触须，我知道它们可粗了……"

他话太多了，带着一种没有分寸的失礼，但我的职业素养很好，从来不对来办事的群众张牙舞爪，况且这种地球人我见得可多了——大概是什么边境星球的，从来没出过自己那片星系，然后也没见过几个非地球人的种族，所以大惊小怪。

我礼貌地请他出示自己的旅行记录，识别他的注册地，他一边把左手放到我面前的读取器上，一边打量我操作的动作。"你刚才用的部位真神奇，也是触须？大小不一样啊，密密麻麻的，我以为是胡须呢，这叫啥？长得不上不下的，应该叫中间触须？"

"日常触须。"我和蔼地说，保持着最礼貌的蓝绿肤色——一点儿都没褪色，"请把左前端肢体再伸过来一点，把标记点放到红色的光斑中心。"

现在咱们联盟的合法居民登记都是蛋白质信息编码然后直接植入体内，几乎不会产生排异反应，也很难被移除，最重要的是体积不过几个细胞大小，但携带的信息加密程度很高，只有在官方的端口才能被解读。

他听我的话，把他的标记点挪到了正确的位置。读取器很快在我面前的屏幕上投射出他的所有信息，特别是身份和途经点登记。一个在半人马座附近的编号为339的农业行星上做肉类供应的小生产商，最高学历就是完成了基础知识脑机直灌课程并选修了一点点传统教学的星际贸易课程。我真的没有必要跟他计较。

各个途经点的证明也很正常，每个边检员的签名还附带着他们的头像——都是地球人，只有一个甲壳类智慧生命，那是多姆星人，很快他的签名人员中就会有我——一个穿着黄色制服，有着明亮蓝绿色皮肤的如同地球章鱼一样的奈科斯星人——只要我把自己的触须放进工作台的签印端口。

与此同时，他随身的行李也通过传送带来到何珊迪面前，我的搭档非常认真地检查那些东西，把违规的肉制品和来源可疑的东西都打上黄标，暂时分离出来，交给终端审核员判定。

然后这个冒失的年轻人终于走完了他的边检流程，从边检舱的出口离开了。他看起来想跟我合影，但遗憾的是所有的设备都在他的行李里，跟他分离检验。

我用可以360°转动的眼睛看了看何珊迪，用几根日常触须拼出一个地球人竖起大拇指的造型，她还了我一个"OK"。我们很默契，每次都能尽量做到人和物同时检完。

但实际上今天并没有给我带来往常一样的成就感，我的内心真是毫无波动，一点儿也没有感觉到完成工作后的喜悦。我姑且认为是他太不懂了礼貌了吧。

接着提示音响起，又是一个入关人员进来了，还是一个地球人，看起来是个女性——虽然有时不能以外表来判断性别。

我垂下所有的日常触须，等着她对我的身份表示惊讶。

但显然她没有觉得边检员是一个奈科斯星人是什么了不得的大事。她是个棕色皮肤的人类，满脸疲惫，没有化妆，头发蓬乱，双眼无神，脸颊凹陷，就像被饿了二十年——有时候费用便宜、休眠条件比较差的星际旅行飞船的乘客都有这样的一张脸。如果不是有法律规定太空旅客在航行中的休眠时间最长不能超过其种族平均寿命的1/10，估计她会老得更多。

我还是保持着得体的颜色看着她，请她出示标记点。

她带着一副倦怠的表情看了我一眼，然后看了看自己的两只手，似乎在犹豫选择哪一只。

我很有耐心，但何珊迪却冲我打了个呼哨。

我转动眼球，发现了问题——她的工作台上空空如也，并没有任何行李。

这可不同寻常，要在星球之间旅行，就只带着肉身和外面的一层覆盖物那可不行，毕竟星际旅行一次之后，按照健康建议，起码得调整一个月，没有随身行李会相当不方便。这位女士的模样也并不像在不同宇宙站点有房产的人。

但没有规定要求入境旅客必须有行李。

我还是耐心地等着这个奇怪的人类出示她的标记点。

终于她决定伸出右前肢，慢慢地放到了我跟前的读取器上。屏幕上一切都正常：姓名，安·安卡；种族，地球人，自然生理女性；年龄，35，地球周岁；职业，无业……这些都还好，但是安全等级却亮起了刺眼的红色。

"逃犯？极度危险？"

我有些吃惊，身上的蓝绿色有一瞬间的暗淡，但我很快意识到不能让这个人看出来。对付逃犯和恐怖分子我都很有经验，关键就是得看上去"一切正常"，但同时我得拖住她。

"按照我们的程序要求，边检过程会耗费一定的时间，与此同时我也会询问您一些问题，安·安卡女士，需要您如实回答。"我客客气气地说。

"好的，"她说，眯起眼睛看着工作台上显示的我的身份信息，"哈斯克，不，哈斯塔先生。"

她看上去并不凶恶，我想，然后开始运用我灵巧的日常触须调取她的所有资料，追寻标记源流——这个"逃犯"和"危险"的记号不是从她的个人资料里来的。而且在经过前一个标记点的时候，也没有触发危险警报。这就有点奇怪了，按理说这种危险人物一旦被标记，就会向她可能移动的所有港口通报，这样就可以最快地抓住她。我曾经就因为这个流程识别出好几个逃犯，顺利地把他们交给了警方。

但这位女士往前回溯的标记点确实有象征"逃犯"和"危险"的红色信息。

难道是标错了吗？

这种可能性极低。错标的话，这个人压根不可能从上个港口离开，更没法登上任何合法经营的飞船。

再多问几句好了。

"旅行怎么样，安卡女士，"我学着人类那种欢快的语气说，

"您看上去气色不太好,我知道十字星城有不错的水疗店,据说对地球人的身体很好。"

"谢谢你,但我现在身上一分钱都没有了。"她沮丧极了,"我出了关就得申请救援。"

"我很愿意听听您的遭遇,可能有什么我可以帮您的。"

她感激地看了我一眼,但并没有真的指望我,只是摇摇头:"没办法了,我的情况很复杂。"

"办理流程还需耗费一段时间,不如您试试跟我说?"

她又看了我一眼,深深地叹了口气——看来她的麻烦真的很大。

(以下全部是语音转录信息,我的工作设备忠实地记录一切。)

"我其实没想过跟他结婚,真的。现在对于单身的人来说,合法的仿生机器人已经不错了,而且减少了很多麻烦,我甚至可以申请一个生化人伴侣。但他一直在约我,要知道虽然我们不在同一颗行星,但乘坐便宜的星际飞船去他那里,也只需休眠两周。所以我就去了,带上了我最好看的衣服——不,不是现在穿着的。一切都很顺利,简直太顺利了。我们在毕加索空间站上见面,他比投影上的更帅气。我那时候觉得,结婚也没什么不好。虽然现在很多人不在乎这样的仪式感了,但我想为了他也是值得的。我跟他说了我的想法,他说他也有同样的感觉,那时候我们刚刚见面25个地球时,我有说过吗?我俩都是纯地球人,百分之百那种,没有任何基因改造或者混血。总之,我们当时情投意合,然后立刻决定来十字星城空间站结婚。但我醒过来的时候，并没有看见他，乘务员说——不，不，我没哭，我只是有点伤感——总之，我就一个人来到了这里，他中途就下了飞船，带着我的所有行李，里面有我给他买的很多东西，还有我最好看的那套衣服——他拿走有什么用？他又不会穿，但我结婚用得上。而且我旅行账户里的充值金额也被全部转移了，只剩下了一个光秃秃的0。事情就是这样。"

我真的不太明白，为什么"网聊诈骗""杀猪盘"这种古老的犯罪能在地球人中间一直流行。以我的理解，还是他们的繁衍方式所决定的，繁殖本能会让他们变得盲目。如果是奈科斯星人要干这个，那犯罪成本可高了，无论是男性还是女性，罪犯们在选好一个主犯之外，还得再招募很多个痴心又傻乎乎的配偶候选人才有可能成功一次。

但我还是同情她的，毕竟她这狼狈模样说明她确实付出了真心，而长得漂亮的异性确实对有繁殖意愿的人具备极大的诱惑力。所有繁殖能力正常的地球人还是愿意跟自然的同种族生孩子，而不是那些由金属和硅胶以及电子芯片组成的仿造品。

不过这还是有问题。

"抱歉，女士。中途他就独自离开了？这是哪位乘务员告诉你的吗？他离开的港口是在哪里？"

"不光乘务员告诉了我，甚至还给我看了监控记录，原来他的黑发也是假的。"

"他离开的港口……"

安卡女士擦了擦眼角："哦，是的。很小的一个中转站，一般不会有旅游的人去那里。林道尔990站。"

我迅速地用日常触须拨弄着操作键，果然找到了林道尔990的边检签字。

刺眼的警示标志就是从这个地方开始出现的。

NO.3 组长，错了！

林道尔公司有超过3000个空间站，但基本是作为飞船的小型补给站存在，接待的都是长途飞行的货运船。如果安卡女士的"未婚夫"在那里下船，应该就是顺便坐上另外的飞船逃之夭夭了。

但为什么安卡女士会从这个时候开始变成一个危险的逃犯呢？

我持续去看安卡女士的签注，接着发现了更加有意思的事情：这个标注并没有落款人。

我迅速地调出了林道尔990站所有的边检员材料：一共有20个，其中跟标注日期同一天上班的有16个人。也就是说，这16个人中间有一个把安卡女士认定为危险的逃犯，却没有落款，不对这个标注负责。

再往前看，她入关的时候检验标记正常，是一个叫"珂儿"的地球女性签注的，按照一般管理流程，离港的时候核验就不会是同一个人了。那个匿名的标注者更可能藏在其他15个人中间。而按照我的推断，这个人很可能就是帮助安卡女士"未婚夫"逃走的人。

因为按照标准的边检流程，第一个辨认出危险旅客的人员必须向上级汇报，那么这个消息就会在安卡女士走进我的工作舱之前出现在十字星城每一个边检员和警卫队的预警信息里。

现在只有标注，没有落款，也没有警报，这表示标注的唯一目的就是让安卡女士在我这里被截住，然后被送到拘留所里待上好一阵子，比如一个月，或者一年，甚至更久。

我不得不说，要是那位帅哥贿赂了一个边检员，达到这个目的并不难。我突然有点别的想法，退出安卡女士的界面，查询了下这个片区的数据库，重点就是在林道尔990站被标注"非法"的对象和其后面的处理流程。

果然——

这两年有31个男性和女性被先后标注上了"逃犯""危险分子""税务纠纷""身份造假"等非法标签，其中有25个经过不同的复杂调查和长短不同的监禁过后，被释放和遣返。而另外还有6个人则依然待在不同的拘留所里，经历着漫长的申诉和调查过程。

很明显，林道尔990空间站里有人跟诈骗犯是同伙，他们干了不止一票。他们不光卷走了安卡女士这些受害者的财产，还为了能脱身把受害者弄进了牢房待了很长一段时间。

这可真是太邪恶了！我对渎职的人一向深恶痛绝。

我同情地看了一眼尽力忍住眼泪的女士，请她稍微等等。她表现得毫无怨言，我打开声波屏障，挪动着底触须来到何珊迪面前，把我了解到的情况简单地给她说了一遍。

"我们得把这情况上报，这位女士很可能是一个犯罪集团的受害者。"我对我的搭档说。

何珊迪是个善良的人，这毫无疑问，但她也给我提出了非常现实的问题："按照流程，这种存疑的情况我们也可以打上标记以后往下一个环节传递。"

"对，可她的'红标'已经带上了，并非存疑，我们如果让她离开边检舱，她立刻就会被警卫队带走，关进拘留所里，你知道那边的效率，这可怜的女士估计得在胶囊舱里睡上好几个月。"

"你想怎么做呢？"

"这个'红标'不合规范，上报给莱克斯组长，他有权力签署一个'撤销'建议，然后会返回给上一个边检点自查。"

更重要的是，这个'自查'将直接送到林道尔990站的总站长那里，并且同时通报林道尔公司其他的边检站，没人能再作假掩饰了。

何珊迪摸了摸她圆鼓鼓的脸颊："这个方法也不是不行，但……我觉得希望不大。"

"为什么？"我很疑惑，"这是最有效的办法。"

何珊迪盯着我，眼神让我觉得有点不同寻常，我把自己的眼球往外推了一下"凝视"她，这是我们种族表示尊重的动作。

但她的脖子往后缩了一下，我觉得她的喉部肌肉也动了动。

"啊，哈斯塔，"何珊迪说，"你知道，如果莱克斯签署撤销建议，那就意味着很多问题。"

"什么问题？这是他权责范围内可以做到的。"

何珊迪叹了口气："这么说吧，990那边给外面的倒霉蛋打了个红标，那是他们的事情。但如果要我们这边去撤标，就变成了我们的事。"

我觉得十分困惑："珊迪，我十分尊重你的专业素养，但你知道'建议'并非'决议'，相当于只是请莱克斯组长给林道尔990站的负责人提个醒，他们可能搞错了一件事。"

"'他们可能搞错了'。哈斯塔,这就已经很糟糕了。"

我在想这到底有什么糟糕的,我的逻辑一向很合理的。

何珊迪看上去欲言又止,最终她平静下来,问我接下来怎么做。

"我得离开一会儿,去跟莱克斯组长面谈这个事儿。"我也知道这才刚开始上班,要出门浪费休息时间很不合理,而且重要的是,这会耽搁我们的审核速度,"我保证很快就回来。"

何珊迪虽然不太情愿,但她还是允许我这样做了。"我会让那位女士等等,你快去快回。"

我点点头,用日常触须卷起身份卡刷开门,飞快地移动着强壮的底触须,一溜烟向着组长办公室奔过去。

不超过15秒!我精确地计算着消耗的时间,迈进了莱克斯组长的门口。

"我有一件事汇报,组长。"我对他说,"我发现了一个差错。"

莱克斯组长抬起头来,他跟其他地球人最大的区别就是头顶没有毛发。我曾经提出过疑问,他说那是进化之后的结果,但后来他总是在走出办公室就戴上帽子。

他严厉地看着我,手向放在桌上的帽子伸过去,但随即又缩回来。"你休息得太早了,哈斯塔。"他说。

"我有充分的理由。"

于是我详细地将刚才了解到的情况向他汇报了一遍,并说出了我的想法。他只要动动手指,我就立刻回到我的岗位上,把安卡女士送走,让她获得救助。

但莱克斯组长看着我,并没有立刻动作。我又把眼睛鼓了出来——每次地球人这么专注地看我时，我就会对他们以礼相待，可他们就非常不礼貌了。

莱克斯组长脸上的表情显然是厌恶的，我从很多种族歧视者脸上看到过，特别是当他们第一次看到别的星球的生物时。宇宙这么大，却丝毫没有包容心，这真是让人遗憾。

可现在比起鄙视他，我还有更重要的事情。"怎么样，先生？"我催促道，"我需要您来解决这个问题。"

他终于还是伸手去抓起了帽子，牢牢地扣在光秃秃的脑袋上——其实我没有告诉他按照奈科斯星的审美，有头发并不是好事，那会阻碍顶触须的感觉。

莱克斯先生戴上帽子在我面前走了几步，然后叹了口气："显然，我不能这么做，哈斯塔。"

"您可以跟我说说理由。"我的思考中有什么被漏掉的吗？

"你说的这些是推想，并没有可信的证据。"

这倒是没错，可结论是合乎逻辑的，有很大的可能性就是如此，因此更需要去验证了。"所以我希望您发过去的是一个建议，"我说，"其实安卡女士的说辞，他们很容易调查，那里的监控记录很多，数据也可以追溯。"

他用食指轻轻地挠了挠额头。

"这个头不能由我……我们来开始。我们应该按流程办事。"

"申报者的问题是我们的工作范围，所以我现在确实是在按照流程办事，而您那么做也是。"

我没有等到他的回答，胸前的工作卡就震动起来，这是出舱休息时间即将结束的提示，我得回到我的工作岗位去了——我从来没有觉得休息时间这么短。

· 332 ·

"你继续工作吧,"莱克斯先生的表情变得轻松,"我会考虑的。"

我尊重他的职务,也尊重劳动纪律,虽然我特别想要等他把考虑的结果告诉我,可如果我不及时返回岗位,连带何珊迪也会有麻烦。

于是我的底触须分泌出一些润滑液,以滑行的方式往回跑。我管不了在莱克斯先生办公室里留下的痕迹,听到他在后面大叫了一声"哈斯塔",可我没空跟他说"抱歉"了。

NO.4 想个办法

回到舱位里的时候刚好红灯熄灭,何珊迪看到我的触须迈进来时,甚至都不介意黏液弄得门口到处都是。

"我不会让你的连带责任分被扣的,"我对她说,"我知道你的第一套房子已经开始分期付款了。"

何珊迪脸上的表情简直像要哭出来了。

"她怎么样?"我指着单面屏障外的安卡女士——现在她看不到我们,也听不见我们在说什么,憔悴的脸上充满了不抱希望的麻木。

真可怜,我觉得求偶失败已经够惨了,被抹黑更惨。在奈科斯星上很少有求偶失败还倾家荡产面临牢狱之灾的。对于基因补完的需求,奈科斯星的男性和女性都有比较平和的标准,也会花更多的诚意来沟通,毕竟这可是多方妥协的结果,要是哪位男性或者女性有欺诈行为,会成为被拒绝加入任何家庭的"遗弃者",再没有可能让基因延续下去。

"我觉得她可能并不知道自己要面临大麻烦。"何珊迪说,"她也许觉得很快就能得到救助然后回去。"

很多人不清楚一个大系统的运行方式,直到自己被卷入这个系统之中。

我深深地叹了口气,突然有了点轻微的厌倦——这同样是极少出现在我职业生涯之中的感觉,我在猜想是不是因为刚才跟莱克斯组长有一场无效的谈话。

"莱克斯不愿意发信息。"何珊迪说,她用的是陈述口气。

她可真厉害,虽然她在工作上时不时出点小纰漏,比如漏检了压缩行李中的二次压缩包,但有时候在预判她同类的思想上,她有着惊人的敏锐。"女人有第六感。"她这么解释,可我在教材上没有找到什么依据。

现在这"第六感"再一次应验。

"你该让安卡女士继续往前走,我们现在做不了什么了。"她又对我说。

我还没得到莱克斯组长的答复,但要再去找他就又得浪费一次休息时间,那可太不划算了。但如果不找他确认,我又不知道安卡女士的反馈信息有没有被反馈回去。

"组长不会让990站撤下标记并复查的。"何珊迪似乎看到了我的犹豫,又叹了口气,"你得明白,哈斯塔,发了以后他的麻烦可比现在大,没有必要,他原本不需要这么做。趋利避害是生物本能。"

我好像明白一点儿,可是就这样让安卡女士走出我的工作舱门,她就会被警卫队带走,为没做过的事情被关上很长一段时间。从流程上说我没什么错,可对于工作来说我显然没有完成好。

我有点烦躁,顶触须都不受控地弹动了两下,把帽子顶得一跳一跳的。

何珊迪很耐心地看着我,无论我对她的工作态度有多少意见,但对于她的团队精神,我一直给予很高的评价。跟奈科斯星人配合默契可真是一件不太容易的事情。

我决定再一次奢侈地利用她的优点。

"我可以拒绝安卡女士入境。"我说,"这样她按照原路回到990站,回到她的边检员那里,就可以知道是谁给她标注了犯罪信息。"

"拒绝入境也要立刻上报莱克斯组长。"

"不需要他来要求复查了,他就不会阻止。"

何珊迪想了想:"你如果打上拒绝标签,那么信息也会同步到警卫队,他们得确保被拒绝的人重新回到港口,从原路回去。可现在的问题在于,安卡女士没有办法再支付路费了,而且她到了990站,对方也可以拒绝她入境,她会在两个边检站之间徘徊。就跟一个乒乓球似的。"

她噘起嘴,发出砰砰的拟声,右手有节奏地摇摆。

好了,我知道她的种族在地球人中算得上对这项运动非常精通。在宇航时代因为重力的关系,很多运动都进行了改革,可她的种族似乎依然保持着这项运动的优势。

不能否认这比喻运用得挺准确,可真不是我想达成的结果。

"安卡女士被拒绝以后,是会被押送去港口,但是如果无法登船,她可以申请援助,这个信息进入系统后就能够进行查验。救援审核的人就会跟我们联系——"

"然后你又提出错标，再走一遍回溯程序。"

"对。"我的日常触须炸了一下——就像何珊迪高兴起来拍手，"但这个回溯程序不需要莱克斯负责，转到了另外一个部门。"

但她没有像我那样兴奋，而是叹了口气。

"你是莱克斯的下属，"她对我说，"你这里的操作是他不愿意做的，但你越过他让别人做了，可正式流程里你也要做出说明，那就意味着，后面的复盘汇报里他还是得出现，并且对你负责。"

好像问题又回到了原点，但我觉得目前是挺合理的解决方案，我很不明白莱克斯的想法，更不知道为什么何珊迪能那么了解他。

"我不想再等下去了。"我说，"反正你也认为他最终不会发送撤销和复查的信息，那走另外一条渠道是很正常的。我得尽快解决这个问题，让第三位申请者进来。"

我们——其实是我——耽搁的时间已经让我们的工作效率大大落后。我决定按照正确的思考逻辑来做，达到一个正确的目的。

"'为每一位公民提供便捷、高效、优质的服务。'"我指了指头顶上旋转着的装饰灯，上面滚动着这个月的口号，"我是按照工作要求在努力！"

"你还真信这个吗？"何珊迪嘀咕着，向我摆摆手。

我知道她和我终究是不同种族，但我还是喜欢她这个搭档。我回到自己的岗位，取消了屏障，然后对安卡女士说："抱歉，女士。你不能进入十字星城。"

她憔悴的脸上有点错愕，接着就慌张起来："不，先生，你不明白，我得在这里联系上救助机构，让我回家。"

　　"你现在如果进入十字星城就会被抓到拘留所里。"我把她的困境解释了一遍，并真诚地建议她现在就回头，走出这个房间，然后我告诉她应该怎么去申请救助。

　　"只要你没有进入十字星城空间站，就不会被逮捕，相当于你现在在两个空间站之间，双方都没有逮捕你的资格，你可以利用这一点尽快摆脱这个错标。"

　　我想我已经说得很浅显了，毕竟复杂的规章制度对于普通人来说不太好懂，一般得真遇到麻烦了才会认真了解。但显然即便安卡女士自己陷入了异常尴尬的境地，但还是没有意愿来听我说这些，她变得手足无措，眼睛里带着迷惘，然后就开始哭泣。看着她视觉器官中源源不断地分泌出液体，我内心毫无波动，甚至有点烦躁。

　　这个时候就好好听我说，那才是最有用的。

　　我不想对办事群众发火，可我的工作时间已经被浪费得够多了！我原本可以完成今天的工作量，可现在没人帮我解决眼前的问题，一切都得靠我自己——还有一个参谋，我的搭档——可如果没完成，那就是我一个人的问题。

　　我原本可以放她走，让她被逮起来，苦哈哈地给关上半年。可我觉得那是我的失职，我不想辜负任何一个报关的人，不能完美地、诚实地工作会让我痛苦。

　　我只想好好工作，但从来没感觉这很困难。

　　这就是我之前那种不祥的预感吗？

　　安卡女士还在哭哭啼啼，可我没耐心再劝她了。我迅速地在她的资料上打下了一个"拒绝入境"的命令,然后把日常触须放在了感应器上,我的DNA签名起效。舱内的红灯亮起来,地面上出现了指示标志——她必须原路返回。

我冷酷地看着她,把眼睛往颅骨内缩,就像人类眯起眼睛——这是一种威慑的信号,但何珊迪以前跟我说人类会觉得眯眯眼很萌。不是万不得已我也不想露出这种容易让他们误会的表情。

安卡女士估计对我的威慑或者"卖萌"都没有感觉,她对地上的指示视而不见,对我的催促充耳不闻。

我简直想把她赶出去了。但我还是忍耐住了,毕竟她是无辜的,无论我心情如何恶劣,都是我自找的。所以我耐着性子,以最专业的态度再次催了她两声。没想到她竟然哇的一声大哭起来,并且抹着眼泪飞速地冲出了门。

好家伙!

我的眼珠子又弹了出来——不是修辞手法的"弹"。

也行,后续的事情就会顺利了。

我长长地吐了口气,差点把我嘴里的捕食器都吐出来,然后我整理了下自己的仪表,把一切调回到正常状态,按了"下一位"。

我的心情恶劣到了极点,皮肤上的蓝绿色都已经褪成了灰蓝色。后面接着进来的两个人都很顺利,但我很难用亲切的口吻跟他们交流,只能按部就班地进行问答,我一边机械地办理着通关手续,一边分神猜测安卡女士目前的动向——她有没有记住我的叮嘱,好好地申请返程救助呢?

应该没有,我并没有收到任何信息。

何珊迪那边也进行得很顺利，但她的表情并不轻松，时不时地朝我瞥一眼。她也在等待——这事儿不算完。

当我打算叫第五个申报者进来的时候，整个舱内忽然亮起了红灯，入口被关闭了，我听到莱克斯组长在通话器里大叫："哈斯塔先生，你干了什么？"

定时炸弹爆炸了！

安卡女士求助了！

NO.5 最麻烦的员工

莱克斯组长并不喜欢我。

实际上刚来的时候，他对我还算可以，我的招聘是件大事，新闻节目滚动报道了很久，连奈科斯星上都热闹了好几天，我的父母们接到了不少祝贺的消息，甚至还接受了一些节目采访。但到了分配工作岗位的时候，我才知道，对地球人来说，突然出现一个跟他们故乡深海里的"旧日支配者"长得一模一样的新同事，他们感到压力非常大。

我上班第一天见到莱克斯组长，他比我还紧张。他大概并不想要一个非地球人的下属，但拒绝我入职会招来各方面的批评，特别是关于种族歧视的指控会让他陷入不妙的处境。他不情不愿地让我留在他的组里，但我在试用期间就以完美的第一名成绩让他打消了疑虑，他给了我相当大的肯定，在待遇和福利方面都非常公正。

我原本以为这代表他接纳了我，后来才发现仅限于工作上。这对我来说也没什么影响，只是每当我想要提出什么建议或要求时，他的表情就变得有些微妙。反正我热爱的是我的工作而不是他，他的好恶我也不那么介意，但今天我开始有些不舒服了——用何珊迪的话来说就是"不爽"，如同我的底触须感染了造成皮肤刺痛的寄生黏菌。

如果莱克斯组长愿意承担一点儿责任，那么原本不必用这么曲折的办法解决安卡女士的问题。

当作为基层员工的我做一件忠于职责的事情，并且需要领导支持的时候，他不站出来，实际上就是给我扯后腿，而我没法强迫他这么做。我如果不想自己惹麻烦就得和稀泥，要么就像现在这样，花更多的力气去达成目标，中间如果有任何事故那都得算在我头上。

这不公平。

莱克斯组长在通话器里的口吻已经像是在质问我了，这点燃了我的怒气。反正他已经暂停了申报人的进入，那么我可以光明正大地离开这里。

我站起来，飞快地移动到门边，正要踹开门，何珊迪叫了我一声。"别跟他吵架，"她说，"调整你的肤色，奶奶，你是一个文明人，一个高等智慧生物。"

跟人类不一样，我体内的激素会控制我的肤色，或许莱克斯火冒三丈，但还是能面对我露出微笑，但我没法调节我的肤色，只能诚实地袒露我的心情。人类制作了非常详尽的奈科斯人肤色情绪对照表，在我入职的时候就给每个同事发过，所以我在他们面前毫无掩饰的必要。实际上这跟我们的进化机制有关系，比如在深海捕鱼时候的紧张情绪会让皮肤跟周围的深海一样成为暗蓝色，可地球人对此并不关心，他们只需要记住奈科斯星人在深蓝色的时候极难对付就行了。

何珊迪是希望我出现在莱克斯面前的时候显得友好而镇定，可除非我真的友好而镇定，否则我没法子用蓝绿色出现在他面前。我低头看了看，现在绿色减退，蓝色增加，我的心情不太好。

但我还是对何珊迪晃了晃日常触须，告诉她放心。然后向莱克斯组长的办公室走去，几个清洁机器人看到我的时候闪红光，它们显然对之前谁搞了一路的黏液心里有数，已经在提前戒备了。

莱克斯组长戴着帽子，坐在座位上，即便他必须得抬起头来看我，也不妨碍他露出极为威严的表情。"哈斯塔先生，"他板着脸跟我说，"你刚刚签发了一个拒绝入境的指令。"

"是的，先生。"

"你知道十字星城是一个开放的空间站，我们不轻易拒绝任何人。"

"是的。"

因为要维持重要的人员和货物流通，只要不是极端危险的恐怖分子，这里都会让人进来，哪怕进来以后得先关进拘留所里晾着。为了维持十字星城开放的形象，对于拒签，我们的标准一向严格，但裁量权是在边检员手中，而且我们所接收到的命令一直都是能放则放，反正有警卫队兜底。

我拒签了一个，这是我职业生涯中的第五个拒签者，前面四个在离开这里后基本都被判了终身监禁。

"从安卡女士的资料里我看不出她够得上被拒签。"莱克斯很聪明，他大概已经明白了我的迂回策略，他不打算问我的动机，只是想表达他的愤怒。"现在罗曼诺夫先生正在赶来,我想你可能应该告诉他你犯了一个错,请他动用他的权限修正。"

我真是远远低估了他推卸责任的企图。

罗曼诺夫先生是边检部门的主管,是莱克斯组长的直接上司,他会查问一切异常情况。如今莱克斯组长竟然想让我用"工作失误"来把这件事按下去。是的,用何珊迪的比喻就是"背锅"。我不太懂她的文化,这情况跟锅有什么关系,但那种被讨厌的东西罩住的憋屈我是能体会到的。

我的皮肤上已经没有绿色了,蓝色也在加深。

"我做得符合规定。"但我语调平稳,"边检员有权根据信息判断一个入境人员是否具有威胁性,并做出相应的处理。既然安卡女士有违法标记,她就不能进入十字星城。"

"得了,哈斯塔。"莱克斯冷笑,"你是想让她抹掉这些标记。"

"不,是有机会被帮助,被调查。"

"你没证据证明安卡女士真的清白无辜,她说的难道就是事实吗?别老想着当骑士,哈斯塔,这可一点儿也没有职业精神。"

我不知道他有没有关注我的皮肤颜色,可能没有,所以他才会继续激怒我。

"我说了,我不是想要证明她无辜,只是希望她能够尽可能迅速地获得被调查的机会,这不光是她的事情,如果990站里真的出现了问题,也可以杜绝其他人被侵害。只是你不愿意发出这样的建议,所以整件事就变得复杂了。"

莱克斯组长对我的理直气壮显然更生气了:"你得明白,哈斯塔,我们工作的时候需要将可能的风险降到最低,这样出现失误的概率才会减少。这可不是为了我自己，是为了我们整个小组，也是为了我们边检部门的声誉。"

"是吗？"

他几乎就要勃然大怒了，但这时候一个男性地球人打开门走进来。他身材高大，几乎比我高上两个头，有干净的白发，还留着白胡子，我曾经以为他的眼珠也是这个颜色，但后来发现是灰色的。如果奈科斯星人全身有这么浅淡的颜色，那肯定是因为某种遗传的疾病，这种个体在海里很容易被发现，所以他们常常生活在岸上，并且脾气暴躁。

但罗曼诺夫部长不是一个暴躁的人，我来工作的三年只在例会上见过他，跟他最近距离的接触就是他给我颁发奖章。虽然埃里克署长是一个老狐狸，但管理所有边检员的罗曼诺夫部长在职员们的口中有不错的口碑，他情绪稳定，不怎么大声训斥员工，有时候还能提出实用的工作方案。

我愿意跟他解释我那么做的原因，这比我对莱克斯组长再重复一遍或许更有效。

他穿着蓝色的制服站在我面前，是那种漂亮的墨蓝色，跟边检员们的黄色和组长的棕色截然不同——级别越高颜色越深，署长的制服就只有黑色。"我想你们会告诉我发生了什么事。"他说，夹鼻眼镜后的一对灰色眼睛轮流打量着我和莱克斯组长，最后落在我身上。

"哈斯塔先生，你说说看。"

于是我将这件事从头到尾又叙述了一遍，并强调了我的本意。

罗曼诺夫部长安静地听完了我的话，莱克斯组长几次张了张嘴，活像在窒息边缘的六鳃鱼。在我讲完以后，他仿佛终于得到了呼吸的机会，立刻就要跃出水面。

但部长抬起手，硬生生把他按回了水下。

"所以你拒签安卡女士是为了让她在返回上一个边检站的中途去寻求救助，然后通过这个救助渠道调查她档案里的错误，是吗？"

看来部长听懂了我的意思，我就坦率地承认了。部长看着莱克斯先生："促使你这样做的原因是之前向莱克斯先生要求发送'撤销和质疑'的建议被拒绝了。"

"是的，先生。"

他摸了摸胡子："能告诉我你这样做的原因吗，哈斯塔？"

我说我的员工培训第一天就告诉我们要严格地遵守规章制度，为每一位公民提供耐心、公平的服务。我正是这样做的，我发现那位安卡女士可能受到了污蔑和侵害，我没有办法坐视不管。我不是执法部门，所以我只是提出了一些建议，从我们的角度去帮助她。

但这要求被拒绝了。

"所以你用另外一个办法。"

"绝对符合我们的工作准则，边检员有一定的自由裁量权，我们约定俗成的规矩并不是强制的，我在准则允许的范围内行使我的权力。"

罗曼诺夫点点头："确实无可指责。"

我的眼睛能看到在一旁的莱克斯脸色发红，非常想要说话，但当着罗曼诺夫部长的面他不敢造次。一般当上级没让他说话的时候，他非常能克制，即便他的眼睛里都要冒出火来了。

"你希望接下来怎么做呢?"

他问到了重点,我瞬间愣了一下,恢复了理智——我完全没有跟莱克斯组长斗气的意思,我并不想让他难堪,虽然我不太喜欢他。但没有办法既让他舒服又帮到安卡女士。当我们接受了工作,就拥有了一些权力,同时承担了责任,不能指望一点风险都没有,顺顺当当地拿薪水。

我平静下来,让肤色不再继续加深。

"我还是建议用撤销建议来推动调查安卡女士的'非法'标注。"

罗曼诺夫部长微微点头:"你确实是个找麻烦的员工,哈斯塔先生,但这未必不是好事。"

NO.6 不算解决的解决

我常常摸不透人类。

他们有多种语言,每种语言都有含含糊糊的用词,再加上他们能够自如地控制面部肌肉,说谎易如反掌。而奈科斯星人的情绪在肤色上毫无遮掩,即便想要掩饰内心的想法,也只能在真情实感的基础上做一定程度的调节。

我琢磨着罗曼诺夫部长的话,想搞明白他到底是责备我,还是赞同我。

但从另外一个方面来说,我并不太在意这个问题,上级的评价有时候并非客观。他不可能一天到晚跟着我,对我的认知就是一些数据的累积。而数据本身也只是作为独立个体的一个侧面的体现。

但我相信莱克斯组长跟我的认知是不同的，他平时很从容，但每当上级出现的时候，他就变得局促不安，时刻关注着上级的动作和语言。那种紧绷一眼可见。这种心理机制我虽然没有，但也理解——如果对现在的职位很在乎，并且想着升职，往往如此。

所以，罗曼诺夫部长对于我这次的举动到底是赞成，还是反对，都不能更改我的工作出发点。但这对莱克斯组长显然很重要，他终于忍不住开口了。

"先生，"他对罗曼诺夫部长说，用最严肃的口吻，"我认为这次哈斯塔做得过于草率，后续会给咱们整个边检署带来大麻烦。他的工作没有充分跟搭档和上级商议，是擅自决定的，这非常没有团队精神。"

这句我倒不想反驳，因为我不希望何珊迪被牵扯进来。莱克斯会下意识地维护他的同族，这倒跟我想法一致了。

罗曼诺夫部长向他点点头："谢谢，莱克斯先生。"

真难揣测他的想法，我听说有些人类为了不让别人看出他真正的想法，会让自己遇到什么事情都没有表情。能做到这一点应该具有很强的自制力吧。

罗曼诺夫部长又转向我："我充分理解你的想法了，哈斯塔先生，我觉得这样处理会比较好：首先，你得撤回你的'拒绝入境'签注。"

"我拒绝——"

"别忙着拒绝。安卡女士一旦重新申请入境，我可以以我的名义向林道尔990站发送一份复查申请，这样就能启动调查。"

我没控制住，顶触须一下子将帽子掀了，而旁边的莱克斯组长发出了短促的叫声,就好像突然被踩到了脚趾。

这的确是能够达到我最开始的目的,但我没想到罗曼诺夫部长会跳过莱克斯亲自这么做。

"谢谢,先生……"我突然想不出该说什么,但我觉得表达一下感谢是应该的。但他竖起手掌:"别急,哈斯塔先生,目前有需要克服的问题是,你首先得让安卡女士重新提请申报。是你让她申请了救助程序,救援审核的人已经把信息反馈到了我们这里,而你很快就会收到核查信息,你得证实是你拒签了她,并提出拒签原因,援助部门才会决定是否给她找合适的船。错标的回溯程序将由援助部门的人来实施,可最大的问题是——"

我突然醒悟过来:是的,我得给出拒签的答复,这样才能够将流程走下去。

但同时又有一个问题,救援部门的回溯程序会转到警卫队的调查部门,后续调查进度和结果我们是没有办法知道的,但如果是由边检部门发出的建议,相关部门会给我们反馈。

如果我想知道结果,那么就得让这个质疑错标的建议从我们这边发出。当这个建议从罗曼诺夫部长这里直接发到990站,显然反馈的效率会高一些。

然而,如果想要有这样的结果,我得在收到救援审核的询问时给予否认的信息。这意味着我要么承认操作失误,要么承认我审核失误,总之:我得承认错签。

我全身都像被高盐分的水给浇了一遍,紧缩起来。

罗曼诺夫部长还是很平静的样子,我看着他灰色的眼睛就知道他已经算计好了一切。选择权在我,无论我要不要承认错签,安卡小姐都会得到救助,但成功的可能性会有区别。如果我承认错签，我们会得到最快的反馈结果，这不光是她的问题——对于990站上的违规人员是谁，我们也可能会第一时间了解。"

而且承认错签，大概只会拉低我一个人的工作评价，但还达不到影响整个边检部门评定的程度。

莱克斯组长的智商显然没有办法让他第一时间领悟罗曼诺夫部长的意图，他还试图说什么，并没有意识到上级用另外一种办法达成了他想要的效果。他还准备开口，我稍微把眼睛往外鼓一些，就能扩大视野，看见他因为紧张而攥起的拳头——对于职务等级的敬畏让他有些可悲。

"明白了！"我忍不住抢在他开口前对罗曼诺夫部长说，"我会以安卡女士获得公正合理的对待为最终目的，这也是我们工作的最终目的。"

"很好，哈斯塔。"罗曼诺夫部长点点头，"你现在可以回你的工位了。真高兴我们能达成双方满意的结果。"

他在自己夹鼻眼镜上点了一下，左边镜片上有些半透明的界面显示出来。

"我得提示你，哈斯塔先生。你回复救援处的核实信息之后还得去让安卡女士重新走一遍我们的入关流程，让她能够进入十字星城空间站。哦，对了，核实回复的时间快到了，大概还有……"

他竟然顿了一下！

"……两分钟。"

我用顶触须抬了抬帽子，开始不顾一切地往外狂奔，只听见莱克斯在后面急促地叫了声"等等"。我没有回头，身体里所有的水分都变成了底触须下的黏液——用何珊迪喜欢的比喻就是

这班不上也罢

"脚底抹油"。

我在办公区域的过道上狂奔,张牙舞爪,而清扫机器人们如临大敌,闪着红光纷纷从后方追上来。这景象让同僚们目瞪口呆,我感觉狂奔的自己像招来海啸的风暴之神,而后面那些紧追不舍的小怪物就是我的扈从。但我并非像奈科斯星传说中的凶神一样带来毁灭,我要去拯救。

我回到自己的工位,把愤怒的清洁机器人关在门外,装作听不见它们嘀嘀嘟嘟的骂人声。等我用日常触须点开界面的时候,回复等待的倒计时刚好弹成了"0"。

我不相信自己的运气竟然真的坏到这样的地步,一时间血液倒流,全身呈现出一种间插着红条纹的灰色,如果有任何一个奈科斯星人站在我面前,都会对我肃然起敬——这是"战斗"的信号。

"奶奶!"何珊迪瞪着我,眼睛大得一度让我以为她也能把眼球弹出来。

我用日常触须向她拼出一个"OK"的标志。

"别担心,我会搞定的!"

我调动了全身的水分为底触须润滑,速度如同刮过海面的风。我憋着一股劲,冲出了边检舱,一直来到码头上。

从边检舱到登船接驳站这一片广场用了全透明的屋顶,抬头就能看见漆黑的宇宙,还有那些永远闪烁的繁星。穿梭的飞船带着各种颜色的灯光或远或近地掠过我们的头顶,看起来如同流星。在这辽阔无垠的宇宙图景之下,人类是渺小的,我也是渺小的,每个人渺小的生命在短暂的生存期内都必须去做自己觉得有意义的事情。

很多的旅客都抬头看着这浩渺的宇宙美景，兴奋地朝着边检舱入口走去。没错，这一片广场都是入关的旅客，正常出关的则在十字星的另外一条臂上。

因此我很容易就找到了手足无措的安卡女士，她是直接从安检舱给赶出来的，因此只能在这里上船。此刻她身边站着一个全副武装的警卫队员，似乎在等待命令，带她去某一艘船。

我滑动过去，用最长的两条日常触须——是的，日常触须的长度是各不相同的，为了满足我们的各种动作——举起我的工作卡。

"抱歉——"我大声叫，嘴里坚硬的捕食器不得不探出来，显得特别狰狞，"请等一等，这位女士不能走。"

那个警卫队员瞪着我，握着枪的手动了动。我猜他一定差点忍不住向我开枪，毕竟一个黄衣服的哈斯塔张牙舞爪地扑过来，还是有点考验他的定力。但他保持着良好的职业素养，一直等我到了跟前，简单说明了来意，他又刷了我的工作卡，这才让我去跟安卡女士说话。

我只转了下左眼球就看到他背过去抹了把额头的汗。

安卡女士用疑惑不解的神情看着我。鉴于我前不久刚刚拒签了她，她对我并不热情。甚至我告诉她现在她可以入关了，并且还能够尽快申请救助的时候，她都怀疑地看着我，让我不得不再花了一刻钟给她解释她面临的问题。

如果说之前我拒签她的时候说的那一堆情况，她都因为情绪崩溃而听不进去，那现在她也因为愤怒将我的解释抛在脑后。

"误判？错签？"她提高了声音，对我之前说她档案上的错标充耳不闻，"你差点害死我！"

是拯救你，女士！可我知道现在给她说什么都没用。她的理性如果能发挥更多作用，就不会落到这步田地。

她开始埋怨我，带着眼泪，但遗憾的是这没有办法让我产生任何愧疚。她显然也不会从我的肤色上辨别出我的心情，只管絮絮叨叨地倾诉完了她的委屈。

最后她擦了擦眼睛，对我说出了她认为最中肯的建议："你对自己的工作应该更负责。"

我没理会她的话，但皮肤变成了灰蓝色。

NO.7 尾声，关于辞职的想法……

毫无意外，我今天和何珊迪没有完成预定工作量，但因为统一的关卡开放时间，我们也没有加班。但明天我们得提高速度，补上今天的量。

我走出舱门的时候，清洁机器人在外头列队——它们头上的红色警示灯转个不停，仿佛宣泄着仇恨的怒火。但我不想跟它们计较，老老实实地往前走，没有留下任何黏液。何珊迪跟着我，语气轻松地说："没事儿，奶奶，今天人少也挺好的，我轻松了。"

我用日常触须向她比出一个"心"。

她忽然站住了，严肃地看着我，我不得不停下来，也看着她。

"奶奶，你心情不好，我知道。"我的搭档对我说，"你在我跟前不用忍着，你想要骂人就骂吧。我很惭愧地跟你承认，今天我没能帮得上忙，其实最开始我也觉得你真没必要去管那么多。"

我看着她,其实能从之前她说的话里感觉到她也只是想按部就班地完成那些事儿。

"但后来我认为你确实有一种,嗯,一种强烈的责任感吧。老实说我不太理解你的动力从何而来,你为一个陌生的人类做得比我这个同族还多。即便真的拖慢了我们组的工作进度,可我还是没法阻止你,因为我觉得不让你去做,似乎对不起你。奶奶,我真佩服你,真的。"

她的眼睛闪闪发亮,让我的皮肤都浮现出感觉温暖时才有的浅绿色。

"而且你做得很好,"她抬起下巴,"那句老话怎么说的?嗯,岂能尽如人意,但求无愧于心。"

她最后这句话是用她的母语说的,我跟着她还真学了不少。

我忍不住用长长的触须钩住了她的手,并用末端在她的皮肤上轻柔而急促地拍打:"谢谢,你真是我最好的搭档。"

我们一起走出入境处的大门,就看到莱克斯正开着他的陆上飞行器缓缓地从车位上滑出来,他显然也看到了我们——或者说,看到了我。

然后他冲我露出微笑,是一种恶心的、胜利般的微笑。"干得不错,哈斯塔!"他伸出头来向我大声叫道,"为每一位公民提供便捷、高效、优质的服务。"

他甚至伸出他的前肢,把肢端的拇指翘得高高的,然后他大笑着缩回去,冲向半空轨道。

我的工作卡发出了轻微的震动,我拿起来的时候,看到我的头像下五颗星的整体评价有一颗变成了"×"。

何珊迪瞥了一眼,担心地叫了我一声:"哈斯塔,我很抱歉。

在我看来你真的是一个很好的边检员。"

她是一个好搭档,但如今也没法为这工作加分了。

我总算明白了今天早上奇怪的感觉预示了什么。

是的,我知道这是一种预示,当我开始觉得疲惫的时候,那就是有什么东西正在发挥它的负面作用。我在一个系统之中,安卡女士在一个系统之中,莱克斯也是,甚至罗曼诺夫部长也一样。我本来只想做自己该做的事情,但这并不现实,总有崩掉的螺丝钉,总有过载的电路,总有熄火的反应堆,然后就会出岔子,这个时候原本做自己的事情就可能变成奢侈,谁想要做对的事情,这个系统就会向他碾压过去。

当工作变成这样,所有的趣味都丧失了,除了带来灰心和失望,什么也不剩。

我站在台阶上,想着六翅飞鱼,单纯地将它们罩进网子里也是件不错的事情。我或许能干得更好。

"嘿,"何珊迪担心地戳了戳我,"别生气,哈斯塔,莱克斯组长是个贱人,我们都很清楚。你回去睡一觉,别想他。"

我不想让她担心,向她保证我肯定不会让那颗光头出现在我的脑子里。她得到了我第三遍保证,才跟我挥手告别,开着她便宜的陆行车走了。

我知道我该去通勤车的站点,最后一班将在十分钟后开走。但我站在原地,不知道为什么没有挪动我的底触须,今天的黏液分泌有点超标,我感觉干渴,底触须的皮肤也在发痛,我急需回家洗个澡,再吞掉三份海藻罐头,吃一公斤新鲜的水生动物,活蹦乱跳的。可我没走,我总觉得今天并没彻底结束。

"需要搭我的车吗?"身后传来一个声音。

· 353 ·

罗曼诺夫部长的车是更加高级的陆地飞行器，比莱克斯组长的贵上好几倍，犹如一颗巨大的银色子弹，他只需要对手上的戒指随便说几句，这颗华丽的子弹就从停车库中飞出来，精准地射向我们，然后在我以为会被击中时稳稳地停住。

拿捏的时间和分寸都无可挑剔，就跟它的主人一样。或者说，这就是它主人操纵的结果。

我没回答罗曼诺夫部长，他也没急着上车，只是扫了一眼我的胸牌，然后非常遗憾地叹气。

"今天很不容易，哈斯塔先生，但结果是好的。"他对我说，"我的撤销建议发给林道尔990站以后他们很重视。他们也不得不重视，因为这消息我也同步给了联盟的调查局。安卡小姐的问题很快就能解决了，这都是因为你，你对她很负责。"

真有意思，我服务的对象并没什么好话，但让我不得不退让并付出代价的人却突然来肯定我。

"这一切如果能在莱克斯组长同意执行我的第一个方案时发生，后续每个人都会得到最好的结果。"

罗曼诺夫部长摇摇头："没有最好的结果，哈斯塔先生，我们没有办法平衡所有的利益相关方。当你觉得莱克斯组长怯懦的时候，从另一个角度来说，他坚守个人的风险最低原则，也是在给边检团队降低风险。"

所以他并没有责怪他的意思。

"我不该承受这个。"我用日常触须在工作卡的红叉上点了一下。

"一个可以在后续被抵消掉的评价。"他摇摇头，"不，哈斯塔先生，但你在我这里赢得了极高的评价。我尊敬你的勇气和行动力，这是我愿意实现你的目标的原因。"

"但你不会让我取代莱克斯组长的位置。那这肯定又有什么用呢？"我指出来，"你对我的肯定，比不上对平衡利益的追求，这是我们两个非常不同的地方。"

"这是一种准则。世界是无数根悬浮的平衡木，我们都要小心地在上面行走，才不会相撞。"

"那是因为你们害怕。"我并不是责备的口气，就像何珊迪说的，我是一个智慧生物，我明白标准和价值的个人化，但我还是得告诉他，"如果有撞击的平衡木，就意味着这些木头的运行轨道需要被改变，害怕并不能改变。"

"没有力量也无法改变。"

"没有同样的认知才会如此。"

罗曼诺夫部长浅色的眼睛看着我，然后微微叹了口气。我们说服不了对方，就如同他有两条腿，而我有三条底触须。

"谢谢你的好意，先生，我得去赶通勤车了。"我用顶触须动了动帽子，然后提速前往通勤站。

现在我只想好好地在我的水床里继续睡——虽然按理说我不该继续这么睡觉，但现在只要让我自己感觉舒服就行，管他什么重力惯性……至于这工作还要不要继续做下去，是我睡醒之后该考虑的事情。